UN DERNIER SECRET

LES ENQUÊTES DE DÉTECTIVE MARK TURPIN

RACHEL AMPHLETT

SAXON
PUBLISHING

CHAPITRE 1

L'hiver enveloppait la campagne de l'Oxfordshire. Les haies dénudées des Berkshire Downs étaient bordées d'un voile de givre, déterminé à maintenir son emprise sur les collines et la vallée en contrebas.

Will Brennan fléchit les doigts et relâcha légèrement sa prise sur les rênes en cuir.

Une brume froide recouvrait le paysage et transformait en silhouettes fantomatiques les marronniers qui bordaient le centre d'entraînement et dissimulaient la grande maison géorgienne au-delà.

Il perdait la circulation dans le bout des doigts, malgré le présentateur météo à la radio qui s'enthousiasmait pour ce début d'hiver clément, et malgré les fins gants de laine qu'il portait. Au moins, sa bombe, recouverte de soie vert vif et bleue, empêchait une partie de sa chaleur corporelle de s'échapper.

Une lumière grise annonçait l'approche du lever du soleil avant qu'une brise froide n'envoie un sac d'aliments en plastique abandonné rouler sur le béton. Il s'accrocha aux vrilles d'un buisson de lierre qui grimpait le long d'un des bâtiments d'écurie en brique, battant comme pour se libérer.

Les autres garçons d'écurie s'interpellaient et juraient tandis qu'ils préparaient les chevaux, leurs voix étouffées par l'air épais.

Brennan murmura un salut à l'un d'entre eux en passant, un nouveau dont il ne se rappelait pas le nom, qui avait les traits doux de quelqu'un qui n'avait pas encore passé un hiver sur les Downs, exposé à tous ses éléments. Dans un an ou deux, il serait aussi rubicond que les autres.

De la vapeur s'échappait des lèvres de Brennan et se mêlait dans l'air à la chaleur qui émanait des naseaux du cheval, la bête renâclant et secouant la tête tandis qu'il la guidait à travers les flaques recouvertes de glace.

Le café devrait attendre son retour, et après que les chevaux auraient été soignés.

En réponse à un appel depuis l'arrière de la file, on l'aida à se mettre en selle et les chevaux partirent d'un pas vif.

Une faible lumière solaire commençait à poindre à l'horizon tandis que la file de chevaux de course entrait dans le chemin depuis la cour, leurs sabots claquant sur la surface parsemée de trous pendant que leurs cavaliers frissonnaient et grognaient.

Pas trop fort, cependant.

Après tout, MacKenzie Adams était connu pour choisir quelques chanceux pour monter ses chevaux en course, même si, au début, ces courses se déroulaient sur les hippodromes plus modestes du Royaume-Uni.

Pour beaucoup, cela avait été le début d'une carrière illustre, et Brennan aspirait à la même chose.

Son estomac gronda bruyamment, et il maudit le cours de ses pensées. Maintenir son poids était une lutte constante, surtout quand la mère de sa petite amie insistait pour lui servir deux fois plus que tout le monde chaque fois qu'il était là.

Il scruta entre les oreilles du cheval et serra fermement les rênes, à l'écoute.

À cette heure du matin, il était inhabituel de voir de la circulation, mais la route était étroite avec un virage sinueux qui avait éjecté son lot de motocyclistes en excès de vitesse durant l'été. Ils parcouraient la campagne de l'Oxfordshire à vive allure avec peu d'égard pour leur sécurité, ou celle d'un cheval et de son cavalier.

À un kilomètre en remontant la colline, ils empruntèrent les pistes d'entraînement à travers une trouée dans la haie de ronces, et le rythme cardiaque de Brennan s'accéléra d'un cran par anticipation.

De là, la vue s'étendait sur un champ vallonné, en jachère et prêt pour les semailles, des balles de foin abandonnées hérissées d'un épais givre. Au loin, des bouquets de chênes et de bouleaux centenaires se blottissaient dans des bosquets ombragés.

Le flanc de la colline descendait à travers la vallée et passait à l'endroit où les tours de refroidissement de l'ancienne centrale électrique avaient autrefois percé l'horizon, puis il continuait à travers le Val jusqu'à Oxford.

Il y a des années, avant son époque, c'était véritablement les Berkshire Downs. Un trait de plume, une poignée de main au niveau des autorités locales, et la frontière avait glissé dans l'Oxfordshire.

Et le jour du poisson d'avril, selon son grand-père.

Un chemin de terre et de pierres traversait le champ jusqu'aux pistes d'entraînement, et quand le cheval s'arrêta au bas de la pente, Brennan relâcha les rênes avant de lui donner un coup de talon rapide qui envoya l'animal au trot vers le portail ouvert.

L'herbe verte luxuriante de chaque côté des pistes scintillait de givre qui s'étendait jusqu'à la piste recouverte de terre et de sciure, des mottes de terre retournée marquant une ligne de course créée par la séance d'entraînement de la veille.

Brennan renifla et résista à l'envie de s'essuyer le nez avec le dos de son gant. Il avait besoin de ses deux mains sur les rênes.

La bête sous lui avait tendance à désarçonner ses cavaliers à la moindre occasion, et Brennan n'avait aucune intention d'être la dernière victime du cheval. Il savait que les autres palefreniers avaient organisé une cagnotte pour parier sur le temps qu'il tiendrait.

Il fronça les sourcils. Ils étaient peut-être impatients de tirer profit de sa mésaventure, mais lui était encore plus désireux d'attirer l'attention de MacKenzie Adams.

Il jeta un coup d'œil par-dessus son épaule vers l'endroit où Adams se tenait près d'un véhicule tout-terrain vert foncé au bord de la piste, des jumelles dans la main droite, un gobelet thermos de café dans l'autre, emmitouflé dans une veste rembourrée et une écharpe contre les éléments.

Il leva le pouce, et Adams souleva sa tasse en réponse.

Brennan reporta son attention sur le parcours et éperonna le cheval, savourant la soudaine puissance alors qu'il bondissait en action.

Il plissa les yeux pour voir à travers la brume tourbillonnante qui enveloppait la piste ovale et il se pencha en avant tandis que le cheval s'engageait dans le premier virage, se rappelant les instructions de McKenzie avant qu'ils ne partent de l'écurie.

— Il court à Newbury samedi, alors accordez-lui un entraînement en douceur. La dernière chose que nous voulons, c'est une blessure.

Le problème, c'était qu'Empire of the Sun – ou Onyx, comme on l'appelait aux écuries – ne comprenait pas le concept d'entraînement en douceur.

C'était pour cette raison que MacKenzie l'avait envoyé en avant du reste de la file, sachant qu'il était de notoriété publique que le moindre soupçon d'un autre cheval devant lui mettrait Onyx en mode course. L'entraîneur plaisantait toujours en disant que l'animal ne possédait que deux vitesses – rapide et encore plus rapide.

Le garrot du cheval se tendit alors que ses muscles d'épaule tremblaient, et Brennan sentit la puissance sous le pelage noir et lustré. La tentation le titillait alors qu'ils entraient dans la première ligne droite. Il serait si facile de relâcher davantage les rênes et de laisser le cheval voler au-dessus de la terre meuble.

Presque comme si Onyx pouvait lire dans ses pensées, le cheval bondit en avant et tira sur le mors entre ses dents.

Le bon sens l'emporta et, non sans réticence, Brennan maintint une prise ferme et ralentit l'animal à une allure plus modérée alors qu'ils approchaient du prochain virage.

Onyx se raidit, et Brennan enfonça ses talons dans les étriers, confus face à la décélération soudaine.

Il se leva et regarda entre les oreilles du cheval, puis il vit ce qui avait effrayé l'animal.

À gauche de la piste, sous la barrière métallique blanche que les chevaux longeaient pendant l'entraînement, se trouvait un tas de chiffons abandonnés.

— Ce n'est rien, espèce d'idiot. Avance.

Il enfonça ses talons et poussa le cheval à avancer.

Onyx se cabra et pivota vers la droite sans décélérer et sans laisser à Brennan le temps de corriger sa position ou de ralentir sa trajectoire alors qu'il était catapulté dans les airs, les rênes s'arrachant de ses mains.

Il eut une vision tourbillonnante d'herbe verte et de ciel gris qui culbutaient l'un par-dessus l'autre, puis il heurta le sol.

Quelques secondes plus tard, le souffle coupé, Brennan roula sur lui-même et s'allongea sur le sol en regardant la brume tourbillonnante. Il remua ses orteils et ses doigts, et il examina lentement ses membres jusqu'à être sûr qu'aucun os n'était cassé, puis il se redressa en position assise.

Onyx se tenait de l'autre côté de la piste et le regardait de haut.

— Abruti, marmonna Brennan en époussetant ses jodhpurs. Il retourna à grandes enjambées vers le cheval et saisit les rênes avant qu'il ne décide de partir sans lui.

La brume dissimulait sa position depuis le début de l'ovale d'entraînement et, s'il parvenait à remonter en selle, personne ne saurait ce qui s'était passé et il aurait encore une chance de participer à la course du week-end.

Sauf que le cheval refusait de coopérer.

Onyx hennit, puis fit un pas de côté et tourna son arrière-train vers la piste.

— Nom de Dieu. Tu vas bouger, oui ?

Brennan tira sur les rênes, puis jeta un coup d'œil par-dessus son épaule.

Sous les semelles de ses bottes, le sol commença à trembler un instant avant que le tonnerre des sabots ne l'atteigne.

— Allez, s'il te plaît.

Il utilisa tout son poids pour faire tourner le cheval, en

poussant contre ses flancs pour tenter d'obliger Onyx à obéir pour une fois, puis il s'effondra contre lui, la sueur s'accumulant sous ses bras.

— Maintenant, je te déteste.

Il soupira, puis il leva les yeux vers la tête du cheval, s'attendant à un regard en coin hautain de l'animal.

Au lieu de cela, Onyx fixait l'amas de chiffons sous la balustrade du côté intérieur de la piste, les oreilles aplaties, les sabots fermement plantés sur le gazon, le blanc de ses yeux luisant dans la lumière hivernale.

Brennan garda les rênes et se plaça devant le cheval. Il ouvrit la bouche pour l'encourager à avancer, puis il s'arrêta en s'approchant des vêtements abandonnés, et il comprit soudain la raison de la peur du cheval.

Le sang avait coagulé dans ses cheveux, le rouge terne brillant tandis qu'un scarabée se promenait sur son front.

Ses mains avaient été attachées derrière elle, sa culotte en dentelle rose entortillée autour de sa cheville gauche, et son regard vide contemplait les nuages, une accusation dans le voile laiteux qui troublait ses yeux.

Brennan laissa tomber les rênes, oubliant le cheval, et il s'effondra à genoux.

Un instant plus tard, il vomit sur le gazon luxuriant.

CHAPITRE 2

L'inspecteur Mark Turpin força la portière de la voiture à se fermer et jura à voix basse tandis qu'un vent glacial fouettait l'ourlet de son imperméable.

Il plissa les yeux face à la faible lumière du soleil qui baignait le paysage d'une teinte grise délavée pendant que l'enquêteuse Jan West se dégageait du siège passager et titubait en arrière, la surprise lisible sur son visage.

— Bon sang, chef.

Elle récupéra son sac à main en cuir noir sur la banquette arrière, le jeta par-dessus son épaule, boutonna sa veste matelassée, puis lui emboîta.

— Je pourrais croire que les chevaux courraient à reculons avec ce vent.

— Au moins, ça a dégagé l'air pour qu'on puisse voir ce qu'on fait.

Il parcourut du regard la brume qui s'était retirée des Downs et s'accrochait désormais aux ruisseaux qui sillonnaient la campagne, et il frissonna.

Huit jockeys avec leurs énormes chevaux s'agitaient près

de la barrière que Mark avait franchie en voiture, les animaux martelant le sol de leurs sabots, impatients. Le doux arôme de crottin de cheval frais flottait dans l'air et lui rappela les vacances à la campagne avec ses filles quand elles étaient plus jeunes.

Il tourna son attention vers le plateau où ils s'étaient garés et il aperçut une ambulance à côté d'une des voitures de patrouille qui avait été manœuvrée sur les pistes d'entraînement, les deux véhicules bloquant l'accès au parcours, leurs couleurs vives en contraste avec la campagne austère.

Une bande bleue et blanche avait été tendue derrière les véhicules, pour réitérer la restriction d'accès désormais imposée.

Devant le cordon, deux autres voitures de patrouille avaient été manœuvrées hors de la piste et sur l'accotement, et les occupants étaient en train de s'adresser à chacun des cavaliers tour à tour, carnets sortis et sourcils froncés tandis qu'ils prenaient les dépositions des témoins.

Mark traversa d'un pas décidé le gazon souple en direction du policier le plus proche, un visage familier du commissariat local.

— Newton.

— Bonjour, chef.

— Tout le monde est là ?

L'agent John Newton souffla sur ses mains, puis il pointa de l'autre côté des pistes d'entraînement où plusieurs véhicules avaient été regroupés dans un coin.

Mark reconnut les véhicules de la police scientifique. Trois silhouettes en combinaison blanche s'affairaient près de la barrière dans le coin opposé, têtes baissées. À côté de leur camionnette, une fourgonnette grise avait été garée face au cordon, sa couleur sombre se fondant presque dans le paysage. L'équipe de la morgue ne serait pas autorisée à partir avant que les techniciens de la police criminelle ne soient satisfaits que le corps de la victime puisse être déplacé. Il secoua la tête devant cette indignité forcée.

— Qu'est-ce que vous pouvez nous dire ?

— C'est le premier jockey du groupe d'entraînement qui l'a trouvée, répondit Newton. Ils sont tous arrivés ici à sept heures, juste au lever du jour. Le dresseur, c'est celui qui est là-bas, MacKenzie Adams.

— C'est son véhicule ?

— Oui. La victime est Jessica Marley, dix-neuf ans. Elle habite à Harton Wick et fréquente le lycée agricole à proximité. Elle travaille à temps partiel au Farriers Arms dans le village.

Mark fronça les sourcils.

— Vous savez déjà qui c'est ?

— L'un des autres gars nous a dit son nom. Celui qui l'a trouvée n'était pas cohérent quand on a essayé de lui parler. Le pauvre type est en état de choc.

— Je veux bien le croire.

Mark jeta un coup d'œil à l'équipe de la police scientifique.

— Depuis combien de temps est-ce qu'ils sont là ?

— Environ une heure. La médecin légiste est là-bas avec eux. Elle a déclaré le décès de la victime à huit heures cinq et elle est restée. Elle a dit qu'elle voulait en apprendre autant que possible ici avant de faire l'autopsie.

L'agent tira sur la poche de son gilet et sortit un carnet.

— C'est une chance qu'un des jockeys l'ait identifiée. Nous n'avons rien trouvé sur elle, pas de sac à main, pas de téléphone portable, pas de portefeuille. Nous avons aidé la police scientifique à vérifier les haies environnantes mais nous n'avons rien trouvé jusqu'à présent. Quatre personnes continuent les recherches de l'autre côté de la piste d'entraînement là-bas.

— Bien. Où est celui qui l'a trouvée ?

Newton pointa du pouce par-dessus son épaule.

— William Brennan. Il est dans l'ambulance. Il espérait courir à Newbury ce week-end. Je ne vois pas comment il va pouvoir y arriver maintenant.

— Qu'a dit l'autre gars, celui qui l'a reconnue, quand vous l'avez interrogé ?

— Paul Hitchens. Il a dit qu'il avait vu Jessica pour la dernière fois au Farriers à vingt heures hier soir. Selon lui, c'était inhabituel qu'il reste si tard la veille d'un entraînement, mais William rattrapait le temps perdu avec des amis qu'il n'avait pas vus depuis un moment et ils ont perdu la notion du temps. Jessica et une autre fille, Cheryl, travaillaient au bar avec le propriétaire, Noah Collins, donc elle ne devait pas partir avant d'avoir tout rangé après la fermeture.

— Est-ce que les parents ont été informés ?

La bouche de Newton se tordit.

— Oui, il y a environ une demi-heure. Une voiture de patrouille est sur place, et un agent de liaison familiale a été appelé.

— D'accord, merci. Jan, on va jeter un coup d'œil ?

— Excusez-moi ?

Il se retourna pour voir l'entraîneur de chevaux qui marchait vers lui d'un pas décidé, son expression déterminée.

— Oui ?

— MacKenzie Adams. Vous êtes ?

— Inspecteur Mark Turpin.

— J'ai besoin de ramener ces chevaux à l'écurie, dit Adams. Ils doivent être nourris, et rester ici comme ça ne leur fait aucun bien, surtout celui qui a été effrayé par le corps de la fille.

Mark regarda vers le cheval qu'Adams désignait, une grande bête noire dont les oreilles s'agitaient d'avant en arrière et qui semblait plus intéressée par ce qui se passait autour d'elle que nerveuse.

Il se retourna vers Adams et plissa les yeux.

— Vous pourrez déplacer vos chevaux une fois que mon équipe aura fini de prendre les dépositions des cavaliers, pas avant. Nous avons affaire au décès d'une jeune femme, et cela prend le pas sur les chevaux. Ils peuvent manger de l'herbe, non ?

— Détective, ces chevaux devaient parcourir trois furlongs ce matin. Quatre d'entre eux ont des courses ce week-end, et j'ai des propriétaires à qui rendre des comptes. Quand est-ce que la piste d'entraînement sera rouverte ?

— Quand je le dirai.

Il tapota le bras de West.

— Allons voir ce que Gillian a à dire.

Il s'avança d'un pas lourd et il essaya d'ignorer le vent mordant qui lui frappait les oreilles, regrettant de ne pas avoir de chapeau pour se protéger du froid. Il se contenta d'enfoncer ses mains dans les poches de son manteau.

— Qu'est-ce que c'est qu'un foutu furlong, Jan ?

— Environ deux cents mètres.

— Je vois. Vous êtes fan de courses hippiques ?

— Je ne peux pas les supporter, mais mon grand-père regardait les courses à la télé le samedi après-midi et il jouait un peu, donc j'ai dû retenir le jargon.

Ils atteignirent le cordon de sécurité et griffonnèrent leurs noms sur une feuille fixée à un bloc-notes gardé par un agent en uniforme, puis, après avoir enfilé des surchaussures protectrices, Mark ouvrit la voie vers les véhicules garés à l'autre bout de la piste.

Il jeta un coup d'œil vers elle alors qu'elle frissonnait, souriant à la vue de ses bottes mi-mollet et enviant l'épaisse écharpe en laine qu'elle avait glissée dans son col.

Ses propres bottes en cuir s'enfonçaient dans les couches molles de terre qui composaient le parcours d'entraînement des chevaux, les protections en plastique rendant la progression glissante, alors que chaque pas soulevait une fine couche de boue qui collait à l'ourlet de son pantalon.

— Je parie que vous êtes content d'avoir quitté la péniche avant l'hiver, dit West en repoussant ses cheveux de son visage. Il aurait fait un froid de canard par ce temps.

— C'était trop petit, de toute façon. Au moins, en louant une maison, j'ai pu sortir le reste de mes affaires du garde-meuble.

Sa femme, dont il était séparé, s'était montrée plus accommodante qu'il ne pensait le mériter, et elle était allée jusqu'à stocker ses dernières affaires dans le garage de la maison qu'ils avaient partagée pendant qu'il organisait son déménagement, mais un sentiment de mélancolie s'empara de lui face à la finalité de louer son propre logement.

Ils passèrent devant l'ambulance, ses portes arrière ouvertes et les deux membres d'équipage en discussion avec un autre agent de police.

Mark remarqua la silhouette solitaire assise sur l'une des civières, les épaules de l'homme voûtées alors qu'il fixait le sol d'un regard vide.

— On va essayer de parler au jockey sur le chemin du retour, dit-il.

Ils se turent et Jan suivit facilement son allure.

Alors qu'ils se rapprochaient de l'extrémité de la piste de course, il aperçut deux silhouettes qui flânaient près d'un des fourgons pendant que plusieurs autres s'affairaient autour d'eux, et il reconnut la peinture sobre du véhicule qui servirait à transporter la victime à la morgue une fois la scène de crime traitée.

Désormais à proximité de la fin de la ligne droite, Mark se rapprocha de la barrière et vérifia la position de la silhouette accroupie en tenue de protection à l'apex de la courbe devant eux.

— Donc, le jockey a dû s'aligner ici pour prendre le virage, dit-il. L'herbe est haute à l'intérieur de la barrière, donc même avec la hauteur supplémentaire sur le dos du cheval, il ne l'aurait pas vue.

Jan s'arrêta à côté de lui et suivit son regard.

— Je me demande pourquoi son corps est arrivé là ?

Mark ne répondit pas, mais il commença à marcher vers le membre le plus corpulent de l'équipe de la police scientifique, et il leva la main.

— Vous avez une minute, Jasper ?

— Inspecteur. Jan.

Jasper Smith baissa son masque et traversa l'herbe pour les rejoindre, son souffle formant un nuage devant sa courte barbe noire.

— On se demandait quand on allait vous voir. Vous voulez aussi dire un mot à Gillian, pendant qu'elle est encore là ?

— Si ça ne vous dérange pas.

— Suivez-moi.

Le technicien les guida le long d'un chemin délimité qui évitait plusieurs marqueurs colorés disposés sur le sol.

En passant, Mark observa l'équipe au travail. Leurs mouvements étaient méticuleux, chaque élément suspect mis sous scellé et enregistré en vue d'une éventuelle utilisation comme preuve.

— Des traces qui indiqueraient qu'elle a été traînée ?

— Rien du tout, non.

Jasper soupira.

— Et pas de traces de pneus de ce côté. Tout ce qu'on aurait pu prélever près du portail a été effacé par les chevaux et le 4x4 de l'entraîneur. Vous avez vu la boue là-bas, c'est un vrai bourbier.

Le technicien de la police scientifique s'arrêta à quelques mètres de l'endroit où gisait le corps.

Mark distinguait une touffe de cheveux blonds maculés d'une substance épaisse et sombre qui luisait sous le soleil matinal, le visage de la jeune femme d'un bleu marbré, ses lèvres entrouvertes comme sous l'effet de la surprise ou du choc.

Elle portait une longue jupe en laine sur ses jambes nues, un gros pull et une veste en cuir. Des chaussures plates noires couvraient ses pieds, et Mark eut une moue de dégoût à la vue de la culotte rose qui pendait à l'une de ses chevilles.

— Et pour les empreintes de pas ?

— Les siennes, évidemment, et peut-être une seconde série. Nous avons prélevé autant d'échantillons que possible dans la zone, mais ne vous faites pas trop d'illusions. L'herbe haute a atténué les traces.

Mark examina la silhouette étendue.

— Plus lourd qu'elle ?

— Difficile à dire. Si ça ne vous dérange pas, je vais retourner auprès de mon équipe. Nous devons recueillir autant d'éléments que possible avant que le temps ne se dégrade à nouveau, dit Jasper. Vous recevrez notre rapport d'ici la fin de la semaine.

Mark hocha la tête en guise de remerciement, puis il tourna son attention vers la médecin légiste du quartier général, qui traversait la terre retournée et retirait son masque en papier tandis que deux employés des pompes funèbres avec une civière la suivaient.

— Bonjour, Gillian.

Un éclair passa dans ses yeux gris, puis elle exhala tandis qu'une fatigue traversait ses traits.

— Avant que tu ne demandes, il y a une blessure contondante à l'arrière de la tête. Je confirmerai après l'autopsie demain matin si c'est ce qui l'a tuée.

Mark observa les deux employés des pompes funèbres placer soigneusement le corps de la jeune femme dans un grand sac en plastique.

— Des signes d'agression sexuelle, vu la culotte ?

— Difficile à dire pour l'instant. Je te tiendrai au courant après l'autopsie.

Mark parcourut du regard toute la longueur de la piste d'entraînement jusqu'au portail qui menait au champ au-delà, puis ses yeux revinrent vers le misérable paquet qu'on soulevait maintenant délicatement pour le mettre à l'arrière de la camionnette.

La voix de West interrompit ses pensées.

— À quoi vous pensez, chef ?

— Aucune trace de pneus. Si elle est venue à pied, alors peut-être qu'elle connaissait son tueur.

CHAPITRE 3

Jan West s'enfonça dans l'épaisse écharpe qu'elle avait enroulée autour de son cou et avança précautionneusement sur l'herbe alors que son regard balayait de droite à gauche pour repérer les terriers de lapins avant que son pied ne disparaisse dans l'un d'eux.

Turpin marchait derrière elle, son téléphone portable à l'oreille pour informer l'inspecteur principal Ewan Kennedy de leurs découvertes jusqu'à présent.

Ce qui, songea Jan, n'était pas grand-chose pour le moment.

Elle replaça une mèche rebelle derrière son oreille, remonta la bandoulière de son sac à main sur son épaule et elle se baissa pour passer sous le cordon de ruban bleu et blanc que lui tenait un agent de police, et elle le remercia au passage.

— Jan.

Elle attendit que Turpin la rattrape, et elle l'observa glisser son téléphone dans la poche intérieure de son manteau tout en trottinant sur le gazon.

— Qu'est-ce qu'il y a, chef ?

— Le chef veut qu'on retourne à la salle des opérations quand on aura fini ici. Les agents en uniforme sont en train de recueillir les témoignages des habitués du pub et des voisins de la famille. Ils iront aussi à l'école d'agriculture où Jessica étudiait. Ses professeurs ont été informés.

— Ok.

Jan avança d'un pas décidé vers l'ambulance et croisa le regard du chauffeur à leur approche, qui baissa sa vitre et se pencha au-dehors.

— On peut parler au jockey qui l'a trouvée ?

— Derek est avec lui à l'arrière, répondit le chauffeur en indiquant d'un pouce par-dessus son épaule. Ça change de ramasser un de ces gars en un seul morceau.

Jan leva les yeux au ciel, puis elle longea le véhicule jusqu'à la porte arrière ouverte où l'autre ambulancier parlait avec le jockey.

— Excusez-moi ?

Elle montra sa carte de police et se présenta avec Turpin.

— William Brennan ?

— C'est moi. Will.

Le teint du jockey contrastait fortement avec la veste matelassée bleu marine qu'il portait, et il frissonnait en serrant ses bras autour de son corps frêle. Ses cheveux couleur blé se dressaient en mèches désordonnées, sa bombe d'équitation posée à l'envers sur la civière à côté de lui.

— Nous devons vous poser quelques questions, dit Jan.

Elle remercia l'ambulancier, qui s'éloigna avec un hochement de tête entendu avant de grimper à l'avant pour rejoindre son collègue, puis elle tourna son attention vers Brennan.

— Vous allez bien ? Pas de blessures ?

— Je vais bien. Je... Je n'arrive pas à chasser son visage de mon esprit.

— Nous comprenons que vous la connaissiez ?

Une larme solitaire coula sur le visage de l'homme, et il hocha la tête.

— C'est... c'était... ma petite amie, Jessica.

— Je suis désolée d'apprendre ça, Will.

Jan s'assit sur la civière à côté de lui et lui laissa un moment pour rassembler ses pensées avant de poursuivre ses questions.

— Quand est-ce que vous l'avez vue pour la dernière fois ?

— Hier soir. Au pub du village.

— À quelle heure êtes-vous parti ?

— Huit heures. Nous devons nous lever tôt pour faire travailler les chevaux, mais je me suis laissé emporter par la conversation.

— Avec qui ?

— Juste quelques habitués. Ils sont généralement de bonne compagnie, et je ne les avais pas vus depuis un moment.

— Où est-ce que vous habitez ?

— Près de l'écurie. Je loue une des maisons du domaine avec deux autres gars qui travaillent pour MacKenzie.

— Qui ?

— Paul Hitchens et Nigel White.

— Vous avez contacté Jessica après avoir quitté le pub ?

— Nous nous sommes envoyé des SMS à vingt-trois heures.

— Je peux voir votre téléphone ?

Brennan plongea la main dans une poche intérieure de sa

veste et en sortit un smartphone, puis il commença à faire défiler les messages.

— Laissez-moi faire. Je vais le prendre.

Jan arracha le téléphone des mains du jockey, ignorant le « o » de surprise que forma sa bouche, et elle fit défiler les messages jusqu'à ce qu'elle trouve une série de textos de quelqu'un qu'il avait enregistré sous le nom « Jess xx ».

— C'est elle ?

— Oui. Écoutez, est-ce que c'est vraiment nécessaire ?

Jan se déplaça vers la portière arrière de l'ambulance pour que Turpin puisse lire les messages par-dessus son épaule. Une fois qu'elle fut convaincue que l'échange entre Brennan et Jessica ne montrait aucun signe que la femme était menacée par le jockey, elle vérifia la liste des appels récents.

Il y avait trois appels entre eux, tous antérieurs à l'heure où Brennan disait avoir été au pub.

— C'est le seul téléphone que vous possédez ?

— Oui.

— Très bien. Nous allons devoir l'emporter avec nous.

Jan sortit un sac plastique à preuves de son sac à main et elle y glissa le téléphone avant de retirer ses gants.

— À quelle heure êtes-vous rentré chez vous après avoir quitté le pub ?

— Un peu avant huit heures trente. C'est vraiment tout près, et Paul se prend pour un pilote de Formule 1 de toute façon.

— Paul ?

— Hitchens. Un des gars qui loue la maison avec moi. C'est lui, là-bas sur le cheval gris.

Jan se pencha derrière la portière arrière de l'ambulance jusqu'à ce qu'elle puisse voir le groupe de jockeys. Le seul cheval gris était monté par un homme qui portait une casquette rouge vif et un imperméable vert. Elle ne pouvait pas distinguer ses traits, mais à la façon dont il était penché sur sa selle, il était aussi impatient que le cheval qu'il montait de retourner à l'écurie.

— Vous avez dit que vous louiez une maison près de l'écurie. Où exactement ?

— On loue un des cottages qui donne sur les terres derrière. MacKenzie en est propriétaire. C'est moins cher que de louer au village, et plus pratique pour les départs matinaux.

— Vous avez une voiture ?

Brennan ricana.

— Pas les moyens. J'ai une moto, pas chère, hein. Je l'ai achetée avant de monter dans le nord.

— Vous êtes rentrés directement du pub hier soir, ou est-ce que vous vous êtes arrêtés quelque part en chemin ?

— On est rentrés directement à l'écurie. MacKenzie se met en rogne si quelqu'un rentre après minuit. Il dit que ça dérange les chevaux.

— Vous aviez beaucoup bu ? demanda Turpin.

— Deux ou trois pintes. Peut-être un petit verre en plus.

— Ça semble beaucoup pour un lundi soir.

Le visage de Brennan commença à afficher un rictus méprisant, puis il sembla se raviser.

— Oui, bon, j'ai été absent pendant un moment. Hier soir était la première fois que j'avais l'occasion de revoir des gens.

— Où est-ce que vous étiez ? lui demanda Jan.

— Dans le nord.

Il se redressa, une pointe de fierté dans la voix.

— J'ai toujours voulu être jockey, aussi loin que je me souvienne. Il n'y avait pas de travail pour moi ici, alors j'ai postulé partout où je pouvais. J'ai accepté la première offre qui s'est présentée.

— C'était où exactement ?

— Près de Ripon, dans le Yorkshire.

— Qu'est-ce qui vous a ramené ici ?

Il s'affaissa contre le côté de l'ambulance, l'air abattu.

— Jessica. On est restés en contact, vous voyez. On essayait de se voir toutes les quelques semaines. C'est à cause d'elle que je suis revenu.

— Pas pour les courses ? demanda Turpin.

Brennan fronça les sourcils.

— Ça aussi. Mais j'aurais de la chance si je monte encore un jour pour MacKenzie après aujourd'hui.

— Pourquoi ? questionna Jan.

— Tout ça, ça va ruiner sa réputation. Vous allez voir. Ça va être partout dans les journaux, et puis tout le monde aux courses du week-end va en parler. Je serai au chômage d'ici lundi.

— Ça semble un peu excessif.

— Ouais, mais c'est comme ça.

Il s'interrompit quand son estomac gargouilla.

Jan fronça les sourcils.

— Quand est-ce que vous avez mangé pour la dernière fois ?

— Je sais pas. Hier midi, je suppose.

Jan soupira, fouilla dans son sac à main et en sortit une barre de céréales.

— Prenez ça.

— Je n'ai pas vraiment envie de—

— Mangez. Vous me remercierez après, croyez-moi.

Elle descendit de l'ambulance et, sur un signe de Turpin,

s'éloigna du véhicule jusqu'à ce qu'ils soient hors de portée d'oreille.

— Il va falloir vérifier ses déplacements avec tous ceux qui étaient au pub et les autres jockeys avec qui il partage son logement, dit-il. Qu'est-ce que vous en pensez ?

Elle jeta un coup d'œil par-dessus son épaule au jockey, qui avait déballé la collation et en grignotait un coin alors qu'il regardait d'un air mélancolique la file de chevaux qu'on ramenait maintenant des pistes.

— Il n'y a pas d'appels manqués à Jessica, donc il n'a pas essayé de l'appeler après qu'elle a quitté le pub. Il n'y a rien sur le téléphone qui suggère qu'ils se seraient disputés, mais c'est peut-être délibéré, dit-elle. Il aurait pu supprimer tout ce qui est compromettant.

— Ok, on va envoyer le téléphone aux experts en criminalistique numérique pour voir ce qu'ils peuvent nous dire.

Turpin protégea ses yeux de sa main et regarda vers l'endroit où les techniciens de la police scientifique travaillaient encore.

— Il connaît bien la région. Il aurait pu l'amener ici après avoir laissé ses amis à l'écurie.

— Sur une moto ?

Jan secoua la tête.

— Je ne vois pas comment. Il faisait un froid de canard hier soir, et s'il l'a fait, pourquoi ne pas rouler directement jusqu'à l'endroit où son corps a été retrouvé ? Rappelez-vous qu'il n'y avait pas de traces de pneus.

— Ça me paraît trop commode qu'il soit le premier arrivé sur les lieux pour trouver son corps, Jan.

Elle n'avait pas de réponse à cela et elle le suivit jusqu'à la voiture avec un air morose.

CHAPITRE 4

Au moment où Mark tint la porte de la salle des opérations ouverte pour Jan avant de la suivre à travers le labyrinthe de bureaux, l'endroit grouillait déjà d'agents en uniforme et de détectives en civil.

Deux membres du personnel administratif traversaient la pièce entre les bureaux pour distribuer des tâches, sourds aux plaintes, dans une tentative d'organiser le nombre croissant d'actions requises pour la nouvelle enquête pour meurtre.

Mark tendit le cou jusqu'à ce qu'il puisse voir à travers la pièce au plafond bas où l'inspecteur principal Ewan Kennedy faisait les cent pas devant un tableau blanc, les manches de sa chemise retroussées au-dessus des coudes, dos à la salle.

Il se fraya un chemin à travers les dalles de moquette usées et dépassa deux jeunes agents en uniforme qui tentaient de démêler un photocopieur vieux de plusieurs années, Mark s'approcha de l'inspecteur principal et il s'éclaircit la gorge.

La silhouette élancée se retourna au bruit, puis leva brusquement le menton en guise de salut.

— Vous venez juste de rentrer ?

— Oui, chef.

Mark jeta un coup d'œil par-dessus son épaule tandis que Jan le rejoignait. Il tendit son téléphone portable.

— J'ai déjà envoyé ces photos par mail à Tracy pour qu'elle puisse les mettre dans le système et en imprimer quelques copies à afficher sur le tableau.

Pendant qu'Ewan Kennedy parcourait les photos avec une grimace, Mark examina le contenu du tableau blanc et son regard s'arrêta sur une photographie de Jessica qui semblait avoir été prise pendant l'été.

Un halo de lumière brillait autour de ses cheveux blonds, donnant à ses traits clairs un éclat naturel amplifié par son large sourire. Elle portait un débardeur blanc avec des bleuets qui accentuaient la couleur de ses yeux, et quelqu'un hors du cadre avait un bras passé autour de ses épaules.

— Pauvre gamine, murmura Jan à côté de lui. Elle ne méritait pas de mourir comme ça.

Mark déglutit, réprimant la pensée de ce qu'il ferait à quiconque ferait du mal à l'une de ses filles, et il essaya plutôt de se concentrer sur l'étude des traits de la jeune femme pour les graver dans sa mémoire en se jurant de trouver son meurtrier.

— Ses parents ont fourni celle-là ce matin.

Les mots de Kennedy interrompirent ses pensées, et il fit un pas en arrière par rapport au tableau.

— Est-ce qu'un agent de liaison familiale s'est rendu là-bas ?

— Il y a environ une heure.

Les yeux bleu pâle de Kennedy regardèrent par-dessus la tête de Jan et balayèrent la pièce.

— Bien, je pense que tout le monde est là. Commençons cette réunion.

Mark traversa la pièce et s'assit à côté de Jan sur le côté du groupe d'enquêteurs rassemblé. Il prit une feuille de papier que l'enquêteuse Caroline Roberts lui tendit avec un hochement de tête en guise de remerciement.

Il parcourut du regard la liste des tâches qui avaient été entrées dans la base de données nationale HOLMES2 puis assignées à chaque membre de l'équipe, et il nota que Jan et lui seraient associés pour toute la durée de l'enquête. Il porta son attention sur l'avant de la salle alors que Kennedy commençait la réunion, et il tourna une nouvelle page de son carnet, stylo à la main.

— Bien, mesdames et messieurs. Notre victime est Jessica Marley, dix-neuf ans, originaire de Harton Wick. Ses parents m'ont informé que c'était une jeune fille très occupée. Elle étudiait à temps partiel au lycée agricole local et elle avait deux emplois à temps partiel, l'un au pub Farriers Arms dans le village et deux après-midis par semaine au supermarché du coin. En plus de cela, elle avait récemment commencé à aider de façon ponctuelle aux écuries de course de MacKenzie Adams.

Mark haussa un sourcil en regardant Jan.

— Personne n'a mentionné ça, dit-elle à voix basse.

Kennedy fit une pause pendant que Tracy lui passait les photographies que Mark avait prises sur la scène de crime, puis il les montra une par une avant de les épingler au tableau.

— Merci à Mark et Jan qui se sont rendus sur la scène de crime ce matin, la médecin légiste a actuellement une théorie selon laquelle Jessica aurait été tuée par un seul coup à la tête, même si cela doit être confirmé après l'autopsie. Une trace de l'arme, Mark ?

— Non, chef, répondit-il. Il n'y avait aucune trace de

véhicule près de son corps, et il est peu probable que des empreintes de pas soient trouvées dans les hautes herbes. La police scientifique va devoir confirmer quelles empreintes ont été recueillies sur les pistes d'entraînement. La terre a été retournée par le cheval et son jockey, ainsi que par les cavaliers qui sont arrivés ensuite au tournant de la piste, donc ça va leur prendre un certain temps pour tout démêler.

— Ok. Caroline, notez de suivre ce rapport de près, s'il vous plaît. Dès qu'il arrive, distribuez-le.

— Oui, chef.

— Selon les parents de Jessica, elle n'avait pas d'ennemis et seulement une poignée d'amis proches. Même si elle travaillait au pub, elle ne socialisait pas beaucoup et elle était considérée comme introvertie. Plus heureuse d'étudier que d'aller en boîte de nuit, c'est ce que sa mère a dit.

— Des problèmes au travail ? demanda l'enquêteur Alex McClellan. Des clients difficiles, ce genre de chose ?

— C'est ce que j'aimerais que vous et Caroline découvriez, répondit Kennedy. Parlez au responsable de Jessica au supermarché. Quand vous aurez terminé, passez au lycée et parlez aussi à ses professeurs. Mark, je veux que vous et Jan alliez voir les parents ce matin. Ils étaient trop bouleversés pour faire une déclaration complète plus tôt, mais nous devons en savoir plus sur ses déplacements cette semaine, et jusqu'à son service au pub hier soir. Après cela, allez discuter avec le propriétaire du Farriers Arms. Comme Alex l'a dit, découvrez s'il y avait des problèmes avec les clients.

— Voulez-vous que nous réinterrogions MacKenzie Adams également ? demanda Mark. Jan vient de me faire remarquer que ni Adams ni Brennan ne nous ont mentionné que Jessica travaillait aux écuries quand nous leur avons parlé sur les pistes d'entraînement tout à l'heure. C'est une omission assez importante, non ?

— En effet. Si Adams vous cause des problèmes, faites-le-moi savoir. Il a la réputation d'être difficile, même dans ses meilleurs moments.

Kennedy termina le briefing en faisant le tour des officiers rassemblés pour s'assurer que tous les nouveaux membres de l'équipe étaient présentés, puis il retourna au tableau blanc et frappa de ses articulations sur la surface à côté de la photographie de Jessica prise cet été-là.

— Dix-neuf ans, bosseuse et avec toute sa vie devant elle, dit-il. Trouvons le salopard qui lui a fait ça.

CHAPITRE 5

Jan expira puis elle sonna à la porte du numéro six d'Ashton Close, tout en repassant dans sa tête les questions qu'elle voulait poser aux parents de Jessica.

Elle recula du pas de la porte et manqua de heurter Turpin qui se tenait les mains dans les poches, à contempler le chemin ornemental qui menait à la rue, puis elle examina le jardin impeccable devant la maison.

La mère de Jessica était visiblement une jardinière passionnée – une jardinière de primevères et de crocus s'accrochait au rebord de la fenêtre avant de la maison, mise en valeur par des compositions colorées dans des pots placés sur les dalles en dessous. Un grand magnolia rehaussait une pelouse luxuriante bordée de parterres de fleurs, où les premières pousses vertes des jonquilles perçaient la terre.

L'ensemble dégageait une impression de chaleur familiale, de confort et de sécurité.

Elle n'imaginait pas ce qu'ils traversaient. Si l'un de ses garçons avait été blessé, elle était certaine que la rage la pousserait à chercher justice, tempérée par un chagrin qui ne la quitterait jamais. Sa mâchoire se crispa.

Une silhouette floue apparut derrière le verre dépoli en haut de la porte d'entrée en PVC, puis celle-ci s'ouvrit et l'agent Grant Wickes passa la tête.

— Entrez, dit-il en indiquant une porte sur leur gauche. M. et Mme Marley sont par là.

Turpin leva la main.

— Avant d'entrer, y a-t-il quelque chose que nous devrions savoir ? Des mises à jour de leurs déclarations ?

— Ils n'ont rien mentionné au cours des deux dernières heures, répondit Wickes, ses yeux verts troublés. Ils ont été officiellement interrogés à neuf heures après avoir été informés du décès de Jessica. Je suis arrivé ici une demi-heure après. Évidemment, ils sont tous les deux en état de choc, mais M. Marley nous a déjà fourni des photos de Jessica pour aider à la campagne médiatique et il veut faire tout ce qu'il peut pour nous aider à trouver qui a fait ça à sa fille. Attendez-vous à le trouver très direct.

Jan sortit son téléphone portable de son sac et le mit en silencieux, et elle se demanda si le père de Jessica était aussi stoïque que le pensait Wickes. Sans doute ses tentatives d'aide étaient-elles un mécanisme pour faire face à son chagrin, et elle était reconnaissante que l'agent de liaison familiale expérimenté soit présent. À un moment donné, M. Marley aurait besoin de lui.

— Et sa femme ? demanda Turpin.

— Silencieuse, comme vous pouvez vous y attendre dans ces circonstances, répondit Wickes.

Il épousseta une peluche imaginaire sur la manche de sa veste.

— Bouleversée par ce qui s'est passé mais elle essaye de tenir le coup.

— Merci, Grant, dit Jan. Vous pourriez nous montrer le chemin ?

Elle suivit l'agent de liaison familiale dans le salon, parcourant rapidement du regard les photographies alignées sur une cheminée au-dessus d'un poêle à bois. Le feu à l'intérieur diffusait sa chaleur dans la pièce et une lueur orangée se déversait sur un tapis d'où un petit chien nerveux se leva pour renifler les chaussures de Turpin pendant qu'il les présentait aux parents de Jessica.

M. Marley se leva de son fauteuil et tendit la main pour prendre celle de Jan d'une poigne ferme.

— Appelez-moi Trevor. Voici ma femme, Wendy. Asseyez-vous.

Jan se posa au bout d'un canapé trois places tandis que Turpin prenait l'autre extrémité et se penchait en avant, les coudes sur les genoux, pour s'adresser au couple.

— Nous aimerions vous présenter nos condoléances à tous les deux, dit-il. Nous savons que c'est une période très difficile pour vous, et nous allons faire tout notre possible pour mener notre enquête afin de découvrir qui a fait ça à Jessica.

— Qu'est-ce que vous pouvez nous dire ? demanda Wendy en tamponnant ses yeux avec un mouchoir en papier déchiré avant de poser ses mains sur ses genoux.

— Nous voulons tout savoir, ajouta Trevor d'une voix rauque. Je veux savoir ce que ce salaud a fait à ma fille.

Jan ouvrit son carnet.

— Avant cela, est-ce que vous pourriez nous parler de Jessica ? Quels étaient ses centres d'intérêt, ses passe-temps, ce genre de choses ?

— En quoi est-ce que ça pourrait vous aider ? répliqua Trevor.

— J'aimerais en savoir plus sur elle en tant que personne, répondit Jan. Pas en tant que victime. Et il se peut que quelque chose que vous nous direz nous aide à former une image de ce qui lui est arrivé. Il est important que nous apprenions chaque détail, peu importe à quel point vous le jugez insignifiant.

Turpin acquiesça.

— Ce que dit l'enquêteuse West est vrai. Pour l'instant, nous savons que Jessica étudiait à temps partiel au lycée agricole local et qu'elle travaillait au pub Farriers Arms dans le village deux ou trois soirs par semaine, en plus d'avoir un emploi au supermarché. Comment est-ce qu'elle se déplaçait ?

— En bus, la plupart du temps, répondit Trevor. Pour aller au lycée, du moins. Ensuite, elle travaillait les mardis et jeudis au supermarché à proximité et elle prenait le bus pour rentrer de là-bas.

— Parfois, je la récupérais sur mon chemin de retour si j'avais travaillé tard, ajouta Wendy. Je travaille comme comptable dans une société de distribution alimentaire à environ huit kilomètres d'ici.

— Est-ce que Jessica conduisait ? demanda Jan.

— Un peu, dit Trevor, mais elle n'avait pas sa propre voiture. Après avoir obtenu son permis, elle a décidé d'économiser son argent pendant un moment. Elle parlait de prendre une année sabbatique pour voyager avant de faire des projets permanents après la fin de ses études.

— Qu'est-ce qu'elle étudiait ?

— La gestion agricole, répondit Wendy.

Elle se redressa avec une expression fière.

— Elle voulait travailler avec des groupes minoritaires en Asie, avec une organisation caritative.

— Est-ce qu'elle avait déjà signalé des problèmes au travail ou à l'école ? demanda Turpin.

Trevor fronça les sourcils.

— Vous voulez dire du harcèlement ?

— N'importe quoi, en fait. Est-ce qu'elle avait déjà exprimé des préoccupations auprès de l'un d'entre vous ?

Les deux parents secouèrent la tête.

— Jessica était l'une des personnes les plus accommodantes que vous puissiez rencontrer, dit Wendy. Elle était toujours prête à aider.

— Parlez-moi de sa relation avec Will Brennan, demanda Jan.

— C'est lui qui l'a trouvée, n'est-ce pas ?

— Oui, c'est exact.

— Le pauvre garçon doit être inconsolable. Il n'a pas de famille proche dans le coin, vous le saviez ?

— Non, nous n'avons pas discuté de ça. D'où est-ce qu'il vient ?

— Du Gloucestershire, à l'origine, répondit Trevor. Ses parents vivent près de Cheltenham, et il a une jeune sœur au collège. C'est un garçon charmant.

— Quand est-ce que Jessica a commencé à travailler à l'écurie de MacKenzie Adams ? demanda Turpin.

Un tic apparut sous l'œil gauche de Trevor, et Jan retint son souffle.

— J'aurais préféré qu'elle ne s'implique jamais avec lui, répondit-il. Elle avait déjà suffisamment à faire, entre ses cours et ses deux emplois. Elle n'avait pas besoin d'aller travailler pour lui en plus.

— Elle voulait acquérir de l'expérience, mon chéri, dit Wendy d'un ton conciliant. Tu le sais bien.

Trevor fronça les sourcils.

— Elle aurait pu faire n'importe quoi de sa vie. Elle n'avait pas besoin de lui.

— Will ne nous en a pas parlé quand nous l'avons interrogé ce matin, dit Jan.

— Ils se sont disputés à ce sujet, expliqua Wendy. Rien de trop grave, mais je ne pense pas que Will voulait qu'elle y travaille.

— Une idée de la raison ? demanda Turpin.

— Adams a la réputation de reluquer les filles, dit Trevor. Pas des mineures, rien de ce genre, mais je sais par les commérages au Farriers qu'il a brisé quelques cœurs au fil des ans.

— Dieu sait ce qu'il a fait subir à sa pauvre femme quand elle était en vie, dit Wendy en secouant la tête. C'est terrible.

— Est-ce que vous étiez inquiets que lui et Jessica—

— Non, pas du tout, le coupa Trevor. Nous en avons discuté quand il lui a proposé de venir occasionnellement le samedi matin là-bas, et elle a dit que la plupart de ses amies le trouvaient trop vieux pour elles. Je lui ai dit qu'elle pouvait toujours venir nous parler si quelque chose la mettait mal à l'aise, mais elle ne l'a jamais fait.

— Mais vous n'étiez quand même pas content qu'elle y travaille ? demanda Turpin.

Les yeux de Trevor s'enflammèrent.

— C'étaient les commérages, dit-il. Peu importe qu'il se soit passé quelque chose ou non, les gens peuvent être des salauds. Ils ont pu considérer ça comme des taquineries inoffensives de se demander s'il y avait quelque chose entre eux, mais ça bouleversait Jessica. Elle essayait juste de réussir sa vie.

— Et elle était folle amoureuse de Will, ajouta Wendy. Elle ne l'aurait jamais trompé en premier lieu.

— Comment Jessica s'est-elle rendue au travail hier soir ? demanda Jan.

— Je l'ai déposée, répondit Trevor. C'est mon pub habituel alors je suis resté pour boire quelques verres, à faible teneur en alcool, bien sûr. Je suis parti vers neuf heures.

— Est-ce que vous avez vu Will Brennan sur place ?

— Brièvement. Il est parti environ une heure avant moi. Je suppose qu'il devait se lever tôt ce matin pour s'occuper des chevaux.

— Et quels étaient les plans de Jessica pour rentrer chez vous ?

— Elle a dit qu'elle rentrerait à pied une fois qu'elle aurait fini d'aider Noah à nettoyer. Parfois, elle reste tard et elle leur donne un coup de main pour préparer le lendemain.

— Je suis surpris qu'elle rentre à pied à cette période de l'année, remarqua Turpin, surtout avec cette route si étroite.

Trevor s'essuya les yeux.

— Je sais, mais elle ne voulait rien entendre. Elle disait toujours qu'elle aimait cette promenade, que ça lui donnait le temps de réfléchir et de décompresser après son service.

Jan remit son carnet dans son sac à main et se leva.

— Merci de nous avoir parlé. Nous allons vous laisser maintenant. Grant ici présent va continuer à être votre contact, donc si vous avez des questions concernant l'enquête, il pourra vous aider.

Elle et Turpin serrèrent la main des Marley puis retournèrent à la voiture.

Jan jeta son sac à main sur la banquette arrière, puis elle posa sa main sur le toit et regarda Turpin.

— Donc, si elle n'avait pas de voiture, et qu'elle n'a pas emprunté celle de sa mère ce soir-là, elle a dû soit accepter un trajet avec son meurtrier, soit être prise en stop pendant qu'elle rentrait à pied.

— Il est temps d'aller parler au patron du Farriers Arms, je pense, dit-il. Pour savoir qui est la dernière personne à l'avoir vue vivante.

CHAPITRE 6

Le pub The Farriers Arms portait son histoire avec une lassitude résignée.

À l'avant et jusqu'à la route, un vaste jardin engazonné avait été aménagé avec des tables de pique-nique disposées stratégiquement pour que, durant les mois d'été, les clients puissent profiter au maximum du temps plus clément. Les bancs étaient maintenant déserts, les parasols colorés utilisés comme protection solaire avaient été rangés, et l'herbe en dessous avait poussé sans retenue.

Mark examina d'un œil expert l'extérieur du pub, et il remarqua la peinture bordeaux écaillée qui encadrait les quatre fenêtres donnant sur l'asphalte fissuré et troué du parking, qui n'avait guère mieux résisté aux hivers précédents que le calme chemin de campagne qui y menait.

Le toit de chaume du pub avait au moins été remplacé, même si les roseaux frais lui rappelaient une nouvelle coupe de cheveux qui n'avait pas encore eu le temps de s'assouplir. De la fumée s'élevait de deux des quatre cheminées en brique rouge, et le léger arôme de bûches en train de brûler emplissait l'air à mesure qu'il s'approchait.

À l'origine une forge du quinzième siècle, le bâtiment possédait une cheminée qui s'élançait vers le ciel depuis un toit de chaume sombre et portait une inscription ciselée de 1922 pour marquer sa conversion en pub, la finalité d'un métier mourant gravée dans ses ossatures de brique.

Mark suivit un sentier aux dalles irrégulières vers la porte d'entrée du bâtiment blanchi à la chaux, les murs extérieurs de chaque côté de l'entrée arborant les outils métalliques de l'ancien métier de maréchal-ferrant.

Il poussa la porte d'entrée en chêne foncé, sa surface rugueuse marquée de cicatrices et d'éraflures, et ses charnières en fer vieilles de plusieurs siècles grincèrent de manière théâtrale sous sa main tandis qu'il la maintenait ouverte pour Jan.

Un silence l'accueillit – une étrangeté à laquelle il ne s'attendait pas, exacerbée par l'absence de musique ou de conversation.

Tandis qu'il traversait les dalles usées, il examina les rebords de fenêtres inégaux garnis de bibelots qui avaient connu des jours meilleurs – des cruches en étain aux surfaces ternes et des livres reliés dont les dos déchirés ne laissaient plus que deviner les titres et les noms des auteurs.

Une silhouette se tenait derrière le bar, le dos tourné, un homme corpulent avec une calvitie naissante qui se déplaçait vers la caisse pour l'allumer, inconscient de leur arrivée.

— Excusez-moi, dit Mark.

L'homme se retourna, la surprise gravée sur ses traits arrondis.

— Désolé, j'étais ailleurs. Je ne vous ai pas vus entrer.

Jan montra sa carte professionnelle.

— Vous êtes le titulaire de la licence ?

L'homme sortit de derrière le bar, déposa un chiffon jaune à côté d'une bombe aérosol de produit pour meubles sur la table près d'eux et il s'essuya les mains sur l'arrière de son jean.

— C'est exact. Noah Collins.

— Nous aimerions vous parler de Jessica Marley, dit Mark. Vous avez un moment ?

— Bien sûr. Venez vous asseoir par ici.

Collins fit un signe du pouce vers le bar en chêne qui s'étendait sur toute la longueur de la pièce.

— Vous voulez un café ?

— Non, ça va, merci.

Mark attendit que Jan se soit installée sur un tabouret de bar avant de prendre place à côté d'elle et de jeter un coup d'œil au mur du fond.

Des bouteilles d'alcool étaient organisées par variétés de gin, vodka, whisky et brandy, à côté de présentoirs de photographies et d'autres babioles liées à l'histoire du pub.

Collins le surprit en train de regarder et il s'appuya contre un réfrigérateur à porte vitrée sous la caisse.

— Vous êtes ceux qui enquêtent sur la mort de Jessica ?

— Comment est-ce que vous l'avez appris ?

— Le chauffeur qui a livré le fioul ce matin. Je suppose qu'il l'a entendu de quelqu'un des écuries, ils ne sont pas raccordés au gaz de ville non plus.

— Depuis combien de temps Jessica travaillait-elle ici ?

— Depuis ses dix-sept ans. Elle a commencé en cuisine, puis elle est passée au bar après son dix-huitième anniversaire, répondit Collins. Elle travaillait ici à plein temps jusqu'à ce qu'elle commence ses études. Ces derniers temps, elle faisait deux à trois jours par semaine entre ses autres engagements.

— Comment était-elle en tant qu'employée ? demanda Jan.

— Fiable. Honnête. Le genre de personne à qui vous pouviez confier la gestion du pub le soir sans vous inquiéter. Elle devait s'occuper de l'établissement pendant nos vacances en mai.

Une tristesse traversa son visage.

— Je ne sais pas ce que nous allons faire sans elle. Elle va sans aucun doute manquer aux habitués. Elle avait toujours un sourire pour tout le monde et elle avait de la répartie quand il s'agissait de plaisanter.

— Donc elle était appréciée ? dit Mark.

— Absolument.

— Vous avez une idée de la raison pour laquelle quelqu'un l'aurait attaquée ?

— Non, et c'est une question qui me trotte dans la tête depuis que j'ai appris qu'on l'avait trouvée, dit Collins. Jess ne se faisait pas d'ennemis. Je pense que ça aidait qu'elle ne travaille ici qu'à temps partiel. Quand elle était là, les gens étaient tellement désireux de la voir qu'ils ne pensaient pas à se disputer.

— Pas de disputes ces dernières semaines ?

Collins secoua la tête.

— S'il y en a eu, on ne m'en a jamais parlé.

— Vous avez beaucoup de problèmes ici ?

— C'est un pub tranquille. Ce sont surtout des locaux qui viennent ici, même si nous avons des gens qui passent pour déjeuner ou dîner. La chef est ma femme, Sonia.

Un sentiment de fierté emplit sa voix.

— Nous avons gagné quelques prix de pub et elle a été présentée dans plusieurs magazines locaux.

Mark fit les bruits d'approbation appropriés, puis il jeta un regard autour du pub.

— Elle est ici en ce moment ?

— Elle est sortie il y a environ une demi-heure, elle voulait acheter des boîtes en plastique. Elle prévoit de préparer des plats pour les parents de Jessica. Des choses qu'ils pourront mettre au congélateur pour tenir le coup, des ragoûts et autres, vous voyez ?

— C'est gentil de sa part.

— On ne savait pas quoi faire d'autre. Je ne peux pas imaginer ce qu'ils traversent.

— Vous n'avez pas d'enfants ?

—Non.

Collins parvint à sourire.

— Ce genre d'environnement n'est pas vraiment propice à l'éducation des enfants, même si je connais quelques tenanciers qui y arrivent.

— Combien d'employés travaillent ici ?

— Six serveurs à temps partiel et trois personnes à temps partiel en cuisine.

— Des problèmes entre eux ? Des conflits de personnalité ?

— Pas à ma connaissance. Nous sommes tous stressés quand c'est bondé ici, et la cuisine est plus petite que nos besoins, ce qui n'arrange rien, mais tout rentre dans l'ordre à la fin de la journée.

Collins fit un geste vers l'endroit où ils étaient assis.

— Je les encourage toujours à prendre un dernier verre avec moi, un café ou une boisson sans alcool, s'ils préfèrent, une fois que les portes sont fermées pour la nuit. Ça aide à décompresser et à discuter des problèmes avant qu'ils ne deviennent sérieux.

— Et elle semblait heureuse ?

— Oui, toujours la même Jessica.

— À quelle heure est-ce qu'elle a quitté l'établissement hier soir ?

Collins passa une main sur son menton.

— Ça me semble tellement improbable qu'on parle d'elle comme ça. Je n'arrive pas à croire que ça fait seulement quelques heures qu'elle était ici. Je suppose qu'il devait être environ onze heures et demie quand nous avons fini de tout ranger.

— Elle est partie avec quelqu'un ?

— Non, elle a dit qu'elle allait marcher. La maison de ses parents est à seulement un kilomètre et demi sur la route et c'est bien éclairé. Pas beaucoup de circulation à cette heure-là. Elle l'a fait plein de fois.

— Il faisait froid hier soir.

— Elle disait toujours qu'elle se réchauffait avant d'arriver chez elle.

Sa voix se brisa, et il secoua légèrement la tête avant de cligner des yeux.

— Désolé.

— Aucun des habitués ne lui a proposé de la raccompagner ?

— Il n'y avait plus personne quand nous avons fini de ranger.

— Est-ce qu'elle acceptait des trajets de la part d'habitués qui venaient boire ici parfois ?

— De temps en temps, oui, si elle ne partait pas avec un ami.

— Nous allons avoir besoin d'une liste des noms des autres membres du personnel, et des habitués si vous les avez.

— Pas de problème.

Il prit le carnet de Jan et commença à écrire sur une page vierge, tout en faisant défiler son téléphone portable pour chercher des numéros et les ajouter quand il le pouvait.

— Est-ce qu'il y avait quelqu'un d'autre qui travaille au bar ou en cuisine et qui aurait pu la ramener chez elle ? demanda Mark.

Collins secoua la tête et rendit le carnet.

— Pas hier soir. Martin, qui aide en cuisine, vient en vélo, il a perdu son permis il y a six mois, et il est parti dès que lui et Sonia ont terminé de nettoyer. C'était vers neuf heures et demie. Cheryl vit dans la direction opposée, vers Hazelthorpe. Elle est partie une heure avant Jessica parce qu'elle avait commencé plus tôt.

— Pourquoi ne pas avoir raccompagné Jessica vous-même ?

Une expression embarrassée traversa le visage de l'homme.

— J'avais bu et je ne pouvais pas prendre le risque. Sonia aussi. On a tendance à partager une bouteille de vin parfois quand le pub est un peu calme.

— Et qu'est-ce que vous avez fait après que Jessica a quitté le pub ?

— On est allés se coucher, répondit Collins. Nous devions être debout à huit heures ce matin pour réceptionner une demi-tonne de bûches pour le feu et le réapprovisionnement du réservoir de fioul.

— C'est un travail difficile, dit Jan.

— Oui, et ça vous fait vous demander pourquoi tant de gens disent qu'ils vont prendre leur retraite et tenir un pub.

Collins s'éloigna de la caisse et enroula ses doigts autour de la pompe à bière la plus proche.

— Écoutez, s'il y avait autre chose que je pouvais vous dire, je le ferais, mais après le départ de Jessica, ma femme et moi étions endormis comme des souches.

Mark se leva du tabouret de bar et glissa une carte de visite.

— D'accord. On va vous laisser. Appelez-moi si vous vous souvenez de quelque chose qui pourrait nous aider, ou si vous entendez quoi que ce soit.

Collins glissa la carte dans la poche de poitrine de sa chemise.

— Je le ferai.

Dehors, Mark attendit que Jan ait fermé la porte puis il se dirigea à grands pas vers la voiture. Il s'arrêta au bord de la route et scruta la pente irrégulière du chemin en direction de la maison des Marley.

— C'est étroit, n'est-ce pas ? dit Jan. Pas de trottoir, et un virage sans visibilité.

Mark inclina la tête, mais aucun véhicule ne se faisait entendre au loin, seulement un tracteur qui grondait à travers un champ derrière le pub.

— Vous pensez qu'elle connaissait son agresseur, chef ?

Mark enfonça ses mains dans ses poches et fixa d'un regard sévère les nuages blancs qui filaient à travers un ciel grisâtre.

— D'après ce qu'on entend à son sujet, c'était une jeune femme intelligente, répondit-il. Je ne la vois pas accepter de se faire raccompagner par un inconnu, pas vous ?

CHAPITRE 7

Noah Collins regarda la voiture des détectives s'engager dans la ruelle avant de retirer le torchon de son épaule pour essuyer le comptoir où ils s'étaient assis.

Une fois les traces effacées, il prit son stylo et barra le jour de la semaine sur le calendrier accroché sous l'horloge murale, se demandant s'il oublierait un jour cette date.

Le jour où Jessica Marley avait été retrouvée assassinée.

Il jeta un coup d'œil par-dessus son épaule en entendant une voiture entrer sur le parking devant les fenêtres, puis un éclair bleu passa.

Noah sortit les derniers verres à bière propres du lave-vaisselle sous le comptoir, les essuya soigneusement puis remit le torchon sur son épaule. Il se dirigea vers la cuisine, ouvrit la porte arrière et sourit lorsque sa femme lui tendit un sac fourre-tout bien rempli.

— Tu as trouvé ce que tu voulais ?

— Il y en a sept que je peux utiliser pour les parents de Jessica, et j'en ai acheté en plus pour nous aussi. Je me suis

45

dit qu'on pourrait peut-être proposer un service de plats à emporter pendant l'hiver.

Brune, plus petite que son mari, Sonia avait des yeux verts qui pétillaient d'excitation.

— Bonne idée, dit-il. Qu'est-ce que tu prévois de mettre au menu ?

— Les plats les plus simples possible. Comme ça, si on est occupés au bar avec les commandes, ça ne créera pas trop de perturbations.

Elle le suivit dans la cuisine et ferma la porte arrière.

— Des nouvelles ?

— La police était là à l'instant.

— Encore ?

— Deux détectives cette fois.

Sonia souffla sur sa frange pour la dégager de ses yeux et elle posa deux autres sacs fourre-tout sur le plan de travail en acier inoxydable.

— Qu'est-ce qu'ils voulaient ?

— Pas grand-chose. Ils ont juste posé les mêmes questions que les deux policiers ce matin. Tu veux un café ?

— Bonne idée. Je vais allumer les friteuses et tout le reste, et je te rejoins.

Noah retourna au bar et s'affaira avec la machine à café sophistiquée qu'il avait achetée durant l'été. Il déglutit en repensant au service qu'il avait passé avec Jessica à essayer d'apprendre à faire fonctionner ce foutu engin.

Elle en savait plus sur le métier que la plupart des gens, et son absence allait être difficile à supporter.

Le riche arôme des grains de café moulus emplit l'air et il secoua la tête pour chasser ses souvenirs avant de remplir deux tasses et de se diriger vers la table près de la fenêtre.

Sonia était assise sur la chaise la plus proche du faible

rayon de soleil qui traversait la vitre, sa chaleur accentuée par le chauffage central.

— Ils voulaient une liste des personnes présentes hier soir, dit-il en plaçant l'une des boissons chaudes devant elle.

Ses yeux s'écarquillèrent.

— Tu crois qu'ils pensent qu'un des habitués l'a tuée ?

— Je n'en sais rien. Ils ne disent pas grand-chose. Ils ne peuvent pas, je suppose.

Sonia porta la main à sa bouche tandis qu'il s'asseyait en face d'elle.

— Qu'est-ce qu'on va faire ?

— Continuer comme d'habitude, je suppose. On ne peut rien faire d'autre.

— Mais s'ils pensent qu'un meurtrier vient boire ici ?

Elle baissa la main.

— Imagine ce que ça va faire à notre commerce, après tout ce qu'on a construit.

— On n'y peut pas grand-chose, ma chérie. Espérons simplement que ce ne soit rien. Après tout, on l'a retrouvée sur les pistes d'entraînement, non ? Ça pourrait être quelqu'un de ce coin-là qui a fait ça.

— Je suppose que tu as raison.

Elle resserra son gilet autour de ses épaules, la bouche crispée.

— Quand même...

— Ils m'ont demandé si nous avions des enfants, dit-il, le regard fixé sur la mousse de lait qui éclatait en bulles tandis que le café refroidissait. Je n'ai pas essayé de leur expliquer que Jessica et les autres sont comme notre famille. Jess plus que les autres. Nous avons tellement compté sur elle. Qu'est-ce qu'on va devenir sans elle ?

Sonia le regarda par-dessus le bord de sa tasse, puis elle la posa sur la table.

— Je ne sais pas. Je pensais en revenant ici qu'on allait devoir mettre une annonce pour la remplacer à un moment donné, mais ça semble tellement déplacé, tu ne trouves pas ? Il va falloir attendre.

Il hocha la tête.

— On va se débrouiller. Je ne veux blesser personne.

Elle regarda par la fenêtre en fronçant le nez face au temps maussade.

— Est-ce qu'on devrait ouvrir aujourd'hui ?

— Je pense que oui. J'imagine que les gens vont vouloir parler de ce qui s'est passé. C'est comme ça que certains font face, non ? Je pense que ça paraîtrait bizarre si on n'ouvrait pas, mais—

— On pourrait rester fermés à midi et ouvrir ce soir pour quelques heures. De toute façon, en semaine à cette période de l'année, on n'a que des clients de passage, mais il y a des chances que les habitués viennent ce soir. Certains n'ont nulle part où aller et pas de famille à la maison.

— Tu es sûre ?

Elle tendit une main et la posa sur la sienne.

— Ça me laissera le temps de préparer ces plats pour ses parents et de les leur apporter. J'essaie encore de digérer tout ça, pour être honnête. Je n'ai aucune idée de ce que je vais leur dire. Quand on a lancé cette affaire, je savais qu'on aurait des ennuis de temps en temps, mais rien de tel.

— Je sais.

Noah soupira.

— Nigel a appelé des écuries.

— Ah bon ? Il a dit comment va Will ?

— Pas bien. En état de choc, j'imagine, après l'avoir trouvée ce matin.

Sa femme se mordit la lèvre et secoua la tête, les yeux emplis de tristesse.

— Je n'en doute pas.

CHAPITRE 8

Mark tourna la clé dans la serrure et poussa la porte d'entrée, quelques secondes avant qu'une boule de fourrure marron tachetée ne dévale l'escalier et se jette sur ses chevilles.

Les pattes du chien grattaient contre son pantalon tandis qu'il se baissait pour ramasser les lettres déposées sur le paillasson, avant qu'un reniflement excité accompagné d'un léchage humide sur son nez ne le fasse reculer et s'essuyer le visage.

— Ça suffit, Hamish. Je suis rentré maintenant. Gentil chien.

Satisfait qu'il dise la vérité, le bâtard hirsute se précipita dans le salon et laissa entendre le bruit d'un jouet qu'on étrangle à mort.

Mark se débarrassa de son manteau, ajusta le thermostat sur le mur et retint son souffle jusqu'à ce qu'il entende la chaudière démarrer.

Il ignora la décoration désuète qui couvrait les murs. Si c'était sa maison, il arracherait le papier peint vieux d'une décennie et utiliserait quelques pots de peinture blanche pour couvrir le plâtre avant d'accrocher les reproductions qui étaient actuellement enveloppées dans du plastique et stockées dans le garage attenant à la propriété d'un côté.

Il avait fini par quitter la péniche de location sur la Tamise deux mois auparavant, mais il répugnait à déballer sa vie. Les cartons qui avaient précédemment occupé une bonne partie des sièges de son habitat flottant avaient simplement été ramassés, jetés à l'arrière de sa voiture et abandonnés dans le garage avec les tableaux et tout le reste en provenance du box de stockage qu'il utilisait.

Les voisins restaient discrets mais semblaient assez sympathiques quand il était arrivé. Ils lui avaient proposé de l'aide s'il en avait besoin, et avaient été soulagés d'apprendre qu'il était inspecteur de police en service. Une partie de lui savourait la solitude, une autre restait attentive à la sonnette de la porte. Il avait découvert lorsqu'il avait rejoint la police du Wiltshire que certains voisins préféraient frapper à sa porte plutôt que composer le numéro d'urgence. Cela pouvait devenir exaspérant s'il essayait de se reposer après une garde tardive.

Cependant, le couple d'âge mûr d'à côté avait jusqu'à présent respecté son intimité.

Malgré ses efforts pour emballer ses affaires de la péniche, il n'arrivait toujours pas à retrouver où il avait rangé certaines choses du quotidien dont il avait besoin. Lors de son premier soir dans la maison, il avait dû manger son fish and chips à l'aide d'un canif. Il lui avait fallu encore trois jours pour localiser le carton avec les couverts.

La maison mitoyenne convenait à ses besoins pour l'instant. Avec trois chambres, un salon et une salle à manger séparée, elle lui offrait la possibilité de s'étaler, surtout après l'exiguïté de la péniche. Malgré tout, ce toit supplémentaire qui ne lui appartenait pas semblait être un répit temporaire.

En feuilletant le courrier du jour, il jeta de côté les dépliants publicitaires d'un restaurant indien local et d'un service de livraison de pizzas, puis il fronça les sourcils en passant ses doigts sur une enveloppe marron ordinaire qui portait le cachet de Swindon sur l'étiquette.

Il n'avait pas eu de nouvelles de Debbie depuis quelques semaines. Son dernier week-end prévu avec ses filles avait été reporté pour qu'elles puissent partir avec leur mère dans le sud de la France pour des vacances improvisées à petit prix. Au lieu de cela, il avait suivi leurs exploits – principalement des jeux autour de la piscine de l'hôtel – sur les réseaux sociaux et il avait essayé d'ignorer le malaise qui lui nouait l'estomac.

Mark déchira l'enveloppe et en sortit le contenu, fronçant les sourcils tout en parcourant du regard le logo en haut de la page et en dépliant les pièces jointes.

— C'est quoi ce bordel ?

Un sentiment de nausée le traversa, et il sortit son téléphone portable d'une main tremblante tout en se dirigeant à grands pas vers la cuisine en allumant les lumières sur son passage. Il arpentait le sol, la mâchoire serrée.

— Allez. Décroche. Décroche.

— Mark ?

— Une demande de divorce ? Tu plaisantes ?

— Ils... ils te l'ont déjà envoyée ?

Il s'arrêta au milieu du carrelage.

Debbie semblait confuse, et puis—

— Merde. Je suis vraiment désolée. Ils devaient attendre la fin de la semaine pour l'envoyer. Pour me donner le temps de te parler d'abord.

Mark chancela, puis il s'agrippa au bord de l'évier et s'y appuya, le cœur battant.

— Un divorce ?

— Attends.

Il l'entendit bouger, puis appeler Anna et Louise pour s'assurer qu'elles faisaient leurs devoirs avant de revenir.

— Je devais juste fermer la porte.

— Elles sont au courant ?

— Quoi ? Bien sûr que non, je voulais en discuter avec toi d'abord.

— C'est un peu tard pour ça, apparemment. Enfin, pourquoi ne pas m'en avoir parler avant de contacter les avocats ?

— Mark, ça fait plus de six mois qu'on vit séparément. Tu as tourné la page—

— C'était censé être temporaire, tu le sais bien.

— Si c'était seulement temporaire, pourquoi est-ce que tu as demandé ton transfert à la police de la vallée de la Tamise ?

— Tu sais pourquoi. Je prévoyais de revenir, Debs. Avec le temps. J'avais juste besoin de m'éloigner un peu après tout ce qui s'est passé, tu le sais bien.

Il se détacha de l'évier et se dirigea vers le salon, échauffé sur le sujet.

— Et les filles ? Qu'est-ce qu'elles vont penser ?

— Je... je ne sais pas. Ça ne changera rien, Mark. Elles viendront toujours chez toi chaque mois. Je ne t'empêcherai pas de les voir ou quoi que ce soit de stupide comme ça. J'ai juste besoin d'avancer. Je—

— Tu vois quelqu'un d'autre ?

— Quoi ? Non, je—

— Quoi, alors ? Qu'est-ce qui a provoqué ça ?

Il entendit le raclement d'une des chaises tirée de sous la table de cuisine, un froissement de papier, puis un profond soupir quand Debbie s'assit.

— Mark, on s'éloigne l'un de l'autre depuis que tu as été attaqué. Tu sais que ton travail m'a toujours inquiétée. C'est devenu pire à mesure que tu t'investissais davantage. C'était déjà assez difficile quand tu étais en uniforme, mais là... Depuis ta promotion au poste d'inspecteur, c'est devenu une obsession. On te voyait à peine avant l'agression, et quand c'est arrivé, j'ai cru que j'allais te perdre pour de bon... Regarde-nous maintenant. On ne vit même plus sous le même toit depuis des mois.

Mark parcourut la documentation du regard une fois de plus, la gorge nouée par l'émotion. Les jambes chancelantes, il arpentait le salon dans un état second, le silence à l'autre bout du téléphone intensifiant son angoisse.

Elle n'avait plus rien à dire.

Il s'effondra sur le canapé et il cligna des yeux pour refouler la brûlure aux coins de ses paupières.

— Je peux arranger les choses, vraiment. Je pourrais revenir. Je peux dire à Kennedy que j'ai fait une erreur. Je peux—

— C'est trop tard, Mark, murmura-t-elle. Je n'y arrive plus.

— Debbie, s'il te plaît—

— Je suis désolée, Mark.

Elle renifla.

— Je dois y aller. Les filles vont vouloir dîner.

— Attends, Deb—

Il jura quand l'appel prit fin et resta assis un moment, les mains serrées entre ses genoux, à essayer de comprendre ce qui venait de se passer.

C'était fini.

Sa vie d'avant était terminée.

Tout ce qu'il avait espéré, tout ce pour quoi il avait travaillé.

Parti.

Hamish gémit, puis sauta sur le canapé à côté de lui et tenta de lécher les larmes salées qui couvraient ses joues.

Mark expira, puis il s'enfonça dans les coussins et ferma les yeux en gémissant à voix basse.

Est-ce qu'il s'était menti à lui-même tout ce temps ? Pensait-il vraiment pouvoir un jour retrouver ce qu'il avait abandonné ?

Pendant tout ce temps, il avait essayé de se convaincre qu'il faisait ce qu'il fallait pour sa famille. Les protéger, leur donner du temps pour guérir, jouer à la famille heureuse pendant qu'un courant de désespoir rongeait les bords de son mariage fracturé.

Peut-être que Debbie avait raison.

Peut-être qu'il était trop tard.

Peut-être qu'elle était simplement plus courageuse que lui.

Peut-être qu'il s'accrochait à un faux espoir depuis son arrivée dans le Val du Cheval blanc.

Mark ouvrit les yeux et essuya ses larmes avant d'ébouriffer les oreilles de Hamish.

— Ne t'inquiète pas. Ça va aller, mon vieux. Pour de vrai.

Il choisit d'ignorer le tremblement dans sa voix.

CHAPITRE 9

Le lendemain matin, Jan monta les escaliers jusqu'à la salle des opérations deux marches à la fois, frôlant un sergent en uniforme plus âgé qui portait une boîte d'archivage en carton avant de se faufiler devant une paire d'assistantes administratives, la tête baissée pendant qu'elles chuchotaient.

En haut des escaliers, elle tourna à droite et s'empressa le long du couloir faiblement éclairé, tout en vérifiant sa montre.

Elle avait vingt minutes d'avance, son adrénaline bourdonnante après un cours de spinning matinal, et elle était déterminée à prendre de l'avance sur ses emails avant que l'inspecteur principal Kennedy ne commence le briefing du matin.

Turpin était déjà à son bureau et il leva une main en guise de salut, l'autre tenant le téléphone pressé contre son oreille.

Ses yeux étaient injectés de sang, l'épuisement gravé sur ses traits, et elle se demanda s'il avait dormi la nuit passée.

Jan fronça les sourcils et se détourna avant qu'il ne la surprenne à le fixer.

Elle déposa son sac à main sur le sol à côté de sa chaise,

se connecta à son ordinateur puis jeta un coup d'œil par-dessus l'écran vers Turpin alors qu'il terminait son appel et jurait à voix basse.

— Qu'est-ce qui se passe, chef ?

— J'ai essayé de joindre MacKenzie Adams pour qu'on puisse l'interroger aujourd'hui. Il s'avère qu'il est parti à Ascot, il ne sera pas de retour avant neuf heures ce soir.

Jan fronça les sourcils.

— Après ce qui s'est passé hier ?

— Je sais. On pourrait penser qu'il ferait preuve d'un peu de décence dans ces circonstances.

— Je suppose qu'il doit quand même gagner sa vie.

La lèvre supérieure de Turpin se retroussa.

— Je ne pense pas qu'il risque de perdre de l'argent dans cette histoire, Jan. Je ne peux pas m'empêcher de penser qu'il va se délecter de cette attention supplémentaire. Vous allez voir, je parie que son visage sera partout aux infos ce soir.

Jan soupira. Il avait raison. Sa première impression de l'entraîneur de chevaux de course était qu'il était égocentrique, renforcée par les commentaires de Brennan concernant ses perspectives d'emploi futures à l'écurie.

— Vous pensez qu'il l'a tuée ? Après tout, les parents de Jessica ont dit qu'il avait la réputation d'être un coureur de jupons, et il ne nous a pas parlé du fait que Jessica travaillait pour lui.

— Je n'écarte pas cette possibilité, répondit Turpin. Au fait, vous avez vu l'email de Gillian ? Elle a programmé l'autopsie pour vendredi matin. J'ai dit à Kennedy qu'on irait s'il était débordé, ça vous va ?

— Bien sûr.

Jan appuya sur « envoyer » pour un autre email dans sa boîte de réception puis elle jeta un coup d'œil par-dessus son épaule alors que Kennedy ouvrait brusquement la porte de son bureau et traversait la pièce jusqu'au tableau blanc au fond de la salle.

Elle repoussa sa chaise et suivit Turpin vers l'inspecteur principal, qui s'approcha d'un bureau voisin et s'y appuya en attendant que son équipe se rassemble.

— Merci à tous, dit-il. Commençons par un compte rendu de Caroline et Alex. Comment ça s'est passé au supermarché où travaillait Jessica ?

Alex s'éclaircit la gorge, puis il sortit un carnet de la poche intérieure de sa veste et l'ouvrit.

— Nous avons parlé à sa responsable, Annie Hartman, et à un employé à temps plein, Isaac Fisher, qui supervise Jessica au quotidien. Ils ont confirmé qu'elle travaillait deux après-midi par semaine. Elle tenait la caisse dans le rayon traiteur les lundis et elle aidait souvent à la station-service les jeudis après-midi.

— Des problèmes avec d'autres membres du personnel ? demanda Kennedy.

— Absolument aucun, répondit Caroline. Et il n'y a pas non plus de plaintes de clients enregistrées. Quand nous avons parlé avec Isaac Fisher de son service jeudi dernier à la station-service, nous avons demandé s'il y avait eu des problèmes au cas où quelque chose mériterait d'être examiné de plus près, mais il a dit que c'était un après-midi tranquille, juste les travailleurs en route et les clients habituels. Lui et Jessica ont passé du temps à réapprovisionner les rayons entre les passages en caisse, et elle est partie à l'heure à seize heures cet après-midi-là, et elle a pris le bus pour rentrer chez elle à Harton Wick, à temps pour son service au Farriers Arms.

— Ils ont tous été choqués d'apprendre son décès, dit Alex.

Kennedy écrivit un résumé des horaires de Jessica au supermarché sur le tableau avant de reboucher son stylo et de se retourner vers les deux détectives.

— Et pour ce qui est du lycée ?

— Nous avons laissé un message à son professeur tuteur pour qu'il nous rappelle. Il n'était pas là et il ne revient pas avant lundi. Il n'enseigne qu'à temps partiel. Nous avons essayé de l'appeler, mais il ne répond pas sur son portable et quand nous avons contacté sa femme, elle nous a dit qu'il rendait visite à son père au Pays de Galles et qu'il ne rentrerait que tard ce soir.

— Restez sur le coup, dit Kennedy. Arrangez-vous avec Mark et Jan si vous avez besoin d'aide.

— Entendu, répondit Caroline.

— Mark, Jan ? Comment s'est passé votre entretien avec le propriétaire du Farriers Arms ?

— Il semble que Jessica était aussi une employée modèle là-bas, dit Jan. Rien à signaler concernant d'éventuelles altercations. Noah Collins, le gérant, a dit que Jessica avait quitté le pub après son service lundi soir à vingt-trois heures trente. L'autre membre du personnel vit dans la direction opposée, à Hazelthorpe, et avait terminé plus tôt, donc Jessica a dit qu'elle rentrerait à pied. Un des habitués lui avait proposé de la raccompagner une heure avant, mais elle ne pouvait pas partir plus tôt car ils étaient encore en train de ranger. Selon Collins, la route est bien éclairée entre le pub et la maison des Marley et elle rentrait souvent à pied par le passé. C'est à un peu plus d'un kilomètre et demi, cependant, et il n'y a pas de trottoir par endroits.

— Ok, allez aux écuries de Harton Wick cet après-midi et

parlez de nouveau au jockey, Will Brennan. Revoyez sa déclaration initiale, vérifiez s'il y a des incohérences ou des informations supplémentaires qu'il pourrait nous fournir. Interrogez également MacKenzie Adams pendant que vous y êtes.

— Impossible, chef. Apparemment, il est aux courses aujourd'hui.

— Quel connard. Bon, d'accord. Assurez-vous juste de le voir le plus rapidement possible.

Kennedy parcourut du regard les officiers assemblés.

— Je n'ai pas besoin de vous le rappeler, mais nous approchons maintenant des trente-six heures depuis le meurtre de Jessica. Nous devons parler aux gens pendant que leurs souvenirs sont encore frais, donc je veux que nous commencions avant midi aujourd'hui. Nous nous réunirons ici à dix-huit heures ce soir. Au travail.

L'équipe commença à se disperser de la zone près du tableau blanc et se rassembla autour de Caroline, qui désignait les chefs d'équipe pour les enquêtes et coordonnait avec le personnel administratif.

Jan redressa les épaules avant de se diriger vers son bureau dans le sillage de Turpin.

Il prit un trousseau de clés posé sur un magazine de motos puis les lui lança.

— Vous pouvez conduire ? J'aimerais lire les déclarations que Caroline et Alex ont rassemblées pendant qu'on se rend à Harton Wick.

— Pas de problème.

CHAPITRE 10

Jan jura tout bas lorsque la voiture fit une embardée, et elle agrippa fermement le volant tout en suivant le chemin pierreux depuis la route.

La surface trouée était couverte de flaques profondes et d'ornières qui secouaient la suspension de la voiture et projetaient des cailloux sous les pneus tandis qu'elle tentait de se frayer un chemin sur ce parcours d'environ quatre cents mètres.

La pluie fouettait la voiture, et un instant plus tard, un vent violent vint cogner contre la portière de Turpin et fit tanguer le véhicule d'un côté à l'autre.

Il semblait indifférent aux mouvements de la voiture et regardait par la fenêtre le paysage désolé, perdu dans ses pensées.

— Tout va bien, chef ?

Sa tête pivota brusquement.

— Pardon, quoi ? J'étais à des kilomètres.

— Quelque chose ne va pas ? dit-elle. Vous n'aviez pas l'air en forme ce matin. Je me suis demandé si vous couviez une grippe ou quelque chose comme ça. Ça se propage comme une traînée de poudre à l'école des garçons en ce mom—

— Debbie veut divorcer.

Elle freina brusquement et se tourna vers lui.

— Nom de Dieu. Je suis désolée.

Il haussa les épaules en lui jetant un regard, et elle vit dans ses yeux une tristesse qu'elle n'avait jamais vue auparavant.

— C'est comme ça.

— Si vous avez besoin de quoi que ce soit, si Scott et moi pouvons vous aider—

Il parvint à sourire.

— Merci. Rends-moi service ? Gardez ça pour vous pour l'instant. Et… On peut se tutoyer ? On risque de travailler ensemble pendant un moment.

— Avec plaisir. Et pas de problème. Motus et bouche cousue. Qu'est-ce que vous… tu vas faire ?

— Je ne vais pas lui rendre les choses difficiles. Elle a raison, nous nous sommes éloignés l'un de l'autre depuis mon agression, et ce n'est pas juste pour les filles, cet entre-deux dans lequel on vit. Je suppose qu'il fallait juste que l'un de nous soit raisonnable à ce sujet, et Debbie a toujours été la plus sensée.

— Ça va aller pour toi ?

— Oui. On y va ?

Jan acquiesça. Elle savait reconnaître une demande silencieuse de changer de sujet.

Tandis qu'elle accélérait, elle jeta un coup d'œil à la haie basse qui séparait le chemin d'un champ en jachère, les ronces et les orties offrant peu de protection contre les assauts qui traversaient la campagne.

Les arbres rabougris témoignaient du terrain balayé par les vents, leurs branches penchées loin du chemin comme si elles tentaient de s'échapper. Des brindilles se détachaient et heurtaient la carrosserie avant de retomber dans les herbes maigres de part et d'autre.

Elle freina à l'approche d'un léger virage, de peur de rencontrer un véhicule en sens inverse, puis elle se détendit lorsque le chemin s'élargit devant une maison à deux étages.

Jan serra le frein à main et tambourina des doigts sur le volant en scrutant à travers le pare-brise la chaumière délabrée.

Des vrilles de lierre s'accrochaient à la maçonnerie, le vert foncé en fort contraste avec la peinture délavée qui s'écaillait des encadrements de fenêtres et de la porte d'entrée. Une cascade d'eau tombait d'une gouttière cassée sous des tuiles brisées et s'abattait sur le jardin clairsemé en contrebas, éclaboussant de boue le côté de la maison.

— J'espère qu'ils ont un bon système de chauffage, bon sang, dit-elle en arrêtant les essuie-glaces.

Toute la propriété exhalait un air temporaire, comme si ses résidents ne faisaient que passer en route vers leurs rêves de gloire sur les circuits hippiques.

— Ils sont combien à vivre ici ? demanda Turpin. Juste Brennan et l'autre jockey, comment il s'appelle déjà ?

— Paul Hitchens. Il y a aussi un troisième type, plus âgé. Nigel White. Je crois qu'il aide à l'entraînement des chevaux mais qu'il ne court plus.

— D'accord. Allons voir si Will est là.

Turpin boutonna son manteau puis poussa la portière avant de se précipiter vers le porche d'entrée, l'eau éclaboussant sous ses pieds et recouvrant le bas de son pantalon.

Jan remonta la capuche de son imperméable et s'élança hors du siège conducteur, avant de pointer la clé par-dessus son épaule tout en évitant les flaques pour le rejoindre.

Elle enfonça ses mains dans ses poches pendant que Turpin cognait à la porte, puis elle tourna le dos au champ alors qu'une nouvelle rafale de vent et de pluie frappait son visage.

Heureusement, la porte s'ouvrit en quelques secondes et Will Brennan passa la tête.

— Ah, c'est vous.

— Nous pouvons entrer ? demanda Turpin.

— Bien sûr.

Jan ferma la porte et plissa le nez.

L'humidité s'accrochait aux murs en plâtre, et il était évident que les priorités des jockeys n'incluaient pas le nettoyage régulier des lieux. Une pile de journaux *Racing Post* remplissait un coin derrière la porte, les pages jaunies avec l'âge. Une épaisse couche de poussière recouvrait les balustrades de l'escalier, tandis que la moquette était marquée de traces de frottement, de brûlures de cigarettes et d'anciennes empreintes de bottes boueuses.

Will resta près de l'escalier, les bras croisés sur l'estomac et la bouche tombante.

— Je vous proposerais bien un thé, mais le lait est tourné. Paul est censé en acheter en rentrant plus tard.

— Pas de problème, dit Turpin. Il y a un endroit où nous pourrions nous asseoir pour discuter ?

— Par ici.

Will désigna une porte en face de l'escalier.

En entrant, Jan essaya d'imaginer à quoi ressemblait le salon quand le cottage avait été construit, sans y parvenir.

Des taches d'humidité jaunâtres maculaient un plafond

autrefois recouvert de plusieurs couches de peinture blanche et décoré de motifs tourbillonnants. Le papier peint pendait en lambeaux des coins assombris de la pièce, et un brouillard bleu-gris de vieille fumée de cigarette flottait dans cet espace exigu.

Elle jeta un coup d'œil par-dessus son épaule à Turpin et haussa un sourcil.

Il secoua la tête. Manifestement, la puanteur n'était pas encore suffisante pour irriter sa gorge endommagée.

Elle se retourna vers Will, qui rassemblait des magazines abandonnés, un ordinateur portable et divers vêtements du canapé délabré avant de tout jeter sur un fauteuil niché dans le coin le plus éloigné de la pièce, à côté d'une cheminée.

Un poêle à bois émettait une faible lueur orangée dans l'âtre, et en parcourant le reste de la pièce du regard, Jan réalisa qu'il n'y avait pas de radiateurs.

— Pas de chauffage central ?

— Non, et il fait un froid de canard ici à cette période de l'année, dit Will.

Il s'éloigna du canapé et le désigna du doigt.

— Installez-vous.

Il se dirigea vers un grand panier en osier à gauche de l'âtre et en sortit deux bûches avant d'ouvrir les portes en fonte du poêle et d'y enfourner le combustible. Après avoir attisé les flammes et provoqué une nouvelle bouffée de chaleur dans la pièce, il claqua les portes et tourna le dos au feu, ses yeux bordés de rouge accentuant ses traits marqués par le chagrin.

— Je vous en prie. Asseyez-vous, dit-il.

Jan jeta un coup d'œil aux coussins affaissés, puis elle se percha sur le bord du fauteuil le plus proche de la cheminée.

Turpin choisit de s'asseoir sur l'accoudoir du canapé, les mains légèrement jointes sur ses genoux.

— Comment est-ce que vous tenez le coup, Will ? Vous avez quelqu'un à qui parler ?

Le jockey secoua la tête et baissa les yeux vers un tapis marron et rouge qui couvrait partiellement le plancher en bois.

— Toute ma famille est dans le Gloucestershire. De toute façon, je ne voudrais pas vraiment leur parler de ça.

— Nous devons vous poser quelques questions supplémentaires, Will. Vous voulez vous asseoir ?

— Non. Je vais rester debout, merci.

Un léger sourire traversa son visage.

— Il fait plus chaud ici. Vous ne sentez pas le courant d'air qui vient de la fenêtre derrière vous ?

— À qui appartient cet endroit ? demanda Jan.

— À MacKenzie. Il possède celui-ci et deux autres près d'ici.

— C'est sûr ?

— C'est solide. Rien ne s'effondre, pour l'instant. Comme je vous l'ai dit avant, c'est moins cher que de louer ailleurs dans le coin.

— Will, dit Turpin, lorsque nous vous avons parlé hier, vous avez déclaré avoir rencontré Jessica lundi soir pendant qu'elle travaillait. À quelle heure êtes-vous arrivé ?

— Tôt. Vers dix-huit heures, ou à peu près. Paul et moi ne voulions pas rentrer tard parce que nous devions nous lever tôt le lendemain pour faire travailler les chevaux.

— Vous parlez de Paul Hitchens ?

— Oui, c'est lui qui a conduit à l'aller et au retour.

— Qui d'autre vit ici avec vous ?

— Nigel. Nigel White.

— Où sont-ils maintenant ? demanda Jan.

— Nigel doit être aux écuries, il a un poste tranquille de sept heures à dix-sept heures chez MacKenzie maintenant qu'il a pris sa retraite des courses. Il aide à la rééducation des chevaux blessés, il supervise les palefreniers, ce genre de choses. Paul a une course cet après-midi, alors il ne sera pas de retour avant tard ce soir.

— Quand vous avez vu Jessica lundi soir, que s'est-il passé ? demanda Turpin. Est-ce que vous vous êtes disputés ?

— Quoi ? Non !

— De quoi avez-vous parlé alors ?

— Juste les trucs habituels, je suppose.

Il passa une main sur son bras et frissonna.

— J'aimerais vraiment pouvoir m'en souvenir mot pour mot. On faisait des projets pour le week-end, je devais courir samedi, mais j'étais libre dimanche. Si le temps était beau, on allait faire un tour en moto. Peut-être jusqu'à Uffington ou Waylands Smithy, avec un pique-nique, ce genre de choses. Mais elle ne pouvait pas parler longtemps, je veux dire, évidemment qu'elle travaillait et ils étaient débordés ce lundi-là.

— C'est inhabituel qu'un pub soit si fréquenté en début de semaine, non ? dit Jan.

— Ouais, je crois que ça les a tous pris au dépourvu. C'est juste un de ces moments, je suppose, quand tout le monde commande en même temps.

— À quelle heure êtes-vous parti ?

— Huit heures, comme je vous l'ai dit. Je m'en souviens parce qu'il y a une sacrée grosse horloge derrière le bar, à côté de la cloche pour la dernière tournée.

— Vous avez parlé à Jessica avant de partir ?

Will tira sa manche par-dessus son poing avant de s'essuyer les yeux.

— Juste rapidement, Paul était pressé de partir.

— Pourquoi ?

— Je ne sais pas, il était pressé, c'est tout. Il est comme ça, deux pintes lui suffisent, et comme je l'ai dit, c'est lui qui conduisait. Il s'ennuie s'il doit rester assis à regarder les autres boire alors qu'il ne peut pas.

— Est-ce que Paul s'est déjà disputé avec Jessica ?

— Pas que je sache.

Will renifla.

— Pourquoi est-ce qu'il l'aurait fait ?

— C'est ce que nous essayons d'établir, parce que quelqu'un savait que Jessica allait emprunter ce chemin lundi soir en quittant le pub. Quelqu'un qui connaissait bien ses horaires de travail.

— Vous êtes revenu directement ici en quittant le pub ? demanda Jan.

— Ouais. MacKenzie garde deux chevaux dans le champ de l'autre côté du parking là dehors et il nous ordonne de ne pas faire de bruit après minuit. De toute façon, je dors généralement comme une souche dès onze heures.

— Qu'est-ce que vous avez fait à votre retour ?

Will haussa les épaules.

— J'ai préparé des haricots sur du pain grillé, puis j'ai lu mon livre un moment. Comme je l'ai dit, je me suis couché tôt.

Turpin se leva et regarda par la fenêtre maculée de crasse.

— Et vous n'êtes pas ressorti après cela ?

— Non.

— Vous avez parlé à Jessica après être revenu ici ?

— Non, je lui ai juste envoyé un SMS pour lui faire savoir que je l'appellerais le matin au sujet du week-end. Le message que je vous ai montré. Je l'ai envoyé à onze heures avant d'éteindre la lumière.

Turpin se retourna vers Will.

— Est-ce que vous avez fait du mal à Jessica ?

Le jockey pâlit.

— Pourquoi est-ce que je l'aurais tuée ? Je l'aimais. J'allais la demander en mariage ce week-end.

CHAPITRE 11

— Chef, vous avez une minute ?

Mark passa la tête par la porte du bureau de Kennedy et observa la paperasse éparpillée sur le bureau de l'inspecteur principal.

Son regard parcourut les certificats encadrés, les distinctions et les photographies qui montraient l'inspecteur principal aux côtés de diverses personnalités et officiers supérieurs. Un article de journal occupait la place d'honneur au centre de cette exposition, relatant la médaille de bravoure que Kennedy avait reçue alors qu'il n'était qu'enquêteur stagiaire. Mark avait entendu cette histoire lorsqu'il s'était installé au commissariat six mois auparavant, et il savait que le supérieur gardait contact avec l'homme qu'il avait sauvé en plongeant dans une rivière glacée pour le ramener en sécurité.

Kennedy leva les yeux de son ordinateur et leur fit signe d'entrer.

— Je préfère avoir votre compte rendu plutôt que de m'occuper de ces chiffres budgétaires. Au moins, ce que vous allez me dire aura du sens.

Il rassembla les documents et les fourra dans son bac de classement tandis que Mark et Jan s'installaient dans les sièges face à son bureau.

— Comment ça s'est passé avec Will Brennan, alors ? Je présume que c'est de ça qu'il s'agit ?

— Apparemment, il allait demander Jessica Marley en mariage ce week-end, répondit Mark. Il avait tout planifié, une balade en moto jusqu'à Uffington, un pique-nique à Waylands Smithy, tout le tralala. Une bague de fiançailles impressionnante, aussi, il nous l'a montrée avant notre départ.

— Ça a dû lui prendre des mois pour économiser avec son salaire, ajouta Jan. Les apprentis jockeys ne gagnent pas beaucoup, n'est-ce pas ?

Kennedy saisit un stylo et griffonna une note sur un bloc à côté de son clavier.

— Je vais demander à l'équipe financière d'examiner les revenus et dépenses de Brennan au cas où il y aurait quelque chose d'anormal. Remarquez, il a dit qu'il avait déménagé ici pour être avec elle, non ? Il aurait pu économiser depuis un certain temps.

— Je pense qu'une vérification vaut le coup, dit Mark. Au moins pour écarter toute activité douteuse.

— Il arrive probablement à économiser davantage en restant dans ce cottage, dit Jan en plissant le nez. L'endroit était un vrai taudis.

— Ah bon ?

Kennedy posa son stylo.

— Des problèmes d'hygiène ou de sécurité ?

— Je ne crois pas, chef. Mais ça aurait besoin d'un sacré nettoyage. On dirait que l'endroit a été laissé à l'abandon.

— Je suppose que si Brennan et les autres le louent à bas

prix, et qu'Adams est content de le leur louer ainsi, ça arrange tout le monde. Je vais signaler ces arrangements locatifs au service financier quand je leur parlerai et je vais leur demander de vérifier que tout est en règle. Pour en revenir aux fiançailles, quelqu'un d'autre était au courant ?

— Une amie de Jessica, Bethany Myers, dit Mark. Apparemment, Brennan l'a mise dans la confidence pour l'aider à organiser la surprise du week-end et s'assurer que Jessica serait libre dimanche. Myers travaille occasionnellement au Farriers Arms le dimanche quand ils ont besoin de personnel supplémentaire.

— Elle figurait sur la liste fournie par Noah Collins ?

— Oui. J'ai parlé avec les agents en uniforme, elle est partie depuis vendredi et ils n'ont pas réussi à la joindre par téléphone. Nous essaierons de lui parler dès son retour.

— La pauvre va avoir un choc quand elle apprendra pour Jessica, dit Jan.

— Quelle impression avez-vous eue de Brennan maintenant que vous avez eu une autre occasion de lui parler ?

— Il avait l'air vraiment choqué, répondit Mark. Je veux dire, ce n'est qu'un jeune homme, il vient de trouver sa petite amie morte et je n'ai rien vu qui ressemble à un accès de colère ou quoi que ce soit pendant que nous l'avons interrogé.

— On dirait qu'il pourrait s'envoler au moindre souffle de vent, dit Jan. Je sais qu'il a développé pas mal de force dans le haut du corps en montant ces fichus chevaux énormes, mais je ne suis pas sûre qu'il aurait l'endurance nécessaire pour porter le corps de Jessica sur une longue distance s'il l'avait tuée. Et, quant au mobile—

— Il a peut-être eu des doutes ? la coupa Mark. Ou alors, il ment sur leur relation soi-disant parfaite.

— Avoir des doutes est un peu tiré par les cheveux, non, chef ? De toute façon, nous sommes bloqués jusqu'à ce qu'on puisse parler à Myers. Peut-être qu'elle pourra nous éclairer sur son état d'esprit quand elle l'a vu pour la dernière fois.

— J'ai laissé un message sur sa messagerie vocale en lui demandant de m'appeler dès qu'elle le recevra, dit Mark. Je ne veux pas qu'elle parle à Brennan avant que nous l'ayons interrogée.

— Peut-être que nous abordons cela sous le mauvais angle, fit remarquer Kennedy.

Il recula sa chaise et il se dirigea à travers la salle des opérations vers le tableau blanc alors que les autres le suivaient. Il croisa les mains derrière son dos.

— Peut-être qu'elle a été percutée par une voiture en rentrant du pub à pied, et que celui qui l'a heurtée a abandonné son corps, dit-il, puis il écrivit cette réflexion sur le tableau à côté des autres pistes d'enquête. Je vais parler à Tom Wilcox demain matin pendant que vous interrogerez MacKenzie Adams et je vais lui demander d'accélérer le porte-à-porte le long du trajet que Jessica aurait dû prendre pour rentrer du pub lundi soir. Nous allons envoyer un deuxième groupe faire de même sur un kilomètre depuis le Farriers Arms vers Hazelthorpe au cas où quelqu'un l'aurait vue de ce côté du village. Dès que vous aurez terminé avec Adams, rendez-vous là-bas pour coordonner les résultats avec Tom.

— Entendu, chef.

— Pendant que vous faites ça, je vais demander à quelqu'un de parler avec la compagnie de bus qui dessert Harton Wick. Apparemment, le conseil municipal teste un service tardif depuis deux mois pour évaluer la demande. Trouvez qui était le chauffeur du dernier service et celui qui a pris le premier service le lendemain matin, et voyons si nous pouvons obtenir les images des caméras des véhicules également.

— Et pour les parents de Jessica, chef ? demanda Jan. Qu'est-ce qu'on leur dit concernant la proposition de mariage que Brennan comptait faire ?

Kennedy pinça les lèvres.

— Rien. Pas avant que nous ayons interrogé Bethany Myers. Nous réévaluerons la situation à ce moment-là. Je ne veux pas leur causer plus de douleur qu'ils n'en ont déjà.

CHAPITRE 12

Un sentiment de frustration envahit Mark tandis qu'il refermait sa porte d'entrée.

Jusqu'à présent, leur enquête sur la mort de Jessica n'avait guère progressé, et le meurtre brutal de la jeune femme hantait ses pensées.

Jusqu'à preuve du contraire, Will Brennan resterait sur sa liste de suspects. Au cours de sa carrière, il avait vu des conjoints apparemment en deuil se révéler être des tueurs de sang-froid, et cela bien trop souvent dans des affaires de violence domestique.

L'entraîneur de chevaux de course, MacKenzie Adams, avait semblé plus contrarié par l'interruption de sa routine que par la présence du corps d'une jeune fille morte sur les pistes d'entraînement, et Mark serra les dents au souvenir de l'attitude autoritaire de cet homme sur la scène de crime.

Et qu'en était-il des deux colocataires de Brennan ? La jalousie avait-elle poussé Paul Hitchens ou Nigel White au meurtre ?

Mark soupira et passa une main dans ses cheveux tout en retirant ses chaussures.

Il cajola Hamish, le fit sortir par la porte arrière dans le jardin, puis alla chercher la gamelle du chien qu'il remplit pendant que le bâtard courait d'un bout à l'autre de la pelouse obscurcie pour pourchasser des ennemis imaginaires.

Au bruit de l'ouvre-boîte, il revint en trombe, langue pendante, pendant que Mark remplissait son bol d'eau et ébouriffait son pelage.

— Régale-toi.

Mark monta à l'étage, et il tira sur sa chemise et sa cravate. En enfilant un jean et un sweat-shirt, il sentit enfin ses épaules commencer à se relâcher un peu.

Il ne se détendrait pas complètement tant que le meurtrier de Jessica n'aurait pas été inculpé, mais une fatigue insidieuse envahissait son corps. Il sortit son téléphone portable, appela le restaurant à emporter du coin pour passer une commande pour une personne, puis il descendit à la cuisine.

Il décapsula une bouteille de bière Bishop's Finger, ferma la porte du réfrigérateur d'un coup de pied et se dirigea le long de l'étroit couloir vers le salon.

Alors qu'il saisissait la télécommande, Hamish leva le museau de son panier près du radiateur sous la fenêtre, ses yeux interrogateurs.

— C'est chinois ce soir, mon vieux. Et si tu es sage, il y aura un demi-nem aux légumes à ton nom quand ça arrivera.

Le chien se lécha les babines.

Mark sourit, se pencha et le gratta entre les oreilles.

Le générique d'ouverture familier du journal télévisé du soir venait de se terminer, et il s'affala dans un fauteuil usé en cuir noir avec un soupir avant de prendre une longue gorgée de bière tandis que le présentateur commençait à énumérer les titres du jour.

Il avait manqué les informations locales plus tôt. Alex McClellan l'avait appelé pour lui dire que MacKenzie Adams y avait figuré en bonne place, et Mark voulait se faire une idée de l'homme avant de l'interroger le lendemain matin.

Il ferma les yeux et se frotta la nuque alors que la présentatrice tournait son attention vers la principale actualité du jour – une réunion de dirigeants mondiaux tenue dans quelque lieu exotique hors de prix, et payé par les contribuables – et il repassa mentalement les événements qui avaient suivi l'enquête de porte-à-porte.

Ses yeux s'ouvrirent brusquement en entendant un nom familier, et il reporta son attention sur l'écran du téléviseur tandis que la scène passait du studio à une interview qui avait été enregistrée plus tôt dans la journée.

Le journaliste se tenait avec un carnet dans une main et un microphone dans l'autre, et il répétait les mots que Mark avait déjà lus dans le dernier communiqué de presse publié ce matin-là. En arrière-plan, Mark remarqua les barrières blanches et les hautes haies d'un champ de courses. Un flot continu de personnes passait derrière le journaliste, en jetant des regards curieux vers le dispositif de diffusion extérieure.

— Une personne qui en sait plus sur ce meurtre et qui a été personnellement affectée par la mort de Jessica Marley est MacKenzie Adams. MacKenzie, que pouvez-vous nous dire sur ce qui s'est passé hier avec la découverte du corps de Jessica sur vos pistes d'entraînement ?

Mark se pencha en avant, la bouteille de bière entre ses mains, et il serra les dents tandis que la caméra pivotait vers la droite pour faire apparaître Adams à l'écran.

— Eh bien, évidemment, c'est un choc terrible pour tout

le monde, dit l'entraîneur de chevaux de course. Je n'imagine pas ce que la famille de cette pauvre fille traverse en ce moment.

— Nous avons cru comprendre que c'est l'un de vos jockeys qui a découvert son corps ?

— Oui, oui, c'est exact. Il montait celui que nous espérons être le favori pour gagner lundi.

— Quel est l'état d'esprit actuel des gens dans la région ? demanda le journaliste. La police est-elle plus proche de découvrir qui est responsable du meurtre de Jessica ?

La poitrine d'Adams se gonfla et il s'éclaircit la gorge.

— Non, la police ne semble pas avoir de bonnes pistes. Comme vous pouvez l'imaginer, avec tant de jeunes dans la région, c'est une inquiétude pour nous, les locaux. Rien de tel ne nous est jamais arrivé, alors nous sommes tous très préoccupés.

— Et pour en venir à vos projets pour le week-end, pouvez-vous nous donner une indication sur 'lesquels de vos chevaux participeront à la Coupe ?

MacKenzie laissa échapper un petit rire, puis il se lança dans un discours d'autopromotion flagrant sur ses chances de victoire.

Mark baissa les yeux lorsque son téléphone portable commença à sonner et il vit le numéro de Kennedy s'afficher.

— Chef ?

— Vous regardez les informations ?

— Oui. Adams se délecte de l'attention, n'est-ce pas ?

— Quel salopard sans cœur.

— Certaines personnes ne connaissent pas de limites, chef.

— Eh bien, assurez-vous que lorsque vous lui parlerez demain, vous lui fassiez bien comprendre de ma part que je ne suis pas impressionné. Et s'il vous cause des ennuis ou si vous avez la moindre raison de le soupçonner de quelque chose de plus grave que la stupidité, amenez-le et nous l'interrogerons formellement.

— Compris.

— Passez une bonne soirée.

Kennedy raccrocha au moment où la sonnette retentissait, et Mark vida les dernières gouttes de sa bouteille.

— Reste ici, dit-il à Hamish, qui avait bondi sur ses pattes et pointait son museau vers le couloir.

Mark accueillit le livreur, lui donna un pourboire et il se précipita dans la cuisine tandis que son estomac grondait.

Il se servit une autre bière du réfrigérateur, puis il ouvrit les couvercles en carton, plaça les contenants en aluminium sur un plateau, et prit une fourchette avant de retourner au salon.

Hamish était assis dos à la télévision, sa queue remuant à toute vitesse.

— Inutile de me regarder comme ça. Tu n'auras rien tant que je n'aurai pas terminé.

Mark se jeta sur la nourriture, affamé. Il prenait une gorgée de bière lorsque son téléphone se mit à sonner une fois de plus, mais cette fois l'identifiant de l'appelant le fit sourire.

— Salut Lucy.

— Salut. Tu as déballé d'autres cartons depuis la dernière fois que je t'ai vu ?

— Oui. Et j'ai trouvé l'aspirateur. Il y a de l'espoir pour moi finalement.

Un rire rauque parvint à son oreille.

— Tu vas t'en sortir. Tu es un terrien. Tu te serais gelé le cul si tu étais resté sur le bateau. Ce n'est pas étonnant qu'O'Reilly ne trouve pas de locataire pendant l'hiver. Il n'en trouvera jamais s'il n'installe pas un poêle à bois, ou quelque chose comme ce que j'ai.

— Qui s'occupe du bateau pendant qu'il est vide ? demanda-t-il en prenant une autre gorgée.

— Personne. Il l'a sorti de l'eau au début du mois pour faire vérifier la coque et depuis, il est dans son chantier. Je ne sais pas s'il va le louer à nouveau au printemps. Tu étais l'un de ses meilleurs locataires, je ne sais pas s'il voudra quelqu'un d'autre maintenant. Tu l'as adouci. Bref, tu es en train de manger et ça refroidit. Qu'est-ce que tu as ?

— Poulet du Sichuan.

— Oh, épicé. Exactement comme je l'aime.

Ce rire à nouveau.

Mark posa sa fourchette et il prit une profonde inspiration.

Est-ce que je devrais ?

Puis : *pourquoi pas ?*

Debbie avait clairement fait comprendre qu'il n'y avait pas de retour en arrière possible, et il était fatigué d'être seul.

— Dis, ça te dirait de venir dîner un de ces soirs ?

— J'adorerais.

— Vraiment ?

Il exhala.

— Oui, vraiment. Nos discussions du soir me manquent.

— À moi aussi. Qu'est-ce que tu dirais de jeudi prochain ? J'ai quelques soirées tardives qui s'annoncent, mais—

— Jeudi, c'est parfait. J'apporterai le vin.

Un frisson d'excitation, d'anticipation et de nervosité parcourut ses épaules.

— Nous sommes au milieu d'une enquête en ce moment,

donc si quelque chose survient qui m'oblige à changer de jour—

— Ne t'inquiète pas. Le vin ne va pas tourner.

Il sourit.

— Fantastique. On se voit vers dix-neuf heures ? Je passerai te prendre en rentrant pour t'éviter de marcher.

— Ça me va. À bientôt.

Mark termina l'appel et lança un nem à Hamish.

— Soirée avec une femme, le chien. Tu auras intérêt à être sage comme une image.

CHAPITRE 13

Tôt le lendemain matin, Jan attendit que la barrière de sécurité se lève, puis elle dirigea la voiture de service sur la route en direction des Berkshire Downs.

Bientôt, l'étalement urbain céda la place à des chemins étroits et des haies dénudées, la circulation se réduisant à un tracteur ou un bus occasionnel en sens inverse, et Jan porta son attention sur l'entretien imminent.

— Comment est-ce que tu veux procéder ? demanda-t-elle.

Turpin détourna son regard de la fenêtre et glissa son portable dans la poche de son manteau.

— J'étais justement en train d'y réfléchir. Je pense que ce serait une bonne idée que tu mènes les questions. J'ai passé du temps hier soir après le dîner à regarder ses anciennes interviews sur Internet. Il est intéressant, il a une façon différente de répondre aux questions quand une femme est impliquée. Avec les journalistes hommes, il est jovial, un des leurs. J'aimerais évaluer comment il réagit quand une femme contrôle la situation, pour voir s'il y a des indices qu'il a la réputation que la mère de Jessica nous a laissé entendre.

— Ok. Comment est-ce qu'il réagit face aux femmes dans les interviews que tu as regardées ?

— C'est un dragueur. Il détournait les questions délicates en leur faisant des compliments sur leur tenue. Si ça ne fonctionnait pas et qu'elles insistaient, il devenait défensif. Mais il donne clairement l'impression de se croire irrésistible auprès des femmes, tu vois ce que je veux dire ?

— Beurk, oui. Un dinosaure, alors ?

— Exactement.

— Bien.

Jan fit jouer ses mains sur le volant.

— Je vais me régaler.

— Je m'en doutais.

Une demi-heure plus tard, elle engagea la voiture entre deux piliers de portail couverts de mousse et elle entra dans une vaste cour. En se garant à côté d'un grand hangar, dont les portes ouvertes exposaient des rangées de selles et de brides, elle descendit et glissa les clés dans sa poche.

Une pie croassa en plongeant et virevoltant au-dessus d'eux avant de se poser sur le toit de la ferme victorienne.

Jan enroula son écharpe autour de son cou et jeta un regard circulaire sur la cour.

Le premier des bâtiments d'écurie commençait à une distance discrète de la maison principale. Une construction basse avec un revêtement en bois et un toit en tuiles, le bâtiment abritait six boxes. Trois chevaux regardaient depuis des portes ouvertes, leurs oreilles frémissant tandis qu'ils observaient les nouveaux venus.

Le doux parfum du crottin de cheval et du foin frais flottait dans l'air.

Le deuxième bâtiment d'écurie semblait désert. Toutes les portes étaient ouvertes, et à l'extrémité, un jeune garçon ratissait de la paille souillée vers une brouette.

Au-delà des écuries, un manège était en service, un cheval attaché à la structure en train de marcher en cercle. Un homme solitaire en bonnet de laine et veste matelassée se tenait sur une plateforme d'observation métallique, les bras appuyés sur le haut de la rambarde.

Jan leva la main.

— Nous cherchons MacKenzie Adams.

— Dans la maison principale, cria l'homme.

Turpin la rejoignit sur le pas de la porte et sonna.

Jan se blottit dans sa veste pendant qu'ils attendaient. Un vent froid en provenance de la colline qui surplombait la propriété balayait la cour, soufflant des brins de foin dans les rigoles de drainage autour de la cour bétonnée.

Après un moment, elle entendit des pas, et la porte fut tirée.

MacKenzie Adams la dévisagea par-dessus ses lunettes de lecture, ses cheveux gris foncé ébouriffés comme s'il y avait passé les doigts. Il appuya une main sur le cadre de la porte, une tablette dans l'autre.

— Détectives. Qu'est-ce que vous voulez ?

— Juste quelques questions de routine, s'il vous plaît, monsieur Adams.

— Oh, ils laissent sortir les filles pour faire ça ?

— Je vous conseille de traiter ma collègue avec courtoisie, dit Turpin en faisant un pas en avant. Sinon, nous continuerons cet entretien officiellement au commissariat, sous mise en garde. C'est à vous de voir.

Adams haussa un sourcil, mais recula.

— Pas besoin d'être comme ça, détective. Utilisons le bureau. Moins de risque d'être interrompus.

Jan aperçut le clin d'œil de Turpin lorsqu'elle le frôla pour suivre Adams le long du couloir. Elle redressa les épaules et repassa mentalement les questions qu'elle voulait poser à l'entraîneur de chevaux de course tandis qu'il s'arrêtait et leur tenait la porte.

Un grand bureau en bois faisait face à la pièce et la fenêtre derrière offrait une vue sur les écuries animées et la cour au-delà. Des photographies encadrées couvraient le mur à sa droite, un mélange de chevaux franchissant des poteaux d'arrivée et de leur entraîneur qui serrait la main de divers dignitaires et propriétaires.

Un ensemble de quatre fauteuils en cuir faisait face au bureau, et Adams fit un geste vers eux avant de poser sa tablette sur un sous-main en cuir.

— Je suis un homme très occupé, détective West. J'espère que cela ne prendra pas longtemps.

— Cela prendra le temps nécessaire, monsieur Adams.

Jan prit le fauteuil qu'il lui indiquait.

— Veuillez préciser où vous étiez lundi soir entre onze heures trente et sept heures mardi matin.

Son visage s'empourpra.

— Je vous demande pardon ? Je suis suspect ?

— Répondez à la question, s'il vous plaît.

— Vous...

Sa mâchoire se contracta, puis il haussa les épaules.

— Très bien. À votre guise. J'étais ici. Ici-même, pour être précis.

— Toute la nuit ?

— Non, jusqu'à minuit environ. Il y a beaucoup de

paperasse à gérer dans une entreprise prospère comme la mienne.

— Et de minuit à sept heures ?

— Endormi, que dites-vous de ça ? Je me suis levé à six heures et j'ai conduit jusqu'aux pistes d'entraînement pour attendre les chevaux.

— Quel type de voiture est-ce que vous conduisez ? demanda Turpin.

— En quoi est-ce que—

— S'il vous plaît, répondez à la question.

— Le break argenté devant. Vous l'avez vu en arrivant.

— D'autres véhicules ?

— Le 4x4 que vous m'avez vu utiliser aux pistes d'entraînement. C'est tout.

— Est-ce que la barrière entre le champ et les pistes d'entraînement est toujours fermée à clé ?

— Non, je n'ai jamais vu de raison de le faire jusqu'à maintenant.

— Est-ce que d'autres entraîneurs utilisent les pistes ?

— Un des petits centres, de temps en temps.

— Lequel ?

— Celui de Millar, à West Barcross.

— Il va nous falloir ses coordonnées.

Adams ouvrit brusquement le tiroir supérieur de son bureau, fouilla à l'intérieur puis lança une carte de visite à Jan sur le bureau.

— Combien de personnes travaillent ici ?

— Huit palefreniers sont employés de façon permanente. J'ai une gouvernante ici dans la maison principale, et puis il y a six employés temporaires à temps partiel.

Il grimaça.

— Plutôt *cinq* employés temporaires à temps partiel.

— Quand est-ce que Jessica Marley a commencé à travailler pour vous ?

— Il y a environ trois semaines.

— Et pourtant, vous avez omis de nous le mentionner mardi matin quand nous avons parlé avec vous sur les pistes.

— J'étais sous le choc. Je n'y ai pas pensé.

— Mais vous ne l'avez pas dit non plus aux agents en uniforme qui ont pris votre déposition plus tard ce jour-là. Pourquoi ?

Adams se tortilla visiblement.

— Je suis désolé. J'ai oublié. Comme je l'ai dit, elle n'était là que depuis peu, contrairement à mes autres employés.

— Comment a-t-elle obtenu le poste ?

— Elle m'a envoyé un email.

— Vous lui aviez déjà parlé avant cela ?

— Une ou deux fois, juste pour lui dire bonjour quand elle passait rendre visite à Brennan.

— Est-ce qu'elle vous avait donné à ce moment-là une indication qu'elle était intéressée par un emploi ici ?

— Non. Pas du tout. Mais elle semblait motivée, elle était certainement qualifiée. Je ne pouvais lui offrir que des samedis occasionnels, avec la possibilité de récupérer les horaires de quelqu'un d'autre si l'un d'eux démissionnait.

— Des problèmes ?

— Pas que je sache. Elle n'avait fait que trois services.

— Est-ce que vous saviez que Will avait l'intention de demander Jessica en mariage ce week-end ?

— Quoi ? C'est vrai ?

Adams tambourina des doigts sur son bureau.

— Je n'en avais aucune idée. La presse va adorer ça, n'est-ce pas ?

— Il ne vous en a jamais parlé ?

— Non. Jamais. S'il m'avait dit quelque chose, je vous l'aurais mentionné.

— Comme quoi ?

— Eh bien, ils sont un peu jeunes pour se marier, vous ne trouvez pas ? Il a toute une carrière devant lui. Avant même de s'en rendre compte, elle voudrait des enfants et ce serait la fin. Peu de jockeys peuvent se permettre de faire vivre une famille quand ils débutent, détective West.

— Qui supervisait Jessica pendant qu'elle était ici ?

— Nigel White. C'est le chef d'écurie et il gère tout ce qui se passe là-bas pour moi.

— Nous allons devoir lui parler ainsi qu'à tous ceux qui travaillent ici.

Adams soupira.

— Je m'en doutais. Mais il n'y a que trois palefreniers ici en ce moment.

— Où sont les autres ? demanda Turpin.

— Sur les pistes d'entraînement.

— Vous utilisez déjà les pistes ?

— Il n'y a rien qui cloche avec le terrain, détective, vos collègues ont terminé là-bas, non ? En plus, j'ai des chevaux qui courent ce week-end. Ils doivent s'entraîner.

— J'aimerais avoir une liste complète de votre personnel avec leurs coordonnées, dit Jan. Et bien entendu, vous allez leur demander de se rendre disponibles pour un entretien quand nos collègues en uniforme les contacteront plus tard aujourd'hui.

Turpin s'approcha de la fenêtre en saillie qui donnait sur la cour, puis il se retourna vers Adams.

— Pourquoi est-ce que ces chevaux dans l'écurie là-bas ne sont pas sortis avec les autres ? demanda-t-il.

— Parce qu'ils courent samedi, détective. Ça ne leur ferait aucun bien de les faire travailler aujourd'hui. Ils ont besoin de repos pour avoir une meilleure chance de gagner.

— Est-ce que Will est présent aujourd'hui ?

— Il a un rendez-vous médical en ville. Il est parti environ une demi-heure avant votre arrivée. Il n'a pas précisé pourquoi, et je n'ai pas demandé, même si je peux deviner. Je suppose qu'il gère la mort de Jessica à sa façon.

— Qu'est-ce qui va lui arriver ? demanda Jan.

— J'espère qu'il va rester. Entre nous, je ne pourrais pas acheter ce genre de publicité. Et Will ? Regardez-le, voulez-vous ? Il ressemble à une vraie star de la pop comparé aux autres jockeys du circuit. Les médias vont l'adorer.

Il secoua la tête.

— Non, croyez-moi, ce jeune homme va remonter à cheval dès que je pourrai le convaincre de surmonter sa perte. J'ai besoin qu'il soit là-bas, à gagner de l'argent pour moi avant que toute cette histoire ne se refroidisse.

Adams regarda sa montre.

— En parlant de ça, j'ai une interview avec la BBC dans moins d'une heure. Y avait-il autre chose dont vous aviez besoin de ma part ?

— Oui. Vous allez devoir nous signaler vos projets de déplacement afin que nous sachions où vous êtes à tout moment, monsieur Adams. N'oubliez pas. Ce pourrait être préjudiciable pour vous.

Ses yeux s'écarquillèrent.

— Quoi ? C'est absurde ! Je suis suspect maintenant ?

— Vous l'avez toujours été.

Jan recula sa chaise.

— Nous allons trouver la sortie.

CHAPITRE 14

Mark souffla sur ses mains et releva le col de son manteau tandis que lui et Jan se tenaient au milieu du parking du Farriers Arms.

Une brise glaciale emporta un petit nuage blanc de fumée qui s'échappait de la cheminée et laissait dans l'air une odeur de bois en train de brûler.

Trois voitures de patrouille étaient alignées contre la haie de troènes qui bordait la propriété, leurs occupants occupés à discuter sur le trottoir devant une rangée de quatre maisonnettes des années 1930 situées en face.

Mark les observa tandis qu'ils se séparaient dans différentes directions – deux se dirigèrent vers Hazelthorpe, pendant que les quatre autres prenaient chacun un côté de la rue et commençaient à frapper aux portes.

La propriétaire de la première habitation de la rangée jeta un coup d'œil par-dessus une chaînette en laiton, le front plissé tandis qu'elle écoutait l'agent en uniforme. Apparemment convaincue qu'il s'agissait d'un véritable policier et non d'un imposteur, elle tendit le bras pour détacher la chaînette, puis la porte s'ouvrit davantage avant qu'elle ne s'appuie contre l'encadrement, les bras croisés sur la poitrine pendant qu'elle parlait.

— Tu es remise ? demanda-t-il à Jan qui le rejoignait. J'ai cru que tu allais arracher la tête de MacKenzie Adams tout à l'heure.

— Désolée, chef. J'ai essayé d'être professionnelle, mais dans ces circonstances...

— Tu n'as pas à t'excuser. Ce type est insupportable. J'ai apprécié de te voir le remettre à sa place.

Elle sourit, puis inclina la tête vers les agents en uniforme qui progressaient lentement d'une propriété à l'autre.

— C'est délicat, n'est-ce pas ? Je veux dire, les gens du coin vont soit saisir l'occasion pour colporter des ragots sur ce qui s'est passé, soit avoir réellement des informations qui pourraient nous aider.

— Ça doit être fait.

Il consulta sa montre.

— On va leur donner quelques minutes et puis on va remonter la rue pour voir comment ils s'en sortent. Ça te va ?

— Pas de problème. Tu penses que nous allons découvrir quelque chose ?

Il haussa les épaules.

— Difficile à dire. Ce serait bien si quelqu'un par ici avait des caméras de sécurité à l'extérieur de sa maison, étant donné qu'il n'y a pas de vidéosurveillance.

— Est-ce que Caroline a une idée du temps nécessaire pour obtenir les images des caméras de la compagnie de bus ?

— Elle ne m'a rien dit. Mais j'ai déjà dû faire cette demande par le passé, ça peut prendre de deux jours à une semaine. Ça dépend à qui on a affaire.

Il scruta l'une des fenêtres du dernier étage du pub alors qu'un rideau retombait.

— Espérons que Noah Collins gardera l'oreille ouverte pour nous, au cas où quelqu'un aurait la langue trop déliée après quelques verres. Allons faire un tour. Je suis gelé à rester planté ici.

Mark garda les mains dans ses poches et emboîta le pas à Jan lorsqu'elle sortit du parking et tourna à gauche dans la ruelle.

Des racines d'arbres fendaient le trottoir étroit à plusieurs endroits, et il gardait les yeux au sol pour éviter de trébucher avant de laisser Jan prendre les devants.

Elle sortit un morceau de papier plié de son sac à main et le défroissa avant de le lui tendre.

— Voici une copie du plan que Caroline a dessiné d'après ce que nous savons de l'itinéraire habituel de Jessica depuis le pub. À part la rangée de maisons en face, les habitations sont grandes par ici, avec beaucoup de terrain. Il n'y a que vingt propriétés entre ici et le domicile des Marley.

Mark examina la carte. Il vérifia la progression des deux équipes d'enquête qui faisaient du porte-à-porte, puis il la lui rendit.

— Ça ne devrait pas prendre trop de temps, alors.

— Ça dépend de qui est là, je suppose.

Elle quitta le dernier bout de trottoir pour descendre dans le caniveau de la rue.

Ils passèrent devant une boîte aux lettres montée sur un piquet en bois à côté de la haie, et Mark observa deux agents en uniforme se baisser sous un saule pleureur qui surplombait un portail, avant de négocier leur chemin sur une allée en pavés irréguliers vers un cottage blanchi à la chaux avec un toit de chaume.

— Allons-y, dit-il. Laissons-les faire. Ils nous rattraperont.

Il adopta un rythme rapide et ses yeux balayaient le chemin à mesure qu'ils avançaient vers la maison des Marley, puis il traversa de l'autre côté avant de longer la courbe qui rétrécissait le chemin à son sommet.

— Je ne pense pas que j'aurais été à l'aise à l'idée qu'une de mes filles marche par ici la nuit, dit-il. C'est sacrément dangereux à cette saison.

— Je suppose qu'elle et ses parents pensaient qu'elle était en sécurité, dit Jan. Je veux dire, la nuit, elle aurait entendu toute voiture approcher et elle aurait pu monter sur l'accotement largement à temps. Je ne pense pas que l'idée qu'elle puisse être attaquée leur ait déjà traversé l'esprit. Cela semble être une communauté amicale, alors ils n'auraient jamais imaginé que le pire puisse arriver. C'est naïf, mais c'est comme ça que les gens sont jusqu'à ce que quelque chose comme ça se produise dans leur quartier—

Elle se heurta à Mark et s'arrêta net lorsqu'il leva la main.

— Qu'est-ce qui se passe ?

— Je ne suis pas sûr. Reste là.

Il ignora le froncement de sourcils qui passa sur le visage de sa collègue et il fit un pas de côté pour tendre le cou vers l'accotement herbeux, puis vers le haut.

Le regard de Jan était troublé quand il se retourna vers elle.

— Ne t'approche pas. Il va falloir faire délimiter cette zone.

— Qu'est-ce que tu as trouvé ? demanda-t-elle avec une pointe d'inquiétude dans la voix. Du sang ?

— Non.

Mark pointa du doigt ce qui encombrait le caniveau.

— Du plastique et du verre. Il y a des éclats partout ici.

— Ça pourrait venir d'un phare de voiture. Tu penses que le chef avait raison à propos d'un délit de fuite ? Il aurait pu percuter Jessica ici, puis déplacer son corps.

En réponse, Mark lui fit signe de le rejoindre, et elle s'avança vers le milieu de la route en évitant la zone qu'il indiquait.

— Regarde, dit-il.

Jan suivit sa main alors qu'il pointait vers le haut.

Le réverbère avait été cassé, le cache en plastique à moitié manquant, avec des restes déchiquetés du filament pendant de la fixation.

Mark baissa son regard vers les morceaux éparpillés à travers la route et le caniveau, la bouche sèche.

— Je ne pense pas qu'elle ait été heurtée par une voiture. Celui qui l'a tuée aurait pu casser le réverbère et l'attendre ici. Si c'est le cas, alors ce n'était pas un accident. La mort de Jessica était planifiée.

CHAPITRE 15

Mark leva les yeux en entendant son nom pour voir l'inspecteur principal Kennedy qui se précipitait vers lui, son téléphone portable à la main.

Son supérieur s'arrêta devant la bande bleue et blanche qui séparait désormais Mark de l'accotement et il observa trois enquêteurs de la police scientifique qui progressaient méticuleusement à travers les broussailles sur le côté du chemin.

La circulation avançait au ralenti.

Dès que Mark avait compris l'importance de sa découverte, il avait fait garer une voiture de patrouille près du lampadaire cassé. Deux agents dirigeaient les véhicules et un promeneur curieux avec son chien de l'autre côté du chemin, à l'écart des techniciens de la police scientifique, tandis qu'une barrière blanche était érigée pour protéger leur travail des regards indiscrets.

— J'ai parlé avec la police de la route, dit Kennedy. Ils ont deux voitures au bout du chemin qui créent une déviation, donc vous ne devriez plus avoir beaucoup de véhicules qui passent par ici.

— C'est bien, merci, chef.

Kennedy examina d'un œil évaluateur les techniciens puis il tendit le cou pour voir plus loin sur la route.

—Et les propriétés voisines ? Du nouveau ?

— Le couple qui habite dans ce cottage d'en face affirme que ce lampadaire fonctionnait il y a quelques jours.

— Donc, il est possible qu'il ait été endommagé délibérément.

— Oui.

Kennedy glissa son téléphone dans sa poche.

— Est-ce que quelqu'un dans le coin a des caméras de sécurité ?

— Non, rien chef. Les agents en uniforme ont fini de parler avec les résidents plus haut dans la rue, vers la maison des Marley. Le problème, c'est que la plupart des maisons sont en retrait de la route et à cette période de l'année, une fois le soleil couché, les gens sont emmitouflés derrière leurs rideaux devant la télévision. Personne n'a rien vu ni entendu.

— Merde.

Kennedy désigna d'un mouvement de pouce les silhouettes en combinaison blanche derrière la bande.

— Ils ont trouvé autre chose ?

— Pas encore, chef.

Mark pointa le doigt vers le haut de la rue.

— Le prochain lampadaire est là-bas, dans le virage. Toute cette portion serait dans le noir et donnerait à n'importe qui l'occasion d'attaquer Jessica quand elle passerait par là. C'est pour ça que nous avons délimité la zone. Ils vont progresser d'ici jusqu'au prochain lampadaire, et aussi en descendant la rue.

— C'est une sacrée chance que vous ayez fait cette découverte.

— J'ai d'abord pensé que c'était un morceau de phare de voiture.

— Donc, on peut écarter la théorie du délit de fuite ?

— Je pense que oui. À moins qu'ils ne trouvent quelque chose dans les environs qui soutiendrait cette thèse. Je suis convaincu que ce lampadaire a été détruit intentionnellement. Une grosse pierre aurait pu être lancée contre l'ampoule là-haut avant que Jessica ne termine son service.

Il désigna un arbre rabougri à quelques mètres, son tronc épais et tordu recouvert de lierre.

— Le meurtrier de Jessica aurait pu l'attendre là.

— Il aurait dû la transporter jusqu'aux piste, cependant. Pourquoi ne pas la jeter ici ?

Kennedy plissa le nez.

— Elle aurait pu ne pas être retrouvée pendant quelques jours si personne n'était passé par là. Ça aurait été plus facile de la pousser dans le fossé que de la mettre dans un véhicule, n'est-ce pas ?

— En effet.

Mark expira, son regard trouvant Jan qui discutait avec un sergent en uniforme plus loin sur le chemin en direction du pub.

— Je commence à me demander si le corps de Jessica a été abandonné sur les pistes pour une raison précise.

— Symbolique, vous voulez dire ?

— Oui.

— Hmm.

Kennedy tira sur son lobe d'oreille.

— Très bien. Nous approfondirons cette piste au

commissariat. C'est un sacré risque, cependant. À cette heure de la nuit, une autre voiture aurait pu arriver par ici.

— Selon les résidents du coin, ce n'est pas très fréquenté après onze heures.

Mark tendit le cou et scruta la route.

— Mais il n'y a nulle part où garer une voiture non plus. Alors peut-être que Jessica n'a pas été tuée ici. Peut-être que le tueur a simplement éteint la lumière pour qu'elle ait plus de mal à voir ? La désorienter, puis venir à son secours peut-être ?

— Ça aurait plus de sens.

Kennedy mit la main dans sa poche alors que son téléphone commençait à sonner, puis il grogna en regardant l'écran.

— On me convoque. Je dois y aller. Assurez-vous que Jan et vous soyez de retour au commissariat pour le briefing de l'après-midi, d'accord ? Je veux examiner de plus près votre théorie sur le symbolisme. Réfléchissez à qui cela pourrait être destiné pendant que vous attendez ici, d'accord ?

— Entendu, chef.

Mark observa Kennedy qui se hâtait vers le pub, et sa voiture quitta le parking quelques instants plus tard. Il reporta son attention sur Jan qui s'approchait.

— Bon, c'était la dernière des déclarations recueillies lors des enquêtes de porte-à-porte. Rien à signaler, malheureusement. C'est ce qu'on soupçonnait, à cette heure-là, tout le monde dans le coin était soit couché, soit devant la télé.

Elle regarda par-dessus la bande.

— Du nouveau ?

— Non. Le chef veut qu'on soit de retour au commissariat pour le briefing.

— Tu lui as parlé de ta théorie sur le corps laissé intentionnellement près des pistes ?

— Oui.

— Qu'est-ce qu'il a dit ?

— Il veut qu'on creuse l'idée quand on sera de retour.

Mark tourna le dos aux experts de la police scientifique et plissa les yeux alors qu'une brise froide remontait vers eux.

— Si le meurtrier de Jessica essayait de faire une déclaration en la laissant là-bas, je pense qu'il ne pouvait y avoir que deux personnes dont il cherchait à attirer l'attention.

— MacKenzie Adams ou Will Brennan.

— Exactement. Alors, pourquoi ?

Jan fronça les sourcils.

— Il va falloir qu'on se penche sur les ex-petits amis de Jessica. Peut-être que quelqu'un a mal pris ses fiançailles imminentes. Son meurtrier s'est peut-être dit que si lui ne pouvait pas l'avoir, Brennan non plus.

— D'après Brennan, peu de gens étaient au courant des fiançailles. Les parents de Jessica ne l'étaient certainement pas.

— Les gens font des commérages tout le temps, chef, dit Jan en sortant son carnet et un stylo. Peut-être qu'en tuant la petite amie d'un de ses jockeys et en la laissant là, notre tueur envoyait un message à Adams pour une raison quelconque.

— Chef !

Ils se retournèrent en entendant un cri de l'un des techniciens de la police scientifique, qui leur fit ensuite signe de s'approcher du ruban.

— Qu'est-ce que vous avez trouvé ?

Le technicien leva une main gantée.

— Un téléphone portable, chef.

Mark haussa un sourcil vers Jan.

— Quel était le modèle que Jessica avait, selon ses parents ?

— Celui-là, répondit Jan. Excellent travail, Gareth.

CHAPITRE 16

Jan tint la porte ouverte pour Turpin avant de se précipiter vers Tracy, qui était assise à un bureau jonché d'objets récupérés dans la chambre de Jessica Marley.

— Tu pourrais enregistrer ceci comme preuve ? demanda-t-elle en lui tendant un sac plastique avec le téléphone portable. Et ensuite, laisse Alex y jeter un œil pour voir ce qu'il peut trouver concernant les appels et les messages. Il n'a plus de batterie pour l'instant, donc il faudra le charger.

— Je m'en occupe. Je vais aussi comparer les appels et les textos entre celui-ci et le téléphone de Brennan, pour m'assurer qu'il n'a rien supprimé.

— Super, merci.

Jan ôta son manteau en se dirigeant vers son bureau. Elle parcourut d'un œil critique les emails qui s'étaient accumulés pendant son absence.

La salle des opérations résonnait d'une cacophonie produite par l'équipe rassemblée pour travailler sur l'enquête, mais Jan s'y délectait. La porte s'ouvrit à la volée tandis qu'un autre agent en uniforme se précipitait vers Tracy avec une brassée de dossiers aux couleurs vives, puis une seconde après, il passa en trombe devant le bureau de Jan pour une autre mission, déposant trois des dossiers dans son bac à courrier.

Elle leva les yeux de son travail quand Kennedy passa d'un pas décidé, reconnaissante qu'il ait été affecté à l'enquête sur le meurtre en tant qu'enquêteur principal. Il avait la réputation d'être pragmatique et il avait un palmarès qui incluait le mentorat de plusieurs jeunes membres de l'équipe d'enquête sur les homicides. Il n'exigeait pas le respect, il l'imposait – il dirigeait par l'exemple.

Elle jeta un coup d'œil par-dessus son épaule. Kennedy avait atteint son bureau, desserré sa cravate et il avait déjà le téléphone à l'oreille pour aboyer des instructions à quelque malheureux au quartier général.

Elle sourit et reporta son attention sur les dossiers qu'on lui avait laissés. Le premier contenait une copie des dépositions du directeur et du superviseur de Jessica au supermarché et, en lisant les notes dactylographiées, elle fut saisie d'une certaine mélancolie.

La déclaration d'Annie Hartman confirmait que la jeune femme avait été travailleuse, attentive aux détails et qu'elle n'était jamais arrivée en retard. La directrice avait été bouleversée en apprenant le meurtre de Jessica et, selon Caroline, elle avait déjà installé des affiches aux fenêtres avec le numéro de Crimestoppers, pour demander aux clients de prendre contact s'ils avaient des informations.

Isaac Fisher, l'homme avec qui Jessica avait travaillé à la station-service les jeudis après-midi, était tout aussi bouleversé – Jessica avait le même âge que sa petite-fille aînée, et, comme Annie, il n'avait que du bien à dire d'elle.

Jan ferma le dossier et le jeta de côté, puis elle ouvrit le suivant, en sortit une liasse de documents et parcourut les mots du regard. À son soulagement, il s'agissait d'une autre affaire que Turpin et elle avaient clôturée le mois dernier et tout ce qui était requis était sa signature sur deux des pages.

Elle griffonna ses initiales aux endroits indiqués et le remit dans son bac à courrier, puis elle examina l'écran de son ordinateur. Réprimant l'envie de gémir, elle répondit à autant de nouveaux messages qu'elle pouvait, délégua le reste puis leva les yeux lorsque Kennedy se déplaça vers l'avant de la salle et s'éclaircit la gorge.

— Mettons-nous au travail, tout le monde. Briefing, tout de suite, s'il vous plaît.

— Tiens.

Turpin apparut à ses côtés et lui tendit un gobelet de café à emporter.

— J'ai pensé que tu en aurais besoin.

— Tu es un héros, merci. Je commençais à avoir du mal après tout cet air frais aujourd'hui. Je n'ai pas pu dormir la nuit dernière. Je n'arrêtais pas de penser à Jessica, en train de marcher sur cette route toute seule.

Elle frissonna.

— De nos jours, on pourrait penser que ce serait la dernière chose qu'une femme ferait.

— Je suppose que c'est une communauté très soudée où tout le monde se connaît, dit-il, alors qu'ils se tenaient à l'arrière du groupe d'officiers de police rassemblés. Et c'est bien le problème, n'est-ce pas ? Elle a dû penser qu'elle était en sécurité. Toutes ces fois où elle avait emprunté cette route auparavant sans problème—

— Tu penses qu'elle ne faisait pas attention ?

— Non. Je dis qu'elle aurait dû être en sécurité. C'est juste qu'il y a des salauds malfaisants qui rôdent.

Jan murmura son accord et tourna son attention vers Kennedy alors qu'il commençait le briefing.

— Mes remerciements à l'équipe qui a effectué le porte-à-porte aujourd'hui à Harton Wick, commença-t-il. Comme certains d'entre vous le savent déjà, pendant ce temps Mark a trouvé des preuves suggérant qu'un réverbère avait été délibérément cassé, obligeant Jessica Marley à marcher sur une partie du chemin vers la maison de ses parents dans l'obscurité. Nous avons vérifié auprès de la municipalité et, en raison de l'essai actuel des bus de nuit, les lampadaires ne s'éteignent pas avant une heure du matin en ce moment. Ils se rallument à six heures du matin pour quelques heures.

Il leva la main pour demander le silence alors que des murmures parcouraient la salle.

— Alex et Caroline, je veux que vous récupériez les images des caméras de vidéosurveillance des bus qui ont circulé sur cette route lundi soir. Arrangez-vous pour faire venir les chauffeurs pour les interroger. Je souhaite être présent.

Kennedy se retourna vers le tableau blanc et tapota la photographie prise sur la scène du crime sur la piste d'entraînement.

— Pourquoi le corps de Jessica a-t-il été abandonné ici ? Et où a-t-elle été tuée ?

— Jasper et son équipe confirment qu'il n'y avait aucune trace de sang sur la route elle-même ou sur l'accotement, répondit Turpin. Il n'y a pas non plus de traces de sang sur son téléphone portable. Quant à l'endroit où son corps a été trouvé, peut-être que ça sert de message soit à Will Brennan, soit à MacKenzie Adams.

— Tous deux restent suspects jusqu'à preuve du contraire,

dit Kennedy. Comment s'est passé votre entretien avec MacKenzie Adams ce matin ? Vous pouvez faire un point pour tout le monde pendant que nous sommes ici ? Je suppose d'après votre humeur qu'il a été à la hauteur de vos attentes ?

— Ce type est un connard, dit Turpin. Un misogyne pour commencer, et tout ce qui l'intéresse, c'est la publicité qu'il peut tirer de la mort de Jessica.

— Ça va mieux maintenant ? demanda Kennedy, provoquant un éclat de rire général.

— Oui, chef. Désolé, il nous a mis hors de nous.

— Eh bien, vous marquez un point en disant que c'est un connard. Ça a été noté dans d'autres cercles, d'après les recherches que Caroline a effectuées. Comment s'est passé l'interrogatoire ?

— Il a confirmé que la barrière d'accès aux pistes d'entraînement n'est pas verrouillée, même s'il possède une clé, répondit Jan. Il y a un second centre équestre dirigé par un certain Dominic Millar qui l'utilise de temps en temps pour entraîner ses chevaux. Nous avons vérifié en revenant, c'est une écurie beaucoup plus petite, avec peut-être seulement huit chevaux actuellement.

— Son site web indique qu'il est entraîneur depuis environ dix-huit mois, ajouta Mark. Il a fait une mauvaise chute il y a trois ans, ce qui a mis fin à sa carrière de jockey.

— Il était bon ?

— Pas de grandes victoires, mais il semble qu'il en tirait un revenu convenable.

— Suffisant pour s'établir comme entraîneur ?

— Nous prévoyons de creuser cette piste, chef, dit Jan. Il n'y avait pas grand-chose en ligne.

— Très bien. Demandez l'aide de l'agent Newton si nécessaire.

— Compris.

— Qu'a-t-il dit au sujet de Jessica qui travaillait pour lui ?

— Il a dit qu'elle n'avait commencé que depuis trois semaines et qu'elle avait travaillé trois services. Il a prétendu avoir oublié de nous en parler précédemment parce qu'il était sous le choc.

— C'est des conneries.

— C'est ce qu'on a pensé, chef. Nous allons vérifier ses conditions de travail avec les autres employés des écuries une fois que les agents en uniforme auront terminé tous les entretiens, et nous demanderons à quelqu'un d'examiner ses finances pour nous assurer que les registres de paie sont à jour. Cela nous confirmera au moins les dates.

— Merci à vous deux.

Kennedy se tourna vers le sergent Wilcox.

— Tom, je veux que vous et votre équipe coordonniez les témoignages des habitués du pub. Je sais qu'on en a déjà quelques-uns basés sur la liste de noms fournie par Noah Collins, mais nous devons nous assurer que personne n'a été oublié. Jetez aussi un œil au distributeur automatique dans le pub, et contactez la banque que Collins utilise pour son terminal de paiement. Je veux les relevés de tous ceux qui ont dépensé de l'argent dans cet endroit lundi soir. Une fois que nous les aurons, nous pourrons leur demander qui d'autre était présent. Je veux que tout le monde soit interrogé dès que possible.

— Oui, chef.

— Mark, assurez-vous de faire le suivi avec Jasper pour obtenir une note de leurs découvertes de la fouille de cet après-midi, même si ce n'est pas un rapport complet. Je veux des mises à jour régulières de lui et de son équipe afin que nous puissions faire avancer cette enquête.

— Je m'en occupe, chef.

— Très bien, ça ira pour aujourd'hui. Merci à tous pour votre travail acharné jusqu'à présent. Nous avons encore un long chemin à parcourir, mais nous allons trouver qui a assassiné cette jeune femme. Au travail.

CHAPITRE 17

Mark serra le col de sa veste autour de son cou tandis qu'il se dirigeait vers les portes doubles du bâtiment de la morgue du conseil municipal d'Oxford.

Des nuages gris et menaçants s'amoncelaient au-dessus de leurs têtes, présage de l'averse qui avait été annoncée pour la matinée, ainsi que de la tâche qui les attendait.

Alors que les derniers rayons du pâle soleil disparaissaient, la brique rouge du bâtiment d'un seul étage se transformait en une teinte terne et aspirait la couleur des arbustes qui avaient été plantés de chaque côté de l'entrée.

Son téléphone bipa dans sa poche, et son humeur s'améliora lorsque ses yeux parcoururent le texto de Lucy.

Merci encore pour l'invitation à dîner. J'ai hâte xx.

— Ce n'est pas que je sois pressée d'entrer, dit Jan, mais ouvre la porte, chef. On va être trempés.

Il rangea son téléphone et ouvrit la porte d'un coup sec, puis il se tint sur le côté pour la laisser passer avant de la suivre à travers le sol carrelé jusqu'à un comptoir d'accueil.

Clive Moore leva les yeux de l'ordinateur sur lequel il travaillait, et il poussa un bloc-notes avec pince vers eux.

— Bonjour, détectives. Veuillez signer, s'il vous plaît.

Mark pointa l'ordinateur du doigt.

— Nouveau matériel ? Il était temps.

— Nos illustres dirigeants ont décidé de nous accorder une parcelle de fonds pour nous lancer dans une modeste frénésie d'achats, répondit l'assistant de la médecin légiste en regardant par-dessus son nez tout en tendant un stylo à Mark. Dommage que le reste de nos supplications pour des fonds supplémentaires soient restées sans réponse.

Mark retint un sourire et signa le registre des visiteurs avant de le passer à Jan.

L'attitude morne de Clive était accentuée par le pull gris qu'il portait. Dégingandé, dans la fin de la vingtaine, il vieillissait presque de deux décennies supplémentaires devant eux lorsqu'il prit le bloc-notes des mains de Jan avec un soupir, comme si le poids du monde pesait sur ses épaules.

— Beaucoup de boulot ? demanda Mark.

— Toujours. Surtout avec Gillian qui doit être au tribunal cette semaine. On s'en serait bien passé. On va devoir travailler ce week-end maintenant pour essayer de rattraper le retard. Ah, la voilà.

Mark se retourna au bruit de pas pour voir Gillian se précipiter vers eux, un masque baissé autour de son cou.

— Bonjour, dit-elle. Vous pouvez vous préparer le plus rapidement possible ? Je veux commencer tout de suite.

— Pas de problème, répondit Mark. Clive était justement en train de nous dire que vous allez devoir travailler ce week-end.

Le regard de Gillian se durcit.

— Ça en vaut la peine. Est-ce qu'il a eu l'occasion de

vous dire que mon témoignage a contribué à obtenir une condamnation hier ? Six ans pour un cas de violence conjugale. La pauvre femme était méconnaissable quand il en avait fini avec elle. Au moins, il ne verra pas la lumière du jour pendant un moment.

— Bon boulot.

Il le pensait sincèrement. Malgré leur animosité passée, lui et la médecin légiste avaient développé un respect mutuel, et son rôle au sein du système judiciaire était bien reconnu. Elle avait sans aucun doute été un atout redoutable pour l'accusation.

— Merci. On se retrouve là-bas dans cinq minutes.

Elle fit un signe de tête à Jan, puis pivota et retourna vers la salle d'examen, la porte d'acier claquant dans son sillage.

— Vous savez où sont les vestiaires, dit Clive en quittant le bureau pour la rattraper. Je ferais mieux d'aller l'aider à se préparer.

Mark laissa Jan aller se changer et il entra dans le vestiaire des hommes. Il déchira l'emballage plastique d'une blouse qui avait été laissée en pile sur un banc en bois, l'enfila par-dessus ses épaules, puis ajouta les surchaussures assorties à ses pieds.

Il redressa les épaules, sortit dans le couloir et vit Jan qui l'attendait près des portes.

— Prête ?

— Autant que je peux l'être, répondit-elle. Finissons-en.

Gillian les regarda par-dessus son masque lorsqu'ils entrèrent dans la salle d'examen.

— J'ai pensé commencer pendant que je vous attendais, ça ne vous dérange pas ?

— Pas du tout, dit Mark.

En fait, il était soulagé de ne pas avoir eu à regarder la

médecin légiste brandir la scie qu'elle avait utilisée pour ouvrir le crâne de la jeune fille, et il remarqua le soulagement dans les yeux de Jan tandis qu'ils s'approchaient de la table.

Il écouta pendant que Gillian dictait ses constatations dans un microphone fixé au revers de sa combinaison tout en travaillant, ses mouvements méthodiques et assurés.

Clive lui passait divers instruments à sa demande, tous deux travaillant en tandem, avec une fluidité dans leur progression à travers la réalité brutale d'une autopsie.

L'examen finit par se terminer et, tandis que Clive commençait à recoudre le corps brisé de Jessica, Gillian leur fit signe de s'éloigner de la table et de la suivre vers un évier en acier inoxydable où elle se lava les mains.

— Ok, vous avez probablement compris l'essentiel, mais je peux confirmer qu'elle a été tuée d'un seul coup à l'arrière de la tête, juste au-dessus de l'oreille. Je pense qu'elle aurait été rendue inconsciente par ce coup. Tout espoir de survie a été perdu quand son agresseur a décidé d'abandonner son corps sur les pistes d'entraînement au lieu de chercher une assistance médicale.

— Donc, elle aurait pu survivre si elle n'avait pas été abandonnée ? demanda Jan.

Gillian abaissa son masque et grimaça.

— Je ne voudrais pas hasarder une supposition quant à sa qualité de vie après un coup pareil, mais c'est une possibilité, oui.

— Est-ce qu'elle a été agressée sexuellement ?

— Non, je n'ai trouvé aucune indication d'agression sexuelle.

— Comment expliquer alors qu'on l'ait retrouvée avec sa culotte autour de la cheville ?

— Peut-être que son meurtrier a été interrompu.

— Nous avons quelques théories que nous avons développées dans la salle des opérations, dit Mark. L'une d'elles envisageait la possibilité d'un délit de fuite—

— Non, le coupa Gillian. Il n'y a aucune trace de lésions cutanées qu'on observerait typiquement dans un cas de délit de fuite. Si c'était le cas, nous aurions vu des abrasions là où elle aurait été heurtée et traînée sur la route. À quoi d'autre avez-vous pensé ?

— À la possibilité que cela ait pu être un accident. Qu'elle ait pu être blessée par un cheval, si elle avait été désarçonnée, ou si elle avait reçu un coup de sabot.

La médecin légiste secoua la tête.

— Vous pouvez écarter cette hypothèse également. L'angle du coup porté à son crâne ne correspond pas du tout à celui d'un coup de sabot de cheval, et j'en ai vu pas mal durant ma carrière ici. Encore une fois, si elle était tombée, je me serais attendue à voir des traces d'herbe, des contusions sur ses membres ou des fractures aux doigts ou aux poignets là où elle aurait tenté d'amortir sa chute. Il n'y a rien ici qui étaye cette théorie.

Mark soupira et reporta son regard sur la silhouette pitoyable sur la table, son visage désormais recouvert d'un drap tandis que Clive commençait à nettoyer le sol.

— Alors c'est définitivement un meurtre, dit-il.

CHAPITRE 18

Jan s'arrêta devant le portail de la maison des Marley, une nausée lui tordant l'estomac.

Turpin la rejoignit en rangeant son téléphone portable.

— Kennedy dit qu'une fois qu'on aura terminé ici, ce sera tout pour aujourd'hui. Nous devons nous rendre aux écuries de MacKenzie demain pour superviser les entretiens restants.

— Ok. Il est sûr de ça ?

— Mieux vaut qu'ils l'apprennent de nous que par les commérages locaux. Ça ne va pas tarder avant que quelqu'un ne découvre l'info et la laisse échapper.

— Très bien.

Quatre jours de chagrin avaient laissé des traces sur le père de Jessica. Quand il ouvrit la porte, Jan fut frappée par la pâleur de son visage et la douleur sourde dans ses yeux.

Le chien de la famille aboya une fois derrière la porte du salon, ses griffes grattant la surface en bois avant que Jan n'entende la mère de Jessica réprimander l'animal. Les grattements cessèrent, suivis du bruit du loquet qu'on tournait.

Le père de Jessica recula pour les laisser entrer, puis il jeta un coup d'œil par-dessus son épaule lorsque l'agent Wickes émergea de la cuisine.

— Grant m'a dit que vous veniez. Vous avez arrêté quelqu'un ?

— C'est encore très tôt, monsieur Marley, mais nous faisons tout notre possible. Nous recevons beaucoup de nouvelles informations, dit Turpin. Est-ce qu'il serait possible de faire un point avec vous et votre épouse ? [1]

Trevor Marley acquiesça, les yeux baissés. Il indiqua la porte du salon et il laissa Turpin ouvrir la voie, Jan à la suite des deux hommes.

La mère de Jessica était assise dans le même fauteuil que la dernière fois, le petit chien sur ses genoux. Les yeux de Wendy Marley présentaient la même rougeur que ceux de son mari, et elle tortillait un mouchoir en papier entre ses mains tandis qu'elle regardait Turpin et Jan s'asseoir sur le canapé.

— Ils disent qu'ils veulent faire un point avec nous, dit Trevor.

Il passa une main sur le plaid aux motifs vifs sur le dossier de son fauteuil, puis il s'assit avec un soupir.

— Allez-y.

— La médecin légiste a terminé son autopsie ce matin, dit Jan, son regard passant d'un parent à l'autre. Elle nous a indiqué que Jessica était décédée suite à un seul coup à l'arrière de la tête. La médecin légiste a écarté l'hypothèse d'un accident de délit de fuite ou toute possibilité que Jessica ait pu tomber de cheval.

Trevor passa une main sur son visage, puis il se leva et se déplaça vers l'endroit où Wendy était assise, pour enrouler son bras autour d'elle tandis qu'il s'abaissait sur l'accoudoir de son fauteuil.

— Est-ce qu'elle est morte immédiatement, ou est-ce qu'elle a souffert ?

Jan déglutit.

— La médecin légiste confirme que le coup à la tête était suffisant pour la rendre immédiatement inconsciente.

— Oh mon Dieu, dit Wendy en se penchant vers son mari. Elle était encore en vie quand il l'a laissée là-bas ?

— Je suis désolée, oui. C'est ce que la médecin légiste pense.

— Qui pourrait faire une chose pareille ? demanda Trevor en essuyant ses yeux avec la manche de sa chemise. Notre magnifique fille. Elle n'a jamais fait de mal à personne de toute sa vie. Elle n'a jamais eu un mot méchant pour qui que ce soit. Pourquoi ?

Jan jeta un coup d'œil à Turpin, qui fit un léger signe de tête. Elle se retourna vers les Marley.

— Je suis désolée de vous demander cela, mais est-ce que vous saviez que Will avait prévu de demander Jessica en mariage ce week-end ?

Wendy se mit à pleurer de nouveau et secoua la tête tandis que son mari blêmissait.

— C'est vrai ? réussit-il à articuler.

— Il nous l'a révélé lors de son interrogatoire, répondit Jan. Vous n'en aviez aucune idée ?

Trevor prit un mouchoir en papier dans une boîte posée sur une table d'appoint à côté de sa femme et il se moucha.

— Non.

Jan fit une pause pendant que Wendy essuyait de nouvelles larmes. Conscient de la détresse de sa maîtresse, le petit chien poussa le coude de Wendy en gémissant.

Trevor fixait la moquette, sa pomme d'Adam montant et descendant dans sa gorge.

— Il l'aurait rendue tellement heureuse.

— Cela ne vous aurait pas dérangé qu'elle envisage de se marier si jeune ? demanda Jan.

— Du moment qu'elle était heureuse, c'est tout ce qui aurait compté pour nous.

Wendy pressa son mouchoir contre ses lèvres.

— Vous saviez si Will et Jessica s'étaient disputés dernièrement ? Est-ce qu'elle semblait tendue à propos de quelque chose ?

— Pas tendue, non, parvint à dire Wendy. Mais je pense que tout ce travail qu'elle faisait en plus de ses études commençait à peser sur elle.

— Ah bon ? De quelle façon ?

— J'avais l'impression que les choses n'allaient pas aussi bien à l'école qu'elle essayait parfois de nous le faire croire. Quand j'ai essayé de l'interroger à ce sujet, elle m'a dit qu'elle avait des choses plus importantes à gérer que ses notes.

— Quand est-ce que c'était ?

— Il y a environ trois semaines.

Wendy leva les yeux vers son mari.

— Je ne t'ai rien dit parce que je ne voulais pas t'inquiéter.

— Ce n'est pas grave, ma chérie, dit Trevor.

Il lui serra l'épaule, puis il se tourna vers Jan.

— Jessica nous aurait parlé si quelque chose la tracassait, j'en suis certain.

Turpin se leva.

— Nous allons vous laisser entre les mains compétentes de Grant, mais si vous vous souvenez de quoi que ce soit, n'importe quoi qui pourrait nous aider, n'hésitez pas à nous appeler, d'accord ? Peu importe si cela vous semble sans importance. Cela nous aide à comprendre votre fille et ce qui a pu lui arriver.

— Bien sûr, répondit Trevor.

Cinq minutes plus tard, Jan prit une grande bouffée d'air frais en marchant vers la voiture.

— Parler aux parents est toujours la partie la plus difficile, n'est-ce pas ?

— Je sais.

Elle se glissa derrière le volant, puis attendit que Turpin attache sa ceinture.

— Tu as prévu quelque chose après le travail ?

— Non, soirée tranquille pour moi. Pourquoi ?

Elle fit un signe de tête en direction de la maison.

— Je vais avoir besoin d'un verre après ça et l'autopsie de ce matin.

— Et les jumeaux ?

— Scott les emmène à leur répétition de musique ce soir.

— Alors, tu t'en sors sans avoir à les écouter ?

— Tu m'as eu.

— D'accord. Mais la première tournée est pour moi.

CHAPITRE 19

Mark se faufila à travers la foule d'après-travail rassemblée autour du bar de la Journeyman's Tavern.

Il gardait les coudes écartés pour se frayer un chemin entre un groupe d'hommes qui se précipitaient comme un seul vers l'espace qu'il venait de libérer, tout en essayant de ne pas renverser les deux pintes de bière cuivrée qu'il tenait fermement.

L'endroit était bondé et, tandis qu'il retournait à leur table, il remarqua les badges d'identification caractéristiques de différentes entreprises du parc scientifique voisin accrochés aux ceintures et aux revers de vestes.

À dix-huit heures trente, il faisait déjà nuit derrière la fenêtre près de laquelle Jan était assise, et l'intérieur du pub se reflétait dans les carreaux.

L'enquêteuse avait le menton posé dans sa main, le regard perdu tandis qu'elle traçait un motif indéterminé sur la table avec son index.

Mark avait choisi ce pub pour sa situation au bord de la rivière qui s'enroulait autour de la langue de terre sur laquelle se dressait le bâtiment du dix-septième siècle, et parce que, pour autant qu'il sache, aucun de leurs collègues ne fréquentait l'endroit, étant donné sa distance du commissariat.

— Voilà pour toi.

Jan releva brusquement la tête au son de sa voix.

— Désolée. J'étais à des kilomètres d'ici.

— C'est ce que j'ai remarqué.

Ils trinquèrent, et Mark prit une longue gorgée avant de reposer son verre sur la table avec un soupir.

— J'en avais besoin.

— Moi aussi. Comment est-ce que tu as découvert cet endroit ?

— Je suis tombé dessus en me promenant avec Hamish. Il y a un énorme jardin derrière le bâtiment. Il descend en pente jusqu'à la rivière et il y a une sorte de plage qui est plus basse que les déversoirs en aval. En septembre, c'était plein d'enfants et de chiens en train de jouer, il faisait encore assez chaud. Toi et Scott devriez amener les garçons ici en été. Ils adoreraient.

— Je le ferai, et tu as raison, ils adoreraient. J'habite dans le coin depuis des années, et je n'arrive pas à croire que je ne suis jamais venue ici avant.

Ils tombèrent dans un silence complice pendant un moment, et Mark promena son regard autour du pub.

Un groupe d'habitués se pressait à une extrémité du bar lambrissé de chêne, un vieil homme sur un tabouret tenait la vedette tout en gardant en équilibre un petit terrier sur ses genoux. Le chien observait les hommes rassemblés autour de lui et happait avidement les chips et les biscuits salés qu'on lui donnait en morceaux pendant qu'ils parlaient.

— Comment tu tiens le coup, chef ? demanda Jan en interrompant ses pensées.

Il prit d'abord une gorgée de sa boisson.

— Pas trop mal, vu les circonstances.

— Tu as eu l'occasion d'en parler avec tes filles ?

Mark grimaça à ce souvenir.

Debbie avait téléphoné la veille et il avait d'abord parlé avec sa cadette, Anna.

La fille de douze ans avait été en larmes, argumentative – et cela lui faisait mal d'entendre sa douleur. Elle s'était calmée après un moment, une fois que lui et Debbie avaient veillé à ce qu'elle comprenne qu'elle continuerait à le voir régulièrement et que lui et son ex-femme restaient amis, puis Louise avait pris le téléphone des mains de sa sœur.

À quatorze ans, la jeune fille avait le don des mots et elle ne lui avait laissé aucune illusion quant à ce qu'elle pensait du divorce de ses parents.

Il esquissa un léger sourire à ce souvenir. Sa fille aînée devenait un personnage redoutable, et il ne doutait pas qu'elle le tiendrait responsable s'il les décevait.

— Elles vont bien, dit-il à Jan. Ou du moins, elles iront bien.

— Louise t'a passé un savon ?

Il rit.

— En effet.

— Je suis sûre qu'elles vont s'en remettre, chef. J'ai l'impression, d'après la façon dont tu parles d'elles, qu'elles sont matures pour leur âge.

— Merci, et appelle-moi Mark quand on est dehors, d'accord ?

— D'accord. C'était intéressant ce que Wendy Marley a dit à propos des notes de Jessica.

— Et sa remarque qu'elle avait des choses plus

importantes en tête. Tu crois qu'elle avait découvert la proposition de Will ?

— Peut-être. D'après ce que tout le monde nous a dit d'elle, elle semble avoir été plutôt futée.

— Mais est-ce que ça aurait eu des conséquences sur son travail scolaire ?

Jan s'adossa au banc en bois qui servait de siège, et son regard se posa sur la surface piquée de la table.

— C'est difficile à dire. Je vois la quantité de devoirs que mes deux enfants reçoivent chaque semaine, et ils ne sont même pas encore au collège. Peut-être que les notes de Jessica avaient baissé simplement parce qu'elle avait pris trop de choses en charge.

— Et peut-être qu'elle ne voulait pas le reconnaître.

Mark haussa les épaules.

— Je ne sais pas.

Jan porta son verre à ses lèvres, puis s'arrêta.

— Tu crois qu'elle aurait survécu si quelqu'un l'avait trouvée là-bas sur les pistes d'entraînement ?

— Arrête.

Mark leva la main.

— Ne fais pas ça. Jessica est morte parce qu'un salopard l'a frappée à la tête avec un objet contondant. C'est sur cela qu'on se concentre. C'est sur ça qu'on enquête. Si tu commences à penser à ce qui aurait pu être, ça ne te fera aucun bien.

Son visage s'affaissa.

— Je sais.

— Ce n'est pas grave. C'est normal de se sentir comme ça. Je sais que si quelqu'un faisait du mal à Anna ou à Louise, je voudrais des réponses. On va y arriver.

Elle parvint à sourire et fit tinter son verre contre le sien.

— Je vais boire à ça.

CHAPITRE 20

Mark laissa Jan dans la voiture, son téléphone collé à l'oreille tandis qu'elle recevait une mise à jour de la salle des opérations, et il promena son regard sur les murs du bâtiment en briques des écuries en sifflant doucement.

Tout le bâtiment avait été transformé, pour passer de six stalles à un espace ouvert de détente pour les jockeys et les palefreniers qui travaillaient pour MacKenzie Adams.

Au centre de l'espace se trouvaient huit longues tables avec des bancs dans différents états de désordre, comme si les occupants étaient partis précipitamment sans se soucier de ranger après eux.

Près de la porte, à côté de l'endroit où il se tenait, une cuisine bon marché avait été installée avec deux micro-ondes, un lave-vaisselle, une plaque de cuisson et un évier encombré de piles de vaisselle. Une odeur de café rassis émanait de l'une des cafetières branchées sur un plan de travail qui longeait le mur jusqu'à la première des quatre fenêtres.

À travers les vitres, Mark pouvait apercevoir la courbe

majestueuse des Berkshire Downs qui perçait à travers une brume ondulante qui enveloppait la campagne environnante, et il frissonna.

Il semblait que les tentatives d'Adams de fournir une cuisine à son personnel ne s'étendaient pas jusqu'à une isolation ou un chauffage convenables.

— Poussez-vous, j'ai terriblement besoin d'un thé.

Mark s'écarta au son de la voix, puis il baissa les yeux tandis qu'un homme compact d'une vingtaine d'années le bousculait et se précipitait vers la bouilloire électrique.

L'homme tendit la main vers un placard, puis brandit une tasse en porcelaine ébréchée.

— Vous en voulez un ?

— Non, merci.

— Vous êtes flic ?

— L'un d'entre eux, oui.

— J'ai vu un groupe d'uniformes arriver il y a quinze minutes. C'est à propos de Jessica, c'est ça ?

— Oui.

La bouilloire commença à gronder sur son socle, et l'homme actionna l'interrupteur avant qu'elle n'ait fini de bouillir.

— Ça gaspille de l'électricité sinon, dit-il, puis il haussa les épaules. C'est ce que mon vieux m'a toujours dit, en tout cas.

Il se pencha et ouvrit le réfrigérateur à côté de Mark, renifla une brique de lait ouverte, puis haussa à nouveau les épaules.

— Ça fera l'affaire, j'imagine.

Il en versa dans son thé, jeta la cuillère dans l'évier avec fracas, puis tendit la main.

— Paul Hitchens. Vous devez être Turpin. Elle m'a dit que je vous trouverais ici.

Mark se demanda ce que Jan avait pensé du colocataire de Brennan et il sortit sa carte professionnelle.

— Inspecteur Mark Turpin.

Hitchens fit un signe du pouce par-dessus son épaule vers une longue table près de la fenêtre, où un faible rayon de soleil s'étirait sur la surface en pin.

— Ça vous dérange si on s'assoit là-bas ? Il fait meilleur.

— Après vous.

Hitchens s'assit sur un banc, dos à la fenêtre, et il se frotta la nuque tandis que Mark s'asseyait en face de lui.

— C'est mieux. Je pense que j'ai dû être un lézard dans une vie antérieure. Je ne sens plus mes doigts ni mes orteils tant que je n'ai pas un peu de soleil sur moi, surtout à cette période de l'année.

— Adams ne met pas le chauffage ici ?

Hitchens laissa échapper un rire amer.

— Ça ne sert à rien, avec cette porte qui s'ouvre et se ferme tout le temps. Et puis, regardez l'état des lieux. Ce n'est pas comme si on passait beaucoup de temps ici. Il ne nous paie pas pour rester assis sur notre cul, sauf quand on est sur le dos d'un cheval.

Mark examina le désordre qui couvrait la plupart des tables.

— Qui fait le ménage ?

— Je ne sais pas.

Hitchens fronça les sourcils, puis prit une gorgée de thé. Il fit la grimace.

— Merde. Le lait est tourné.

Sortant son carnet et un stylo, Mark tourna jusqu'à une page vierge et s'éclaircit la gorge.

— Vous connaissiez Jessica Marley ?

— Seulement de vue. Will ne l'a jamais ramenée au cottage. Vous avez vu l'endroit, non ? Je ne peux pas lui en vouloir.

Hitchens poussa la tasse de thé sur le côté.

— Je l'ai seulement vue au pub.

— Au Farriers Arms ?

— Oui. Remarquez, je ne savais pas qu'ils étaient en couple. Pas avant qu'il ne revienne du Yorkshire.

— Vous l'avez vue au pub avant que Will ne travaille pour MacKenzie ?

— C'est mon pub habituel, après tout. Je suppose que je ne l'avais pas vraiment remarquée. Je veux dire, on y va pour boire et s'amuser. Elle n'était pas mon genre, alors je suppose que je...

Il s'interrompit et se gratta l'oreille.

— C'est bizarre de parler d'elle comme ça.

— Nous savons qu'elle travaillait ici avant d'être tuée.

— Seulement récemment.

— Mais vous venez de dire que vous l'avez seulement vue au pub.

Hitchens croisa les bras et s'appuya sur la table.

— C'est exact. À l'heure où elle arrivait pour travailler, j'étais déjà sur les pistes d'entraînement à exercer les chevaux. Elle n'était là qu'à temps partiel. À pelleter de la merde et tout ça. Dieu sait pourquoi. Will dit qu'elle avait deux autres boulots en plus de ses études. Parlez-moi d'ambition excessive.

— Vous pensez qu'elle a pris ce travail pour passer plus de temps avec Will ?

Hitchens renifla avec dédain.

— J'en doute. Comme je vous l'ai dit, quand elle arrivait

pour travailler, nous étions déjà là-haut sur les Downs. Et elle était partie avant qu'on ne revienne. Je crois qu'elle faisait deux ou trois heures à la fois. Elle aurait peut-être eu plus d'heures avec le temps. Je veux dire, si elle n'avait pas... Bon sang.

Il se pencha en arrière et leva les yeux au plafond, avant de croiser à nouveau le regard de Mark.

— Vous savez qui a fait ça ?

— L'enquête est en cours.

— Ce qui veut dire que vous n'en savez rien.

— Où étiez-vous entre dix-huit heures lundi soir et sept heures mardi matin ?

Hitchens leva les mains.

— Oh, génial. Nous y voilà.

— Répondez à la question, Paul.

— Je suis allé au Farriers lundi soir. Will et Nigel étaient avec moi. Je suis parti avec Will vers vingt heures parce qu'on devait sortir les chevaux tôt le lendemain.

— Qui conduisait ?

— Moi. Je n'aime pas trop boire. Ça me rend malade.

— Vous êtes rentré directement ?

— Oui. Je suis retourné au cottage.

— Ensuite, que s'est-il passé ?

— Rien. J'étais assis devant une de ces émissions de cuisine ou je ne sais quoi. C'est idiot, vraiment. Elles me donnent toujours faim et je suis au régime en ce moment. Sinon, j'ai tendance à prendre trop de poids entre les courses.

— Où était Will ?

— À l'étage. Au lit, je suppose. Il est monté pratiquement dès qu'il a mangé quelque chose. Il a dit qu'il était fatigué. Un risque du métier.

— Et où étiez-vous entre lundi soir et sept heures mardi matin ?

— Endormi. Mon réveil a sonné à quatre heures trente et j'ai mis la bouilloire en marche. Will et moi avons pris un thé, puis on est partis pour les écuries. On y est arrivés à cinq heures trente, et on a commencé à se préparer pour monter aux Downs.

— Que s'est-il passé là-haut, mardi matin ?

Hitchens déglutit.

— De toutes les personnes qui auraient pu la trouver...

— Pourquoi est-ce que Will est parti en premier ?

— Parce que MacKenzie lui a fait monter ce fou d'Onyx. Il doit partir avant tout le monde, sinon cet animal stupide se lance à la poursuite de tout ce qui bouge devant lui.

— Que s'est-il passé quand Will a découvert Jessica ?

— Je ne sais pas. Je n'étais pas là quand il l'a trouvée. Comme je l'ai dit, Onyx a besoin d'être en tête pour se défouler avant que le reste d'entre nous commence. C'est l'un des jockeys plus âgés, Stephen, qui a trouvé Will. Il a dit qu'il avait l'air d'avoir vu un fantôme. Bien sûr, après ça, ça a été la panique totale.

— Vous l'avez vue ?

— Non, Dieu merci. Dès que Stephen est revenu à cheval, nous avons pu voir que quelque chose n'allait pas. MacKenzie nous a dit d'attendre tous à la barrière des pistes d'entraînement pendant qu'il appelait la police. Ensuite, vos collègues sont arrivés.

Mark traça deux traits droits sous ses notes, puis il repoussa le banc pour qu'il ressemble aux autres sièges abandonnés.

Il tendit une carte de visite à Hitchens.

— Faites-moi savoir si vous pensez à autre chose, Paul. N'importe quoi.

Le jockey fit tourner la carte entre ses doigts puis releva le menton.

— Trouvez le salaud qui lui a fait ça, inspecteur Turpin. Elle ne méritait pas de mourir comme ça. Personne ne le mérite.

CHAPITRE 21

Nigel White fusilla Jan du regard tandis qu'elle traversait la cour de l'écurie dans sa direction, Turpin à ses côtés.

Un bonnet en laine couvrait la tête de White, et il s'était emmitouflé dans un épais manteau matelassé et une écharpe, son jean partiellement dissimulé dans une paire de bottes d'équitation noires bien usées. Il baissa les yeux vers elle, son regard bleu perçant, tandis qu'elle approchait.

— Monsieur White ?

Jan ouvrit sa carte de police et la lui présenta.

— Nous avons besoin de quelques minutes de votre temps. Questions de routine.

— J'ai déjà parlé à la police, répondit-il.

Il se retourna vers le manège d'entraînement au son d'un bruit sourd contre le panneau métallique galvanisé.

— Doucement, mon grand.

— Monsieur White, nous pouvons faire ça ici ou au commissariat. C'est à vous de choisir.

Il passa une main sur le chaume gris qui couvrait sa mâchoire, puis se tourna vers elle.

— Vous allez devoir monter ici, alors. Je dois surveiller celui-là.

Jan saisit la main tendue et grimpa sur la plateforme d'observation à côté de lui tandis que Turpin contournait la structure circulaire pour atteindre une autre plateforme du côté opposé. Sa tête et ses épaules apparurent un instant plus tard, et il appuya ses bras sur le haut de la barrière tout en observant le cheval à l'intérieur.

Elle suivit la progression de l'animal dans le sens antihoraire pendant un moment, puis elle se tourna vers White.

— Qu'est-ce qu'il a ?

— Il s'est claqué un tendon à Newmarket l'autre semaine. Il est en voie de guérison, mais cet appareil nous permet de l'entraîner sans aggraver sa blessure. Si on essayait de mettre un cavalier sur son dos et de l'envoyer sur les pistes, impossible de savoir comment il réagirait. Avec ces créatures, tout est question de patience.

— Et en quoi est-ce que cet exercice l'aide ?

— Ça maintient un entraînement régulier.

Il fit un geste vers un ensemble de commandes à sa droite.

— Nous pouvons ajuster la vitesse et la direction à partir d'ici, et ça me permet de bien observer ses mouvements et de détecter d'éventuels autres problèmes dont il faudrait tenir compte pendant sa convalescence. En plus, c'est moins coûteux que d'avoir plusieurs gars dehors à le promener.

Jan fronça les sourcils.

— Et s'il trébuche ?

— Il n'est pas attaché. C'est pour ça que ces portes sont articulées. Il y a aussi une couverture rembourrée sous chacune d'elle, et pas d'arêtes vives. S'il fait une chute, il se relèvera et il continuera. Ça arrive.

Il haussa les épaules, puis se tourna vers elle.

— Bon, qu'est-ce que vous voulez me demander ?

— Où étiez-vous entre vingt-deux heures lundi soir et sept heures mardi matin ?

— J'étais au Farriers Arms jusqu'à vingt-deux heures trente lundi soir.

— Vous avez parlé à Jessica Marley ?

— Uniquement pour lui demander de remplir mon verre.

— Qu'est-ce que vous avez bu ?

— Simplement la bière locale.

— Qu'est-ce que vous avez fait en quittant le pub ?

— Je suis revenu directement ici. Je suis responsable des gars et de l'écurie. Ils sont sortis tôt mardi pour faire travailler certains des chevaux, comme vous le savez.

— Quand vous dites « ici » ?

— Le cottage. En haut de la colline. Celui que je partage avec Will et Paul.

— Ils étaient tous les deux présents quand vous êtes rentré ?

— Présents, et au lit quand je suis arrivé. Comme je l'ai dit, ils devaient se lever tôt mardi, et je n'étais pas loin derrière eux.

— Vous vous êtes levé à quelle heure mardi ?

— Comme d'habitude. Vers cinq heures et demie. Il faisait un froid de canard. Heureusement, je n'ai plus besoin de sortir avec les chevaux à l'entraînement. Je commence à l'écurie à sept heures.

Il se détourna et cracha dans la boue et la paille à côté de la plate-forme.

Jan plissa le nez et regarda à travers la machine d'exercice vers l'endroit où se tenait Turpin. Il haussa un sourcil, et elle secoua la tête.

— Qu'est-ce que vous avez fait en arrivant ici ? demanda-t-elle.

— J'ai préparé l'équipement. Selles, brides. J'ai vérifié que tout était en ordre. Certains garçons peuvent prendre des raccourcis si on ne les surveille pas. La dernière chose que je veux, c'est que quelqu'un fasse une chute parce que l'équipement n'a pas été vérifié. Je n'entendrais jamais la fin de cette histoire.

— Depuis combien de temps est-ce que vous travaillez pour MacKenzie Adams ?

— Environ dix ans. J'ai commencé comme garçon d'écurie, j'ai monté un peu, et puis quand j'ai arrêté, il m'a proposé ce poste, pour gérer l'écurie pour lui.

— Vous avez couru professionnellement ?

— Pendant un moment, oui.

— Et vous n'avez pas eu envie de vous installer comme entraîneur comme l'a fait Dominic Millar ?

Il laissa échapper un rire amer.

— Non. Je n'avais pas son genre d'argent pour me lancer.

— Qui gérait l'écurie de MacKenzie avant vous ?

— Personne. Il faisait tout lui-même. Il le devait, quand il a commencé. C'est comme ça. Vous gardez vos coûts aussi bas que possible, même quand vous gagnez.

— D'où cette machine d'exercice ?

— Exactement.

Il fit un clin d'œil, et Jan détourna le regard.

— Pourquoi est-ce qu'il a donné un emploi à Jessica Marley ?

White ricana.

— Sacrée bonne question.

— Vous n'en avez aucune idée ?

— Non.

— Il ne vous en a pas parlé ?

— Pourquoi est-ce qu'il l'aurait fait ?

White baissa les yeux vers le cheval qui passait à nouveau devant eux, et il marmonna entre ses dents.

— Je n'ai pas entendu, pardon ?

— J'ai dit qu'il ne me demande jamais mon avis sur ce qui se passe ici. Je ne fais que travailler ici, d'accord ? Je garde la tête baissée et je fais ce qu'on me dit de faire.

— Que faisait Jessica ici ?

— Pour être honnête, c'était une vraie plaie. Elle a probablement obtenu le poste uniquement parce qu'elle était jolie, et MacKenzie a toujours eu un faible pour les jolies filles.

— Donc, que faisait-elle ?

— Il a dit qu'il l'employait pour aider dans l'écurie et pour qu'elle apprenne un peu sur l'industrie des courses pour ses études. Je lui ai donné les mêmes tâches qu'aux jeunes garçons d'écurie, des choses qu'elle ne pouvait pas rater, notez bien. Je n'avais pas le temps de la surveiller tout en gérant cet endroit. Elle polissait les harnais, nettoyait les box, ce genre de choses.

— Est-ce qu'elle a déjà eu l'occasion de monter un des chevaux ?

Il eut un rictus méprisant.

— Ce n'est pas un centre équestre avec des poneys ici, détective. Non, elle n'a jamais été autorisée à s'approcher des chevaux. Personne ne l'est avant d'avoir acquis de l'expérience. C'est trop dangereux, bon sang.

Comme pour souligner ses propos, la bête dans l'enclos d'entraînement donna un coup de sabot contre la barrière galvanisée avec une telle force que toute la structure trembla.

— Vous pouvez imaginer ce qui arriverait s'il faisait ça à quelqu'un, dit White. J'y risquerais bien plus que mon poste.

— Elle a déjà travaillé dans la maison ?

— Jess ? Non. Elle n'avait aucune raison d'y aller.

— Est-ce qu'elle avait affaire à MacKenzie une fois qu'elle a obtenu le poste ?

— Non.

White appuya sur un bouton du panneau à côté de lui et descendit de la plate-forme. Il fit signe à Jan de faire de même.

Elle lui fut reconnaissante de lui avoir au moins tendu la main pour descendre, et alors que Turpin tournait au coin, elle s'arrêta, son carnet à mi-chemin de son sac à main.

— Une dernière question, monsieur White. Est-ce que Dominic Millar vient parfois à l'écurie ?

— Dom ? Non, il utilise les pistes d'entraînement de temps en temps, mais il ne mettrait jamais les pieds ici.

— Ah bon ? Pourquoi donc ?

White la dépassa et commença à faire glisser les verrous sur le côté du manège d'entraînement. Il posa sa main sur la barrière et se retourna pour la regarder par-dessus son épaule.

— C'est une question que vous pourrez poser à Dominic quand vous le verrez.

135

CHAPITRE 22

Les premiers tintements des cloches de l'église Saint-Nicolas parvinrent à Mark alors qu'il verrouillait sa porte d'entrée le lendemain matin.

Hamish regardait à travers la fenêtre de devant, ses pattes posées sur le dossier du canapé et sa langue pendante.

— Descends de là, dit Mark en frappant la vitre de ses phalanges.

Le chien aboya une fois, puis disparut.

Mark adopta un pas rapide vers le centre-ville et il tira un bonnet en laine sur sa tête pour se protéger de la brise humide en provenance de la rivière.

C'était dimanche, et la circulation était légère à cette heure de la journée, la ville encore endormie après une soirée de samedi tardive passée à boire et à faire la fête. Des détritus volaient sur le trottoir devant ses pieds tandis qu'il entrait sur la place principale, et il lança un regard noir aux nuages qui se formaient au-dessus de sa tête.

Il ne voulait pas conduire – il voulait marcher.

Il avait besoin de se vider la tête avant de rejoindre dans la salle des opérations.

Dormir avait été impossible. La mort d'une jeune femme le troublait toujours, surtout maintenant qu'il était si loin de ses filles. Il conseillait toujours ses jeunes collègues sur le stress et les contraintes du métier, mais il gardait ses propres pensées pour lui-même.

Après avoir été poignardé, après la lente convalescence puis le déménagement de Swindon vers la petite ville marchande de l'Oxfordshire, il avait essayé de mettre tout cela derrière lui.

De l'enterrer.

Parfois ça marchait, parfois non.

Plongé dans ses pensées, il faillit percuter un homme d'une cinquantaine d'années qui sortait d'une maison de la presse. Il fit un écart, s'excusa, puis reconnut son inspecteur principal.

— Pardon, chef. J'étais perdu dans mes pensées.

— Pas de problème, Mark.

Kennedy se mit à marcher à côté de lui, suivant facilement les grandes enjambées de Mark.

— Comment ça s'est passé hier aux écuries d'Adams ? Quelque chose d'intéressant ?

Mark fit une pause pendant qu'il attendait qu'un taxi passe, puis il traversa la route.

— Hitchens semble sincère. Un jockey de carrière, d'après ce qu'on m'a dit, il ne vit que pour son travail. Il a confirmé que lui et Will Brennan étaient revenus au cottage juste avant huit heures et demie. Nigel White a quitté le pub à dix heures et demie. Paul et Will étaient déjà montés se coucher quand il est rentré chez eux. Ils devaient tous les deux se lever tôt pour la séance d'entraînement du lendemain matin.

Kennedy grommela à voix basse.

— À quelle distance se trouve le cottage des pistes d'entraînement ?

— Environ cinq kilomètres, je crois.

— Trop loin pour y aller à pied, alors.

Mark ne répondit pas et il tendit plutôt le bras pour appuyer sur le bouton du passage piéton.

— Mise à part l'enquête en cours, comment est-ce que vous vous adaptez ? demanda Kennedy alors que le vent soulevait ses cheveux fins qu'il rabattit d'une main. Nous n'avons pas eu beaucoup de temps pour faire le point depuis la dernière affaire sur laquelle nous avons travaillé ensemble.

— Ça va, chef.

— J'ai entendu dire que vous aviez quitté le bateau ?

— Trop froid pour cette période de l'année. Je loue actuellement au coin des jardins de l'Abbaye.

La circulation s'arrêta net, et ils traversèrent le carrefour animé.

— Vous pensez acheter quelque chose de plus permanent ?

— Je pensais jeter un œil quand il fera plus chaud.

— Bien, dit Kennedy. Ce serait dommage de vous perdre. La perte du Wiltshire est notre gain.

— Merci, chef.

Il se tut, se demandant si son supérieur avait entendu parler de son divorce imminent.

Cela ne tarderait pas à parvenir à ses oreilles, étant donné les commérages du commissariat, même si Jan ne disait rien.

C'était ainsi.

— Vous avez eu d'autres nouvelles concernant cet incident à Swindon et l'individu qui vous a poignardé ?

Mark trébucha, et il jura à voix basse en se redressant avant de poursuivre sa route en essayant d'ignorer la chaleur qui lui montait aux joues.

— Rien, chef.

Ils étaient arrivés au commissariat, et Kennedy passa sa carte de sécurité devant le panneau gris à côté du bureau d'accueil, puis il monta les escaliers.

— Continuez votre bon travail, Mark. Nous allons trouver qui a fait ça à Jessica.

— Oui, chef.

Kennedy poussa la porte de la salle des opérations, et Mark attendit un instant sur le seuil, pour rassembler ses pensées.

Sa marche jusqu'au travail lui servait souvent à mettre de l'ordre dans le fouillis d'informations qu'il avait absorbé au cours d'une enquête, mais sa rencontre avec Kennedy avait interrompu sa routine habituelle. Après quelques secondes, il se dirigea vers son bureau, prêt à affronter ce que le système HOLMES2 avait généré pendant la nuit par le biais d'algorithmes et de données.

— Chef !

Jan fit irruption par la porte, son téléphone portable en main.

— Qu'est-ce qui se passe ?

— Noah Collins du Farriers Arms vient d'appeler. Il dit qu'on doit s'y rendre immédiatement.

Cinq minutes plus tard, il claqua la portière de la voiture et attacha sa ceinture.

— Qu'est-ce qu'il a dit ?

Jan écrasa l'accélérateur et sortit du parking à toute vitesse.

— Il était essoufflé. Il a dit qu'il y avait quelqu'un là-bas qui voulait nous parler. Il a raccroché avant que je puisse demander de qui il s'agit.

— Bon sang.

La dernière chose que Mark souhaitait, c'était que les connaissances de Jessica se transforment en justiciers dans leur hâte de trouver le meurtrier de la jeune femme. Les tensions étaient déjà vives parmi les employés de MacKenzie Adams suite aux interrogatoires menés la veille aux écuries, et il ne pouvait qu'imaginer les conversations qui avaient eu lieu autour du comptoir du Farriers Arms depuis que Jan et lui avaient parlé à Noah Collins mardi.

Il s'accrocha à la poignée au-dessus de la fenêtre tandis que Jan prenait un virage puis accélérait pour traverser un pont étroit, son visage déterminé alors qu'elle conduisait la voiture avec puissance à travers les ruelles étroites.

En vingt minutes, ils avaient atteint la périphérie de Harton Wick.

Le village était désert, et Mark consulta sa montre. Il semblait qu'à onze heures du matin, aucun des résidents ne s'était encore aventuré dehors. Alors que la voiture roulait le long de la route vers le pub, il fut frappé par l'étalement du village comparé aux autres de la région.

— Pas étonnant que personne n'ait rien entendu, remarqua-t-il. Il faut vraiment une voiture pour se déplacer dans le coin, n'est-ce pas ?

— Je sais. Jessica était atypique dans le sens où elle faisait le trajet entre sa maison et le pub à pied, dit Jan. Je l'ai constaté quand nous avons fait du porte-à-porte pendant la semaine.

Elle entra sur le parking du pub et freina brusquement, soulevant un nuage de gravier qui s'était accumulé près de l'entrée.

— Bien. Allons-y.

Mark ouvrit la marche à travers l'asphalte vers la porte d'entrée du pub, puis il prit une profonde inspiration. Pour autant qu'ils sachent, ils pourraient se retrouver dans une situation émotionnellement chargée, et il n'avait aucune envie d'être la cible d'une agression mal avisée en surprenant quelqu'un de l'autre côté.

Il frappa deux fois, puis il poussa la lourde porte en chêne du pub et il cligna des yeux pour s'adapter au soudain manque de lumière. Il scruta l'obscurité.

Avant qu'il n'ait fait un pas de plus, une silhouette menue traversa la pièce en trombe vers eux, ses cheveux noirs volant autour d'elle.

— C'est vrai ? Elle est morte ?

— Pardon, retentit la voix de Noah Collins à travers la pièce avant que Mark ne voie le patron apparaître par une porte derrière le bar, en train de s'essuyer les mains sur un torchon. Je ne vous ai pas entendus entrer.

— Qu'est-ce qui se passe ? Où est-elle ?

La jeune femme serra ses bras autour de sa taille, et regarda tour à tour Mark et Noah, ses yeux rougis grands ouverts sur son visage pâle.

— Qu'est-ce qui lui est arrivé ?

Jan s'avança, sa voix calme.

— Qui êtes-vous ?

En réponse, la femme éclata en sanglots.

— Bethany Myers. Je travaille avec elle. Vous avez laissé un message sur mon téléphone, n'est-ce pas ? Nous sommes... nous étions meilleures amies. J'allais être sa demoiselle d'honneur.

CHAPITRE 23

— Noah, vous pourriez préparer une tasse de thé pour Bethany ? Avec beaucoup de sucre, précisa Jan.

Elle guida la femme vers une grande table ronde placée dans une alcôve à l'arrière de l'espace de restauration du pub, loin des fenêtres et des regards indiscrets.

Comparé au mur peint d'un rouge roussâtre profond et à l'assortiment de coussins qui garnissaient le vieux banc d'église où Bethany était assise, son visage semblait encore plus pâle que Jan ne l'avait d'abord remarqué. L'effet était presque éthéré.

Des yeux bleus les scrutaient sous une frange sombre, et la femme tournait une bague en argent complexe à un doigt de sa main droite. Elle observait Jan et Turpin qui tiraient les chaises en face d'elle.

— Quand est-ce que vous êtes rentrée ? demanda Turpin.

— Hier soir. Tard, vers vingt-deux heures trente, répondit Bethany. J'ai reçu votre message quand je suis arrivée à Chepstow. La couverture mobile était pourrie là où nous logions.

— C'était où ? demanda Jan.

— Chez un ami près de Tintern. Juste une petite pause, c'est tout. J'y vais peut-être deux ou trois fois par an.

— Vous avez parlé à quelqu'un d'autre depuis que vous avez reçu le message de l'inspecteur Turpin ?

Bethany se mordit la lèvre.

— Je conduisais, alors je ne l'ai vu que lorsque je me suis arrêtée pour prendre de l'essence et un sandwich pour tenir le coup sur le chemin du retour. Je ne voulais pas appeler Will en rentrant chez moi parce que je savais qu'il dormait habituellement à cette heure-là, et, bien sûr, quand j'ai essayé de l'appeler ce matin, il était déjà sorti avec les chevaux. Je suis venue ici à onze heures quand je savais que Noah et Sonia se prépareraient à ouvrir. Est-ce que c'est vrai ? Elle est morte ?

— Je suis vraiment désolée de vous l'annoncer, Bethany, mais oui. Le corps de Jessica a été retrouvé sur les pistes d'entraînement des Downs au-dessus de l'écurie de MacKenzie Adams mardi matin.

Bethany laissa échapper un cri angoissé, puis elle porta une main à sa bouche.

— Pourquoi est-ce que quelqu'un lui ferait ça ?

— Nous pensons qu'elle a été attaquée sur le chemin du retour après son travail ici lundi soir.

Jan se pencha en avant.

— Est-ce que vous avez une idée de qui aurait pu avoir une raison de faire du mal à Jessica ?

— Non. Elle était adorable, vraiment. Tout le monde l'aimait. Elle…

Bethany s'interrompit lorsqu'une ombre tomba sur la table.

Jan regarda par-dessus son épaule tandis que Noah Collins s'approchait, une tasse fumante à la main.

— Du thé, dit-il. Beaucoup de sucre, et un peu d'eau froide pour que tu puisses le boire tout de suite.

Bethany grimaça à la première gorgée, mais elle murmura ses remerciements tandis que le patron corpulent restait à quelques pas, son visage plein d'inquiétude.

— Comment est-ce que vous connaissiez Jessica ? demanda Jan.

— Depuis le lycée. Je ne la connaissais pas bien à l'époque, juste en passant. Puis j'ai postulé pour un emploi ici il y a environ deux ans en cuisine, et Jessica y travaillait déjà. J'ai énormément appris d'elle.

Un sourire nostalgique traversa le visage de Bethany.

— On s'amusait tellement ensemble.

— C'était des bons moments, dit Collins en hochant la tête. Ce ne sera plus pareil sans elle.

Jan jeta un coup d'œil au propriétaire, puis elle se tourna de nouveau vers Bethany.

— Est-ce que vous avez toujours travaillé avec Jessica ?

— Non, seulement certains vendredis soir quand c'était bondé. Noah l'appelait pour lui demander de venir aider au pied levé. Beaucoup de gars des écuries du coin sont payés ce jour-là, comme pas mal d'ouvriers qui vivent dans le secteur, alors tout le monde sort boire un verre et décompresser. Je travaille les vendredis et les mercredis.

— Comment est-ce que vous venez au travail ?

— J'ai un scooter.

Le regard de Bethany se porta sur ses mains.

— Je n'ai jamais aimé marcher, pas comme Jess. De toute façon, je loue une chambre dans une maison trop éloignée d'ici pour venir à pied. Et puis, je ne pense pas que je prendrai encore le risque de marcher quelque part après ça. Plus maintenant.

Jan fouilla dans son sac et en sortit un paquet de mouchoirs en papier. Elle en prit un et le tendit à Bethany.

Elle laissa à la jeune femme un moment pour rassembler ses pensées, puis elle dit :

— Quand nous sommes arrivés, vous avez dit que vous alliez être demoiselle d'honneur pour Jessica. Vous pouvez nous en dire plus à ce sujet ?

Bethany poussa un soupir tremblant et acquiesça.

— Will avait tout prévu. Il vous l'a dit ?

— Pourquoi ne pas me raconter ce que vous savez ? suggéra Jan en lui faisant signe de continuer.

— Il voulait lui faire une surprise. Rendre ce moment spécial. Ils formaient vraiment un beau couple. Bien sûr, ça a été difficile pour elle quand il est parti dans le nord pendant un moment, mais je pense qu'elle a compris qu'il avait besoin de le faire, de tenter sa chance dans la course.

Elle sourit.

— Elle était aux anges quand il est revenu, cependant.

— Vous les avez déjà vus se disputer ?

— Mon Dieu, non. Pas vraiment se disputer. Ils étaient en désaccord sur certaines choses, comme n'importe quel couple. Mais ils n'ont jamais eu de véritable dispute. Pas devant moi, en tout cas.

— Quand est-ce que vous avez vu Will Brennan pour la dernière fois ?

— Vendredi, quand je travaillais ici.

— Et comment était Will la dernière fois que vous l'avez vu ?

— Impatient. Il avait hâte que le week-end arrive. Et il

était nerveux aussi. Il l'aimait vraiment, vous savez. Je pouvais le voir.

— Vous connaissiez Will avant que Jessica ne sorte avec lui ?

La bouche de Bethany se tordit en un sourire sardonique.

— Je suis sortie avec lui pendant six mois avant qu'ils ne se mettent ensemble.

— Ah bon ?

— J'avais rompu avec lui environ quatre mois avant qu'il ne rencontre Jess, donc ce n'était rien de ce genre-là.

Bethany agita la main comme pour chasser une mauvaise odeur.

— Évidemment, il a fallu un peu de temps pour s'y habituer, mais comme je l'ai dit, c'est à moi qu'il a demandé de l'aide pour planifier les fiançailles, et il a dit qu'elle me demanderait probablement d'être demoiselle d'honneur parce que nous étions de si bonnes amies.

— Et vous n'avez pas trouvé ça étrange ?

— Non, pourquoi ? Will et moi, on ne sortait plus ensemble depuis longtemps à ce moment-là.

— La dernière fois que vous avez travaillé avec Jessica, est-ce qu'elle semblait préoccupée par quelque chose ?

— Pas que je me souvienne.

— Est-ce qu'elle était inquiète à propos de quelqu'un, ou est-ce qu'elle a mentionné être intimidée par quelqu'un dans le pub ?

— Je peux vous assurer que mes habitués ne sont pas du genre à attaquer des jeunes femmes, intervint Collins.

Il laissa tomber ses mains le long de son corps en s'approchant de la table.

— Et si Jessica avait eu des problèmes, elle serait venue m'en parler.

Bethany lui sourit, puis elle se tourna vers Jan et Turpin.

— Noah veille sur nous toutes, n'est-ce pas ? Non, je ne me souviens pas qu'elle ait parlé de problèmes ici, mais...

Son visage s'assombrit.

— Qu'est-ce qu'il y a ? demanda Turpin en se redressant sur sa chaise.

— Ce n'est peut-être rien.

La jeune femme haussa les épaules.

— Mais Jess a mentionné que lorsqu'elle travaillait à la station-service il y a quelques semaines, elle a vu quelqu'un qui rôdait près du réfrigérateur à boissons pendant qu'elle et le type avec qui elle travaille servaient d'autres clients. J'ai eu l'impression que ça l'inquiétait.

— Elle a dit qui c'était, Bethany ?

— Non, ça s'est bousculé ensuite, et quand j'ai commencé à lui poser la question, elle a dit que ce n'était pas important et qu'elle n'aurait probablement pas dû en parler.

— Bethany, quand est-ce que c'était ? Est-ce que vous vous souvenez du jour où elle a dit avoir vu cet homme ?

— C'était le jeudi avant que je parte au Pays de Galles. Comme je l'ai dit, nous travaillions ensemble ici le vendredi soir avant mon départ, parce que c'était bondé.

Jan pivota sur son siège pour faire face à Turpin, qui arborait une expression déterminée. Il lui fit signe de ranger son carnet, puis il se tourna vers Bethany et lui tendit une carte de visite.

— Merci, vous nous avez été très utile. N'hésitez pas à m'appeler si vous pensez à autre chose qui pourrait nous aider.

CHAPITRE 24

— Tu penses qu'il s'agissait de qui ? demanda Jan tandis qu'ils se dépêchaient de retourner à la voiture.

Mark attendit qu'elle démarre le moteur, puis il parcourut des yeux les notes qu'elle avait prises lors de l'entretien.

— Je ne sais pas, mais il a manifestement fait une certaine impression sur Jessica puisqu'elle a ressenti le besoin d'en parler à Bethany. C'est comme quand on essaie de traiter une pensée, tu vois, et que la seule façon d'y parvenir est d'en parler à quelqu'un d'autre.

Il sortit son téléphone portable et fit défiler sa liste de contacts, puis il appuya sur le bouton d'appel.

On décrocha après la deuxième sonnerie.

— Caroline ? Vous pouvez me donner le numéro de téléphone d'Isaac Fisher, le superviseur de Jessica à la station-service ?

Il griffonna le numéro sur une page vierge.

— Est-ce qu'il travaille le dimanche ? Non ? D'accord, pas de problème. Vous avez son adresse ? Je vais l'appeler en chemin.

Il termina l'appel après avoir remercié l'enquêteuse, puis il composa le numéro qu'elle lui avait donné.

Jan ralentit la voiture à l'approche de l'intersection avec la route principale et elle se gara sur le côté, en attendant que la tonalité commence.

Mark leva le pouce lorsque l'appel fut établi.

— Monsieur Fisher ? Inspecteur Mark Turpin de la police de la vallée de la Tamise. Vous avez parlé avec deux de mes collègues la semaine dernière au sujet de Jessica Marley... Oui, c'est ça. Nous avons d'autres questions que j'aimerais aborder avec vous, et je me demandais si nous pourrions passer chez vous... Maintenant serait parfait. Merci.

— Où est-ce qu'on va ? demanda Jan, la main sur le levier de vitesse.

— Au nord d'Abingdon. Passe par le périphérique et dirige-toi vers Oxford. Il nous attend.

Une demi-heure plus tard, Jan ralentit la voiture jusqu'à l'arrêt complet devant une modeste maison jumelée qui avait été enduite de blanc cassé et agrandie à droite de la porte d'entrée.

L'allée semblait neuve et, tandis que Mark se dirigeait vers la porte, il remarqua une pile de sacs de ciment vides maintenus sous quatre briques, leurs bords battant dans le vent qui tirait sur les cheveux de Jan.

Elle les attacha en chignon, puis appuya du doigt sur la sonnette.

Lorsque la porte s'ouvrit, Mark fut surpris par la corpulence de l'homme qui se tenait sur le seuil.

À la fin de la quarantaine, avec un ventre rond proéminent et des cheveux bruns grisonnants hérissés, Isaac Fisher arborait une expression harassée qui n'arrangeait en rien les rides de froncement qui sillonnaient son front.

— Êtes-vous le détective Turpin ? demanda-t-il.

— Oui, et voici ma collègue, l'enquêteuse Jan West. Nous pouvons entrer ?

— Bien sûr. On va aller dans la cuisine, ma femme rattrape ses feuilletons en ce moment.

Mark suivit Fisher devant une porte ouverte d'où une cascade d'accents australiens déploraient leurs derniers malheurs, puis il entra dans une cuisine lumineuse qui s'étendait à l'arrière de la maison.

Des puits de lumière perçaient le plafond, et Fisher les conduisit dans un espace qui, Mark s'en rendit compte, occupait la moitié arrière de l'extension. Trois canapés entouraient une table basse carrée, et des portes-fenêtres donnaient sur un jardin expertement aménagé en terrasses.

— Vous avez fait des aménagements. J'ai vu les sacs de ciment dehors, remarqua-t-il.

Fisher se redressa et son sourire s'élargit.

— J'ai enfin terminé il y a trois semaines. Ça plaît à Julie, c'est ma femme. J'ai hâte d'être en été quand on pourra les ouvrir. Nous avons enfin l'espace parfait pour organiser des fêtes.

Son expression s'adoucit tandis qu'il leur fit signe de s'asseoir.

— Je n'arrivais pas à y croire quand j'ai appris pour Jess. Vous avez arrêté quelqu'un ?

— Je suis désolé, répondit Mark. Nous ne pouvons pas faire de commentaires sur une enquête en cours. Vous avez un moment pour répondre à quelques questions supplémentaires concernant Jessica et son travail à la station-service ?

— Bien sûr.

Fisher laissa tomber son poids considérable sur le canapé en face et posa ses coudes sur ses genoux.

— Qu'est-ce que vous voulez savoir ?

— Nous avons des raisons de croire que Jessica aurait pu être préoccupée par un client qui est venu à la station-service jeudi après-midi, la semaine avant sa mort. Elle a dit à une amie qu'un homme était entré et qu'il était resté près du réfrigérateur à boissons pendant que vous travailliez tous les deux, comme s'il l'observait. Elle a été suffisamment mal à l'aise pour en parler à son amie ce soir-là. Est-ce qu'elle vous avait mentionné quelque chose ?

Fisher se cala contre le canapé dont le cadre gémit, et il se frotta le menton.

— Elle ne m'a jamais rien dit. J'ai toujours pensé qu'elle savait qu'elle pouvait me parler de n'importe quoi.

— Vos clients sont-ils principalement des habitués ?

— La plupart. Nous voyons les mêmes visages chaque semaine, probablement parce que nous faisons partie de la chaîne de supermarchés et que nous sommes juste à côté. Les gens font leurs courses puis ils font le plein en partant. Nous ne sommes pas près d'une route principale, c'est ce qu'Annie appelle un « magasin de destination », mais nous avons quelques personnes qui passent chaque jour pour faire le plein si le prix est moins cher que dans la plus grande station-service près de la voie rapide.

— Et vous n'avez rien remarqué de bizarre chez quelqu'un ce jeudi-là ?

— Je ne peux pas dire que ce soit le cas. Nous avions un flux régulier de clients, mais ce n'était pas trop chargé. Nous avions le temps de réapprovisionner les rayons entre les services. La seule fois où c'était encombré sur l'aire de la station, c'était juste après 15 heures. Nous avons toujours une vague de clients une fois que la sortie d'école est passée et que les parents rentrent chez eux. Jess est partie à 16 heures pour pouvoir rentrer à temps et faire son service au Farriers.

— Comment est-ce qu'elle y allait ? demanda Jan.

— En bus, comme elle le faisait toujours, à moins que sa mère ou son père ne passent par là.

Mark jeta un coup d'œil aux notes que Jan avait prises, puis il se leva.

— Merci pour votre temps, monsieur Fisher. Nous allons avoir besoin de voir les images de vidéosurveillance de la station-service pour cette semaine-là. Quelle est la meilleure façon de les obtenir ?

Fisher sortit un téléphone portable de sa poche arrière.

— Je vais appeler Annie maintenant. Elle va devoir obtenir l'autorisation du siège, mais si nous faisons ça aujourd'hui, elle pourrait vous les faire parvenir d'ici, disons, mardi. Ça vous conviendrait ?

— Ce serait parfait, merci.

CHAPITRE 25

Kennedy ne perdit pas de temps à convoquer un briefing le lendemain matin et il rassembla son équipe aux yeux ensommeillés autour du tableau blanc dès que la dernière personne entra dans la salle des opérations.

— Pour ceux d'entre vous qui ont travaillé ce week-end, merci. Nous avons beaucoup avancé par rapport à la semaine dernière, alors commençons. Tom, qu'en est-il des images de vidéosurveillance de la compagnie de bus et de la liste des chauffeurs ?

Le sergent de police s'avança, sa grande silhouette dominant ses collègues.

— J'ai parlé avec le dépôt samedi après-midi, mais selon la femme qui a répondu au téléphone, aucun superviseur n'était disponible. Ils ne peuvent pas nous remettre les enregistrements tant que les documents n'ont pas été signés par deux responsables. Je vais les rappeler après ce briefing.

— Je veux leur parler si ça ne donne rien, dit Kennedy. Il faut que quelqu'un leur mette un coup de pied aux fesses. Et pour les chauffeurs ?

— On m'a donné deux noms, répondit Tom. Leonard Smith et Michael Brockman. Le responsable des RH à qui j'ai parlé vendredi après-midi dit qu'ils ne peuvent pas se présenter sans un représentant syndical, donc il devrait me rappeler aujourd'hui pour confirmer quand ils pourront être là. J'insiste pour les faire venir tous les deux demain matin.

— Bon boulot. C'est à suivre de près. Alex, qu'est-ce que Jasper et son équipe de la police scientifique ont pu recueillir dans la ruelle où le réverbère cassé a été trouvé ?

— Nous avons fait une percée à ce sujet, répondit l'enquêteur.

Il ouvrit le dossier qu'il tenait dans sa main droite.

— Jasper a trouvé une quantité minuscule d'éclaboussures de sang sur des pierres du bas-côté herbeux à quelques mètres du réverbère. Un paquet de chips avait été soufflé par-dessus et les a protégées de l'averse que nous avons eue la semaine dernière.

Un murmure d'excitation remplit la salle.

Kennedy leva la main pour demander le silence.

— Est-ce qu'il a confirmé qu'il s'agit du sang de Jessica ?

— Pas encore, chef. Il a envoyé des échantillons au laboratoire spécialisé pour une analyse comparative. Espérons que ça ne s'avérera pas être du sang de lapin, pour qu'on puisse définitivement situer Jessica à cet endroit quand elle a été attaquée.

— Une trace de l'arme du crime ?

— Désolé, chef. Non.

— Ce n'est pas grave. On continue à chercher alors.

Kennedy frappa du doigt sur deux photographies affichées au tableau.

— Paul Hitchens et Nigel White ont été interrogés samedi et chacun confirme leurs mouvements et ceux de Brennan lundi soir et mardi matin. Jusqu'à présent, nous n'avons toujours pas de mobile pour le meurtre de Jessica, donc je les laisse ici jusqu'à ce que nous trouvions des informations contradictoires. Jan, quand est-ce que vous prévoyez d'interroger Dominic Millar ?

— Demain, chef.

— Avancez ça à aujourd'hui. Je veux que toute personne qui a accès aux pistes d'entraînement où le corps de Jessica a été découvert soit interrogée avant la fin de la journée. Si l'installation de Millar est aussi petite que MacKenzie Adams le prétend, alors vous et Mark devriez pouvoir faire ça avec l'aide des agents en uniforme cet après-midi.

— Oui, chef.

— Bien, passons à la suite. Mark et Jan ont interrogé Bethany Myers hier, c'est la jeune femme que Jessica aidait parce que le service était chargé le vendredi avant sa mort. Bethany nous a informés que Jessica s'inquiétait à propos d'un client qu'elle avait vu la veille pendant qu'elle travaillait à la station-service avec Isaac Fisher, et qui aurait pu surveiller ses déplacements. Mark, où en est-on avec les images de vidéosurveillance de la station ?

— J'ai parlé à Fisher ce matin, répondit-il. Annie Hartman, sa responsable, a demandé les autorisations nécessaires auprès de leur siège social pour accéder aux fichiers afin qu'ils soient transmis à notre équipe de police scientifique numérique. J'ai demandé à Fisher de s'assurer que nous obtenions toutes les séquences de la cour et de la boutique pour la semaine avant la mort de Jessica.

— Bien, merci. Caroline, en parlant de police scientifique numérique, où en êtes-vous, Tracy et vous, avec les deux téléphones portables ?

Caroline s'avança jusqu'à se tenir près du devant de la

salle et elle éleva la voix pour que tout le monde puisse l'entendre.

— Le téléphone de Brennan correspond, avec des appels à Jessica exactement comme il l'a déclaré dans sa déposition quand Mark et Jan l'ont interrogé. Il n'y a aucun appel ou SMS de son téléphone à Jessica ou qui que ce soit d'autre après vingt-trois heures cinq lundi soir.

Kennedy faisait les cent pas devant le tableau blanc en écoutant.

— Et celui de Jessica ?

— C'est là que ça devient intéressant, chef. On a eu de la chance et on a réussi à deviner le code d'accès de Jessica, c'est la date de naissance de Brennan. On a vérifié son téléphone et à minuit trente-cinq lundi dernier, elle a passé deux appels. Chacun n'a duré que quelques secondes, donc pour l'instant, je suppose que la personne qu'elle a appelée n'a pas répondu et que l'appel a été redirigé vers la messagerie vocale les deux fois. Étant donné le laps de temps, elle n'aurait pas eu le temps de laisser un message. Elle a dû composer un numéro, ne pas obtenir de réponse, puis raccrocher et essayer l'autre. Là encore, le second appel n'a duré que quelques secondes.

— Donc, elle était au téléphone pendant qu'elle rentrait à pied du pub ? demanda Kennedy.

— Il semblerait, chef.

— Et aucun de ces appels n'a été passé à Will Brennan ?

— Non.

L'inspecteur principal écrivit une mise à jour sur le tableau, puis il se retourna vers l'équipe en tapotant le dos de sa main avec l'extrémité du stylo.

— Si Jessica avait le téléphone à l'oreille pendant qu'elle

remontait la ruelle, elle n'aurait peut-être pas entendu son agresseur approcher.

Jan siffla entre ses dents alors que la chair de poule la gagnait.

— Et si l'un de ces appels avait reçu une réponse, elle aurait peut-être pu obtenir de l'aide.

La pièce tomba dans le silence.

— Bon sang, dit Alex. Il s'en est fallu de peu...

Kennedy pointa Caroline du doigt.

— Essayez de découvrir à qui appartiennent ces numéros—

— Je l'ai déjà fait, chef, l'interrompit-elle. J'ai vérifié le premier dans HOLMES2 juste avant le briefing. C'est le numéro de Bethany Myers.

— Elle a dit qu'elle n'avait pas de réseau mobile là où elle séjournait au Pays de Galles, dit Jan.

— Ce qui explique pourquoi Jessica a raccroché et essayé d'appeler quelqu'un d'autre, dit Kennedy. Vous avez eu de la chance avec ce deuxième numéro ?

— Oui, répondit Caroline. Nous l'avons retracé jusqu'à Wayne Brooks. Le tuteur de Jessica à l'université.

— Attendez, dit Jan. Quand vous avez essayé de lui parler la semaine dernière, où était-il ?

— Selon sa femme, il rendait visite à son père dans la vallée de la Wye, répondit Alex.

Jan se tourna sur son siège jusqu'à ce qu'elle puisse voir Turpin à l'arrière du groupe.

Il leva un sourcil en réponse.

— Tu penses à ce que je pense ?

chaîne de ... plus ... qu'il l'avait auprès ses propres ... vait atteinte. Mais ...

Il ... à ce stade encore ... de deux bons centimètres, ... aud'hui ...

Mark se trotta ... sec ... à l'ex...trier, le ... avait souhaité qu'...

... en ... dans ... à ... perché ... Une colonne de plus ... encore ... v... la d'espo...

Il ... ... veille en pagaille ... des bâtiment, ... avoir ...

Rien en pas ... qu'elle se dit bien à ... un ... g... à ... dép... ... infranchie pour ... de ... grimpa ... pujourd'hui, ...

CHAPITRE 26

Jan parcourait le profil des réseaux sociaux de Jessica Marley pendant que Mark les conduisait vers l'école d'agriculture, et son pouce tapotait l'écran pour faire défiler les photos que la jeune femme avait téléchargées au cours de l'année écoulée.

— Tu trouves quelque chose ? demanda-t-il.

— Pas encore.

Après la fin du briefing, Kennedy les avait chargés d'interroger Wayne Brooks.

— Et découvrez ce qu'il fabriquait la semaine dernière, avait-il dit alors qu'ils sortaient précipitamment de son bureau. Je veux des réponses, nom de Dieu.

Après s'être frayé un chemin à travers les embouteillages de l'heure de pointe pendant vingt minutes, Mark tourna sur le parking du lycée professionnel et il se gara à un endroit qui leur offrait une vue dégagée sur le campus.

Il scruta à travers le pare-brise un groupe d'étudiants qui traversaient rapidement l'esplanade en béton de l'école, divers sacs à dos et sacs de sport sur les épaules.

À la façon dont ils portaient leurs charges, il estima que

159

chaque sac pesait plusieurs kilos, ce qui lui rappela ses propres trajets vers l'école puis l'université.

Jan rangea son téléphone et sortit de son sac deux barres de céréales, et elle en tendit une à Mark.

— Merci. Comment ça se passe à l'école pour tes deux garçons ? demanda-t-il.

— Tout va bien, répondit-elle entre deux bouchées. Ils jouent même plutôt bien en ce moment. Il y a de l'espoir.

Il toussa et s'étouffa dans sa serviette en papier avant de lui lancer un regard noir.

— Bien fait pour toi, dit-elle en lui faisant un clin d'œil. Nous avons déposé hier la demande pour l'école des garçons.

— Avec un an d'avance ?

— Il y a une liste d'attente. Mieux vaut s'y prendre tôt.

Mark avala la dernière bouchée de sa barre de céréales et il s'essuya les doigts, puis il se redressa lorsqu'un homme dans la fin de la trentaine monta en courant les trois marches vers l'école et disparut derrière les doubles portes.

— C'est notre homme. Allons-y. Avec un peu de chance, on va le rattraper avant le début des cours.

Ils traversèrent le parking, et Jan épousseta les miettes de son pantalon de tailleur avant de glisser une mèche de cheveux derrière son oreille.

En entrant dans le bâtiment, Mark fut frappé par le décor démodé. Même s'il savait, d'après le site web de l'école, que la construction avait été achevée à la fin des années 1970, il fut surpris de voir de nombreux aménagements d'origine toujours en place, notamment une large rampe d'escalier en bois qui les guidait depuis le hall d'accueil vers une salle indiquée comme étant le service administratif.

— Ça me rappelle mes années de collège, dit Jan.

Elle lui tapota le bras en regardant par-dessus son épaule.

En se retournant, il croisa le regard harassé d'une femme plus âgée aux cheveux blonds grisonnants qui les dévisageait depuis son bureau.

— Je peux vous aider ? demanda-t-elle en se levant d'une chaise défraîchie.

Ils sortirent leurs cartes professionnelles, qui furent inspectées tour à tour puis rendues.

— C'est au sujet de Jessica Marley ?

— Oui, et vous êtes ?

— Angela Spetcroft.

La femme tira sur l'ourlet de sa veste grise avant d'en attacher les deux boutons.

— Vous souhaitez parler à son professeur tuteur, c'est ça ?

— Wayne Brooks ? Oui, s'il vous plaît, dit Mark.

Spetcroft tourna son poignet vers l'extérieur et regarda sa montre par-dessus son nez.

— Il doit commencer son cours dans quinze minutes.

— Eh bien, dit Jan, si vous pouviez nous indiquer la direction, il pourrait arriver à l'heure.

La femme souffla, puis elle les congédia d'un geste.

— L'étage au-dessus, troisième porte à droite.

— Merci.

— Bon sang, dit Mark, alors qu'il suivait Jan dans les escaliers vers l'étage supérieur, elle me rappelle exactement ma directrice d'école primaire.

Jan ralentit son allure jusqu'à ce qu'ils soient côte à côte.

— Tu penses qu'elle a quel âge ?

— Je ne sais pas. Quarante ans, mais elle en paraît soixante peut-être ?

Jan sourit, puis elle désigna une porte avec une vitre au milieu, les lettres 4C gravées à hauteur de tête.

— C'est celle-ci.

Mark leva la tête et vérifia l'horloge au-dessus de la porte.

— Plus que dix minutes avant le début de son cours.

— Espérons qu'il aura des réponses rapides, alors, dit Jan, et elle ouvrit la porte.

— Le cours a lieu dans la salle 6E ce matin, lança une voix de baryton à travers l'étendue de bureaux.

Alors que les yeux de Mark s'adaptaient à la lumière vive du soleil qui affluait par les fenêtres, en contraste avec les tons feutrés du couloir, il distingua une silhouette, tête baissée, en train d'examiner un journal qu'il tenait vers la fenêtre.

Le journal se referma avec un bruissement.

— Oh. Qui êtes-vous ?

— Inspecteur Mark Turpin, police de la vallée de la Tamise. Ma collègue, l'enquêteuse Jan West. Vous êtes—

— Wayne Brooks, oui.

Le journal fut jeté de côté sur un bureau avant que la silhouette ne s'avance vers eux.

— Je suppose que vous êtes ici pour Jessica. Une nouvelle vraiment terrible.

Mark lui rendit sa poignée de main ferme.

— Où étiez-vous la semaine dernière ? demanda Jan. Nos collègues vous ont laissé un message, mais vous n'avez pas rappelé.

— J'allais téléphoner après le cours ce matin, répondit Brooks. J'étais au pays de Galles, je rendais visite à mon père.

— Il vit dans quelle région du pays de Galles ?

— Près d'un petit endroit appelé Tintern. Dans la vallée de la Wye. Très pittoresque.

Brooks traversa la salle en direction d'un tableau noir et il commença à effacer les griffonnages à la craie de sa surface avec des mouvements méthodiques à l'aide d'une brosse jaune.

Jan s'approcha de l'endroit où il se tenait.

— Quelqu'un vous a accompagné ?

Elle observa avec intérêt les joues de l'homme qui s'empourpraient, puis ses épaules qui s'affaissaient.

— Oui.

— Qui ?

— Eh bien, si vous posez la question, je présume que vous lui avez déjà parlé. Bethany Myers.

Il secoua la tête, son regard fixé sur le sol.

— J'ai su dès le moment où nos téléphones ont commencé à afficher tous ces appels manqués que quelque chose n'allait pas. Mais Jessica…

— Comment était Jessica ? En tant qu'élève ?

— Studieuse. Motivée.

Il fronça les sourcils.

— Sauf ces trois ou quatre dernières semaines. Je ne sais pas ce qui se passait, je n'ai jamais eu l'occasion de lui en parler, mais elle semblait avoir perdu tout intérêt.

— C'était inhabituel ?

— Pour elle, oui.

— Est-ce qu'elle a montré des signes de stress, en dehors de la baisse de ses notes ?

— Pas vraiment, à part qu'elle semblait parfois un peu préoccupée pendant les cours. Elle rêvassait, je veux dire. J'ai dû l'appeler à plusieurs reprises ces dernières semaines pour attirer son attention. Ce n'était pas son genre.

— Vous aviez une liaison avec Jessica ?

— Quoi ?

Il recula d'un pas.

— Mon Dieu, non.

163

— Mais vous avez une liaison avec Bethany Myers ?

Une expression traquée traversa le visage de Brooks et ses yeux se dirigèrent vers la porte.

— S'il vous plaît, parlez moins fort.

— Est-ce que vous connaissez quelqu'un qui aurait pu avoir des raisons de faire du mal à Jessica Marley, monsieur Brooks ?

— Non. C'était une élève modèle. Tout le monde l'aimait bien. Je n'arrivais pas à y croire quand j'ai appris ce qui s'était passé.

Jan pinça les lèvres, puis elle sortit une carte de visite.

— Nous allons reprendre contact avec vous, mais si entre-temps vous pensez à quelque chose qui pourrait nous aider dans notre enquête, appelez-moi.

Sa main tremblait quand il prit la carte.

— D'accord.

Jan traversa la pièce pour rejoindre Turpin puis le suivit vers la porte alors qu'une cacophonie de voix commençait à émaner de la cage d'escalier.

— Détective ?

Elle se retourna pour voir Brooks figé près du tableau noir, sa carte entre les doigts.

— Quoi ?

— S'il vous plaît, ne parlez pas de tout ça à ma femme.

— Et elle s'appelle ?

— Eh bien, si vous m'avez trouvé, c'est que vous lui avez déjà parlé. Angela Spetcroft.

CHAPITRE 27

Mark appuya à fond sur l'accélérateur dès qu'ils atteignirent la voie rapide et il dirigea la voiture vers les Berkshire Downs, désireux d'arriver aux écuries de course de Dominic Millar pendant que leurs collègues en uniforme menaient encore leurs interrogatoires.

La frustration de Kennedy face au manque de progrès commençait à créer une atmosphère tendue dans la salle des opérations, et Mark était impatient de revenir avec des résultats avant la fin de la journée.

À côté de lui, Jan tambourinait des doigts sur le rebord de la portière passager, la mâchoire serrée.

— Toujours en rogne contre Wayne Brooks ? demanda-t-il.

— Oui. Qu'est-ce qu'il fabrique à avoir une liaison avec Bethany Myers ? Elle doit avoir au moins vingt ans de moins que lui.

— On peut se demander depuis combien de temps ça dure.

— Et s'ils vont y mettre fin après ce qui est arrivé à

Jessica, ajouta Jan. Je veux dire, les gens ne mettront pas longtemps à comprendre qu'ils étaient tous les deux au pays de Galles, non ?

— Est-ce que Brooks habite près de Harton Wick ?

— Non, lui et Angela ont une maison à environ deux kilomètres et demi du lycée. Caroline a dit que quand elle a laissé un message à sa femme la semaine dernière, celle-ci a mentionné qu'il va généralement au travail à pied. Je crois qu'elle a la voiture, ils ont des horaires différents et elle rend visite à sa mère sur le chemin du retour presque tous les jours.

— Ils forment un couple étrange.

Jan se tourna sur son siège pour lui faire face.

— Tu crois qu'elle est au courant de sa liaison ? Angela, je veux dire.

— Difficile à dire. Par contre, je me demande si Jessica le savait.

— Tu penses qu'elle a menacé de le dire à Angela ?

— C'est possible, mais dans quel but ?

Jan se mordit la lèvre et fixa le pare-brise.

— Le chantage est l'option évidente. Mais est-ce que Brooks aurait pris ses menaces suffisamment au sérieux pour la tuer ? Ou Bethany d'ailleurs ?

— Bethany est jeune, probablement pas intéressée à se caser pour l'instant. Je ne suis pas sûr pour Brooks, il m'a semblé plutôt timide.

— Peut-être.

Jan se pencha en avant et pointa un panneau qui apparaissait sur le côté gauche de la route.

— C'est ici.

Alors que Mark s'engageait dans la cour des écuries de course de Millar, il examina du regard les deux voitures de patrouille déjà garées devant un bâtiment d'écurie et il freina pour s'arrêter à côté d'elles.

Le sergent Tom Wilcox apparut à la porte d'entrée de la maison principale peu élevée et leva la main en signe de salut tandis qu'ils approchaient.

— Nous utilisons la cuisine et le bureau, dit-il. Monsieur Millar a été très coopératif ; il n'a que quatre employés à temps plein et trois à temps partiel, et il a réussi à tous les rassembler pour les entretiens de ce matin. Il nous reste encore trois personnes à voir et nous aurons terminé.

— Quelque chose d'intéressant ? demanda Mark en suivant Wilcox dans le couloir.

— Pas encore, répondit Tom. Monsieur Millar est dans la salle à manger par là-bas, si vous voulez lui dire un mot. Je ferais mieux de retourner aux entretiens.

— Merci.

Comparé au décor plus sombre et à l'ameublement traditionnel de la maison de MacKenzie Adams, Mark fut surpris de constater que les goûts de Dominic Millar formaient un contraste saisissant.

En entrant dans la pièce que Tom lui avait indiquée, son regard parcourut les murs blanchis à la chaux ornés de photographies encadrées de chevaux de course et de tableaux qui représentaient des paysages locaux, entrecoupés de divers objets d'art disposés sur des étagères stratégiquement placées.

Un homme se détourna d'une grande fenêtre à l'autre bout de la pièce et leur tendit la main tandis qu'ils approchaient.

— Dominic Millar. Je présume que vous êtes les détectives dont le sergent Wilcox m'a parlé ?

Mark fit les présentations, puis désigna les photographies.

— C'est vous sur ces photos ?

La bouche de Millar se tordit.

— Oui. Une autre vie. J'utilise généralement cette pièce pour les réunions quand j'ai des clients, donc ça me sert bien d'avoir mon ancienne carrière affichée au mur. Asseyez-vous.

Il désigna les chaises les plus proches, attendit qu'ils se soient assis, puis tira un siège en face d'eux.

— Je vous offrirais bien un café, mais si mon équipe en sent l'odeur, vous n'aurez jamais le temps de terminer les entretiens avant leur séance d'entraînement de l'après-midi.

— Merci d'avoir rassemblé tout le monde.

— Pas de problème. J'ai pensé que ce serait plus simple de le faire en une fois ici plutôt que de leur demander de venir à vous. On fait d'une pierre deux coups, n'est-ce pas ?

— Est-ce que certains d'entre eux vous ont mentionné s'ils connaissaient Jessica Marley ?

— Je crois que deux des plus jeunes gars l'ont peut-être connue de vue, mais uniquement parce qu'ils vont boire au Farriers.

— Et vous, monsieur Millar ? Vous connaissiez Jessica ?

— Non. Je ne vais pas dans ce pub. Je ne bois pas beaucoup, pour être honnête, et je ne fais certainement pas d'efforts pour socialiser avec d'autres jockeys.

Il balaya les photographies d'un geste dédaigneux.

— Tout cela est derrière moi maintenant. Et puis, ce n'est jamais une bonne idée de boire là où votre personnel le fait.

— C'est juste. Nous devons vous demander : où étiez-vous entre vingt-deux heures lundi dernier et sept heures mardi matin ?

— Ici. Mon frère et sa femme sont venus dîner et ils ont fini par rester plutôt que de retourner dans le Norfolk. Ils avaient rendu visite à des amis dans le Hampshire pendant le week-end et ils ont décidé de passer sur le chemin du retour. Nous avons dîné tard et nous sommes restés à discuter jusqu'à minuit environ, puis je me suis levé à cinq heures pour superviser les gars dans la cour.

— Vous n'avez pas de manager ?

Millar esquissa un sourire.

— Je ne gagne pas autant qu'Adams avec ce métier. Pas encore.

— Qu'en est-il des pistes d'entraînement ? Vous les utilisez tous les deux.

— Oui, nous les louons à l'agriculteur qui possède toutes les terres de ce côté des Downs, Morgan Drake. Il a une grande propriété près de Hazelthorpe. Enfin, je dis « agriculteur », il possède des terres, mais il a fait fortune dans une sorte de société d'investissement à Londres. Je ne pense pas qu'il fasse réellement de l'agriculture. Il a tendance à louer ses terres pour le pensionnat de chevaux, les droits de pâturage, ce genre de choses. Il adopte une approche très détachée, ce qui nous convient parfaitement. Au moins, nous pouvons entraîner les chevaux sans qu'il vienne fourrer son nez dans nos affaires.

— Vous allez parfois voir les écuries de MacKenzie Adams ?

— Mon Dieu, non. Pas depuis mon accident.

Mark fronça les sourcils.

— Vos blessures ont été causées là-bas ?

— Je montais pour Adams. Il y a des années. Je montais un de ses chevaux quand c'est arrivé. Un imbécile de hongre de quatre ans qui a trébuché sur ses propres pieds en approchant une haie, m'a désarçonné puis m'est tombé dessus. J'ai de la chance d'être en vie.

Son regard se posa sur les photographies avant qu'il ne hausse les épaules.

— C'est ce que je me dis les jours difficiles, en tout cas.

— J'imagine que retourner à l'écurie raviverait de mauvais souvenirs, dit Jan.

— Ça n'aurait probablement pas été si terrible s'il m'avait vraiment soutenu plus qu'il ne l'a fait, répondit Millar. Mais dès qu'il a réalisé que ma convalescence prendrait plus longtemps que les huit semaines initialement prévues, il s'est débarrassé de moi. J'ai seulement réussi à garder la tête hors de l'eau parce que j'avais beaucoup économisé cette année-là.

— Et tout ceci ? demanda Mark en faisant un geste vers la cour au-delà de la fenêtre.

— Un héritage, dit Millar. Mon père est mort quatre semaines après ma sortie de l'hôpital. Je devais faire quelque chose de ma vie, alors j'ai décidé de revenir à la course de la seule façon que je connaissais sans être réellement sur un cheval.

— Nous avons entendu dire que Nigel White avait eu un accident similaire lorsqu'il était jockey professionnel. Est-ce qu'il a manifesté de l'animosité envers vous ?

— Non, pas vraiment. Il a tendance à m'éviter si je le croise par hasard sur les pistes d'entraînement.

— Parce que vous aviez l'argent de votre famille pour démarrer votre propre entreprise, et pas lui ?

Millar laissa échapper un rire amer.

— Nigel ne peut s'en prendre qu'à lui-même. S'il n'avait pas dépensé tous ses gains dans des futilités comme des voitures pendant sa carrière de jockey, et s'il avait investi à la place, il aurait peut-être eu plus d'argent pour se lancer quand il n'a plus été capable de monter à cheval.

— Les affaires marchent bien ? demanda Mark.

Les épaules de Millar se détendirent.

— Oui, très bien. Ça a été difficile les deux premières années, mais j'avais une bonne réputation comme cavalier, les gens savent que je suis digne de confiance. Une fois que le bouche-à-oreille s'est répandu sur mes méthodes d'entraînement, les propriétaires ont commencé à affluer petit à petit. Et, vous savez quoi ? J'aime ça. Je n'ai pas à être dehors par tous les temps si je n'en ai pas envie.

Il sourit, puis il leva les yeux en entendant frapper à la porte.

Tom Wilcox apparut et fit un signe de tête à Mark.

— Nous avons terminé, chef, donc nous allons partir maintenant. Merci pour votre temps, monsieur Millar.

— Aucun problème, sergent. Merci d'avoir réglé ça si rapidement.

Mark attendit que Tom disparaisse, puis il se leva de son siège et fit glisser une carte sur la table.

— Comme l'a dit le sergent Wilcox, merci. Nous vous recontacterons si nous avons d'autres questions.

— J'espère que vous allez trouver qui a tué cette pauvre fille, dit Millar. Ma sœur n'a que quelques années de plus qu'elle, et je ne sais pas ce que je ferais s'il lui arrivait quelque chose.

CHAPITRE 28

Will Brennan changea de position alors que le cheval noir sous lui se cabra et frappa le côté de la stalle de départ.

De la vapeur s'échappait des naseaux de l'animal tandis qu'Onyx secouait la tête de gauche à droite, tapait du sabot et soufflait bruyamment.

Le cheval à sa gauche hennit en réponse, et son cavalier jeta un coup d'œil par-dessus la barrière vers Will qui scrutait la piste éclairée par les projecteurs devant eux.

Du coin de l'œil, il vit l'homme sourire et il soupira.

— Qu'est-ce que tu veux, Charlie ?

— On ne pensait pas te voir ici, Brennan.

Le jockey s'adressa au cavalier à la droite de Will.

— Pas vrai, Connor ?

Will n'entendit pas ce que l'autre jockey répondit. Il rassembla les rênes entre ses doigts qui s'engourdissaient rapidement.

— Je n'ai pas vraiment eu le choix.

— Je parie que le vieux MacKenzie se régale de tout ça.

Charlie rit, un son brutal qui mit les nerfs de Will à vif.

— T'as vu sa tête quand il a aperçu toutes ces caméras de télévision autour du cercle pour les présentations ? On aurait dit qu'il était mort et monté au paradis.

Will déglutit et retint la réplique cinglante qui lui brûlait les lèvres.

Ce n'était pas le seul commentaire insensible auquel il avait été soumis depuis son arrivée à Newbury.

Des regards incrédules et des insultes murmurées avaient accompagné sa marche depuis le camion qui transportait les deux chevaux et cavaliers de MacKenzie de l'écurie jusqu'à l'hippodrome, et les vestiaires avaient été pires.

Les gens voulaient savoir comment il se sentait, pourquoi il était là, ce que faisait la police à ce sujet.

Et certains voulaient le voir souffrir.

Paul n'avait été d'aucune aide – il avait participé à la course précédente et il était parti dès qu'il avait terminé à une confortable deuxième place, disant qu'il avait faim et qu'il voulait un hamburger d'un des stands de restauration rapide garés sous les tribunes publiques.

Will roula des épaules pour s'obliger à se détendre.

S'il était tendu et stressé, Onyx le sentirait et ce serait le chaos total.

Charlie avait raison, même s'il était grossier – MacKenzie Adams avait fait le tour du cercle pour les présentations, avec une expression de tristesse permanente sur le visage qui n'atteignait pas tout à fait ses yeux.

Il avait serré la main de ses collègues entraîneurs, baisé celles de plusieurs épouses de propriétaires et il avait désigné Will à quiconque voulait l'écouter pendant que Will gardait les yeux baissés et s'affairait autour d'Onyx, la crainte lui coulant dans les veines.

— Je parie qu'il les a appelés, dit Charlie.

— Quoi ?

— MacKenzie. Le salaud rusé. Je parie qu'il a appelé les médias pour leur faire savoir que tu courrais ce soir.

Avant que Will ne puisse répondre, les portes de départ s'ouvrirent et Onyx bondit en avant.

Trop tard.

Le cheval à sa droite et celui qui avait commencé le plus près de la corde prirent rapidement la tête, et Will jura à voix basse.

Il maudit Charlie qui l'avait distrait de sa concentration sur la course.

Il maudit Adams qui l'utilisait pour faire avancer ses propres ambitions médiatiques.

Il s'accroupit dans les étriers pour réduire la résistance au vent, et il se plaça derrière les deux cavaliers, conscient que Charlie et les autres talonnaient Onyx.

Le cheval sous lui appréciait la course, son allure correspondant aux séances d'entraînement qu'ils avaient pratiquées maintes et maintes fois, mais Will ressentait un poids lourd sur sa poitrine alors qu'ils filaient autour du premier virage de la piste.

Est-ce que Charlie avait raison ?

MacKenzie Adams avait-il alerté les médias que Will courait ce week-end malgré le meurtre de Jessica ?

Qu'est-ce qu'il leur racontait dans le cercle de présentation ?

Que penseraient les parents de Jessica ?

Le dernier virage apparut et Will serra les dents.

Ce serait pire dans l'enceinte des vainqueurs.

Lumières vives, micros plaqués sur son visage. Les questions—

Comment est-ce que vous vous sentez ?

Ce n'était qu'une course de sprint. Cinq furlongs maximum, juste pour montrer ce dont Onyx était capable.

Démontrer ses capacités.

Et si ?

Mais est-ce qu'il pouvait le faire, après tout ce pour quoi il avait travaillé ?

Les deux chevaux devant lui franchirent le virage, et il resserra sa prise sur les rênes.

Qu'aurait fait Jessica ?

Onyx trébucha au brusque mouvement du mors et Will sentit plutôt qu'il n'entendit la monture de Charlie en profiter – un accéléré des sabots, un souffle excité, et puis sa troisième place devint quatrième et ils franchirent la ligne d'arrivée.

Il retint Onyx derrière le cheval de Charlie, l'animal quelque peu apaisé après l'excitation de la course et plus facile à maîtriser.

Devant lui, il pouvait voir entre les casques colorés des autres jockeys.

Il n'y avait pas de journalistes en embuscade pour le piéger, pas de flashs d'appareils photo. Juste des membres du public ordinaires alignés le long des barrières qui menaient à la zone de dessellage, smartphones levés.

Will rentra le menton, voûta les épaules et fixa son regard sur la queue du cheval de Charlie, puis il abaissa la visière de sa casquette pour protéger son visage des projecteurs au-dessus de lui.

Des conversations étouffées s'échangeaient entre les cavaliers tandis qu'ils descendaient de cheval, retiraient les selles du dos de leurs montures et confiaient les animaux aux palefreniers qui s'occupaient d'eux avant leur retour vers les écuries dispersées à travers le pays.

Will se plaça derrière deux autres jockeys aux balances de pesée, ignorant les plaisanteries et les railleries qui accompagnaient le soulagement d'une course terminée sans blessure.

Sa gorge se serra à la réalisation que Jessica était partie pour toujours, qu'il n'y aurait plus d'appels téléphoniques remplis de joie pour lui raconter comment il avait monté, et qu'elle ne serait plus jamais au bout du fil pour apaiser ses frustrations quand il perdait.

Il fit un signe de tête au commissaire en se levant de la balance et il se dirigea vers les vestiaires pour se doucher tandis que la voix du jockey vainqueur résonnait bruyamment à travers la pièce.

L'eau chaude apaisa son esprit, et il se sécha rapidement avant d'enfiler un jean et un sweat-shirt.

Une ombre tomba sur lui pendant qu'il enfilait ses chaussures et il leva la tête, se demandant quelle remarque désobligeante allait être lancée dans sa direction cette fois-ci.

À la place, un jockey plus âgé du nom de Patrick se tenait devant lui, la main tendue.

— Je suis désolé pour ta perte, Will. Et je suis navré pour ce que tu as dû endurer ce soir.

Will lui serra la main.

— Merci.

— Il y a d'autres entraîneurs, tu sais. De meilleurs entraîneurs. Garde ça à l'esprit dans les semaines à venir.

Will rassembla ses vêtements de course après que l'autre jockey s'était éloigné et il les fourra dans un sac tandis que les vestiaires se vidaient. Il fit un signe de tête au commissaire qui attendait à la porte, puis il s'engagea sur le chemin de béton qui serpentait entre les bâtiments de l'hippodrome en direction de la zone de stationnement désignée pour le transport des chevaux.

— Brennan.

Une silhouette sortit de l'ombre et le domina de toute sa hauteur.

— Monsieur Adams.

MacKenzie posa une main sur son épaule et le guida entre les deux bâtiments en parpaings, s'arrêtant lorsqu'ils atteignirent une sortie de secours.

— Ne pense pas que je n'ai pas vu ce que tu as fait.

— Pardon ?

— Ce cheval aurait dû gagner aujourd'hui. La concurrence ce soir était minable. Il aurait dû finir plusieurs longueurs devant. Au lieu de ça, il est arrivé quatrième.

— Je ne sais pas ce qui n'allait pas chez lui, répondit Will. Il était difficile tout au long du parcours. Je me demandais s'il était encore traumatisé par l'incident sur les pistes la semaine dernière.

— Ce n'est pas le cheval qui est traumatisé.

MacKenzie ricana.

— Tu n'as pas apprécié que les caméras soient là, n'est-ce pas ? Qu'est-ce qui s'est passé ? Tu as pensé que perdre t'éviterait de les affronter à nouveau dans l'enceinte des vainqueurs ?

— Je—

— Tu as raté une occasion, Brennan. Ils auraient voulu te parler, et cette publicité aurait été bénéfique pour l'écurie. Ça vaut plus que n'importe quelle interview de presse, je peux te l'assurer. On aurait pu faire la une des journaux demain matin, sans parler des informations télévisées.

Will avala sa salive et baissa les yeux.

— Désolé, monsieur Adams. Je ne sais pas si je suis prêt

pour ça. Jess n'est morte que depuis une semaine, et la police cherche encore qui l'a tuée. Je—

— Je te l'ai dit.

L'index de MacKenzie s'enfonça dans le sternum de Will.

— Si tu veux monter, tu dois te concentrer. Si tu travailles pour moi, tu représentes la marque. Ça signifie que s'il y a une opportunité d'attirer l'attention des médias sur ce que je fais, tu la saisis.

Il recula d'un pas et le fixa d'un regard noir.

— Ressaisis-toi, Brennan, et vite. Sinon, Hitchens pourra monter Onyx à ta place. Bon sang, même Nigel aurait fait mieux que toi ce soir. On part dans vingt minutes.

— D'accord.

Will observa l'entraîneur de chevaux de course retourner à grands pas vers le chemin en béton, rajustant sa veste avant de lever la main pour saluer quelqu'un hors de vue et de se précipiter à sa suite.

Il expira, s'appuya contre le mur des vestiaires et leva les yeux vers le ciel nocturne.

Loin de l'éclat des projecteurs de l'enceinte, loin des regards et des commentaires murmurés, il pouvait presque imaginer qu'elle l'observait et qu'elle l'encourageait.

Will serra les poings et enfonça ses ongles dans ses paumes.

Il allait leur montrer.

Il allait leur montrer à tous.

CHAPITRE 29

Mark choisit de prendre un bus pour se rendre dans le centre-ville le lendemain matin. Une bourrasque de pluie le secoua pendant qu'il courait entre l'arrêt de bus et la porte d'entrée du commissariat.

— Bonjour, chef, dit le sergent Wilcox en appuyant sur un bouton pour déverrouiller la porte sécurisée.

— Merci, Tom. C'est calme aujourd'hui ?

— Oui, pour l'instant.

Le sergent derrière le bureau d'accueil se tourna vers lui alors qu'il s'arrêtait au bas des escaliers.

— Des nouvelles pistes concernant le meurtre de la fille ?

— Rien pour l'instant.

Mark posa sa main contre le montant de la porte.

— C'est vraiment frustrant. Vous savez comment c'est, le quartier général s'attend à des résultats d'un jour à l'autre, mais ils ne nous donneront pas plus d'effectifs.

— Ou ils ne peuvent pas, répondit Wilcox. Nous devons compléter les équipes du week-end avec des stagiaires pour les quatre prochains mois. Ce sera une expérience révélatrice pour eux.

— Ça le sera certainement. À plus tard.

Mark fit un signe de la main par-dessus son épaule et il monta les escaliers rapidement, avant de pousser la porte de la salle des opérations juste à temps pour voir l'inspecteur principal sortir de son bureau.

— Tout le monde est là ? Bien.

Kennedy mit deux doigts dans sa bouche pour émettre un sifflement strident.

— Briefing, mesdames et messieurs. Deux minutes. Faites ce que vous avez à faire.

Mark resta près de son bureau tandis que le reste de la salle se dissolvait dans un chaos organisé.

Les appels téléphoniques étaient tactiquement terminés, les claviers d'ordinateurs frappés avec enthousiasme, et il imaginait que le département informatique allait recevoir plusieurs emails concernant le manque de photocopieuses à en juger par la file qui se formait à l'autre bout de la salle.

Il réalisa que Jan n'était pas apparue depuis son arrivée et il balaya du regard les têtes autour de lui, se demandant où elle était passée, puis il l'aperçut en train d'équilibrer deux tasses fumantes de thé tout en se frayant un chemin à travers la foule.

Elle lui en tendit une avec un sourire, puis elle sortit une barre chocolatée du devant de son chemisier et la lui offrit.

Il cligna des yeux.

— Je ne vais même pas te demander où tu avais mis ça.

— Je n'ai que deux mains. Tu peux rester affamé si tu veux.

Elle rit quand il lui arracha le chocolat.

— C'est bien ce que je pensais.

— Allons-y.

Il la laissa passer devant pour qu'elle puisse trouver un siège près de l'avant de la foule rassemblée autour du tableau blanc, puis il prit une gorgée de thé tandis que Kennedy commençait la réunion.

— Bien, commençons. Tout d'abord, nous attendons toujours les résultats des recherches de la police scientifique qui a travaillé avec les uniformes pour vérifier les entrées de trois champs et d'un bois sur cette route entre le pub et la route principale. Alex, suivez ça et prévenez-moi immédiatement si des traces de pneus sont trouvées qui pourraient appartenir au véhicule de notre tueur.

— Je m'en occupe, chef.

— Ok, dit Kennedy. Les entretiens aux écuries de Dominic Millar. Tom, vous voulez commencer ?

Wilcox fit un pas en avant depuis sa position près du photocopieur et il brandit une liasse de documents.

— Toutes les dépositions ont été saisies dans HOLMES2 hier soir, mais l'essentiel, c'est que même si deux ou trois membres du personnel connaissaient Jessica de vue, c'était uniquement parce qu'ils buvaient au Farriers et la voyaient de temps en temps. Aucun d'entre eux ne la fréquentait, ni Will, d'ailleurs.

— Est-ce que tous leurs déplacements correspondent à la période que nous avons établie ?

— Oui, chef. Nous vérifions les véhicules de ceux qui possèdent des voitures ou des motos par mesure de précaution, et si quelque chose en ressort, je vous tiendrai au courant.

— Merci. Mark et Jan, vous avez parlé à Dominic Millar, je crois ?

— Oui, chef, répondit Mark. Sa déposition et son alibi

tiennent la route. Son frère séjournait chez lui lundi soir dernier et il a confirmé quand je lui ai parlé, qu'à sa connaissance, Dominic n'a pas quitté la maison avant de se rendre au travail à l'écurie à cinq heures du matin mardi. Contrairement à MacKenzie Adams, il ne peut pas se permettre d'avoir un manager, donc il supervise lui-même tous les garçons d'écurie et les chevaux.

— Très bien, donc on peut l'écarter ?

— Pas tout à fait, intervint Jan.

Elle montra son téléphone.

— Désolée, mais je viens de faire une recherche sur son nom en rapport avec l'accident qui l'a forcé à prendre sa retraite. Il semblait un peu réticent à en parler hier, tu ne trouves pas ?

— C'est vrai, répondit Mark. Qu'est-ce que tu as trouvé ?

— Tout ce qu'il nous a dit est vrai, expliqua-t-elle, mais il a omis de nous dire que la course où il a été blessé a été remportée ensuite par Will Brennan.

Elle posa son téléphone sur ses genoux.

— À tous égards, la course qui a mis fin à la carrière de Dominic est celle qui a lancé celle de Will.

CHAPITRE 30

Jan repoussa les restes d'un sandwich jambon-fromage alors que son téléphone de bureau sonnait, et elle réprima un soupir.

Elle mourait de faim, après avoir travaillé pendant ce qui aurait dû être sa pause déjeuner pour faire des recherches sur l'accident de course de Dominic Millar et sa convalescence subséquente, dans l'espoir de découvrir s'il avait un jour recroisé la route de Will Brennan.

Elle avait fait chou blanc, et elle s'efforça de ne pas laisser transparaître sa frustration en répondant à l'appel.

— C'est Tom à l'accueil. J'ai Annie Hartman ici avec un disque dur. Elle dit que vous attendiez des images de vidéosurveillance de la station-service.

— Fantastique.

Jan repoussa sa chaise et fit signe à Turpin au bureau d'en face.

— Nous arrivons tout de suite.

— Elle a fait vite pour régler ça, dit Turpin en enfilant sa veste avant de la suivre dans les escaliers.

— C'est une petite entreprise, répondit Jan. Et je pense qu'Annie et Isaac veulent faire tout leur possible pour attraper le meurtrier de Jessica. Elle comptait visiblement beaucoup pour eux.

Elle ouvrit la porte de la réception et vit Hartman se découper en silhouette contre la fenêtre du commissariat pendant qu'elle regardait passer la circulation.

— Madame Hartman ? Merci d'être venue.

— C'est mademoiselle. Appelez-moi Annie, s'il vous plaît.

Elle leur serra la main à tous les deux, puis sortit une enveloppe de son sac.

— J'ai pensé que ce serait beaucoup plus logique de vous remettre ceci en personne plutôt que de risquer de le perdre dans le courrier. Je l'aurais apporté plus tôt, mais le siège n'a fourni les fichiers que tard hier soir.

— C'est parfait, merci. Vous accepteriez de vous joindre à nous pour visionner les images de ce jeudi après-midi ? demanda Jan. Ce serait d'une grande aide, au cas où nous aurions des questions.

— Bien sûr. Je ne dois pas être au supermarché avant dix-sept heures, donc j'ai tout l'après-midi.

— Suivez-nous.

Turpin utilisa son badge de sécurité et les conduisit à l'étage jusqu'à une salle qui servait à la fois d'espace d'observation pour les salles d'interrogatoire au rez-de-chaussée et de salle de réunion improvisée pour les affaires non liées aux enquêtes.

Une atmosphère de renfermé emplissait l'espace et, lorsque Jan alluma la lumière, elle remarqua la fine couche de poussière qui recouvrait la table au centre.

Pendant que Turpin installait l'ordinateur et l'écran de projection, elle se tourna vers Annie.

— Vous avez entendu quoi que ce soit au travail concernant Jessica ?

— Non, à part les clients qui la connaissaient assez bien et qui présentent leurs condoléances, dit-elle.

Elle retira son manteau matelassé et le drapa sur le dossier d'une chaise.

— J'ai commencé une collecte pour réunir des fonds destinés à une association caritative que la famille de Jessica choisira quand ils se sentiront prêts à prendre cette décision, et beaucoup de clients déposent aussi des cartes. Je n'arrive toujours pas à croire que ça lui soit arrivé. C'est affreux.

— Nous sommes prêts, dit Turpin en s'asseyant à côté de Jan.

Il tendit le bras et bougea la souris pour réveiller l'ordinateur, puis il inséra la clé USB que la gérante du supermarché lui avait remise.

— Quel fichier, Annie ?

— Vous avez tous les jours depuis le début du mois jusqu'à vendredi dernier. Nous avons pensé que vous voudriez vérifier si cette personne qui inquiétait Jessica est revenue après sa mort.

— C'est une bonne idée, merci. Quel fichier correspond au dernier jeudi où Isaac et Jessica ont travaillé ensemble ?

Annie le lui indiqua puis elle croisa les mains sur ses genoux tandis que les images de vidéosurveillance commençaient à défiler sur l'écran en hauteur.

— L'informaticien du siège a dû les découper en séquences de vingt minutes, sinon les fichiers auraient été trop volumineux. Ça vous convient ?

— Parfaitement, répondit Jan. Nous allons accélérer la lecture, et si nous voulons examiner quelque chose en particulier, nous pourrons nous arrêter et revenir en arrière à une vitesse plus lente.

La caméra d'où provenait l'enregistrement était placée au-dessus et derrière les deux caisses à l'entrée de la station-service, si bien qu'elle voyait l'arrière des têtes d'Isaac et de Jessica pendant qu'ils travaillaient.

Il était évident que ces deux-là aimaient travailler ensemble, Jessica riait et plaisantait avec son collègue plus âgé entre les clients. Jan sentit sa gorge se nouer en observant l'aisance avec laquelle la jeune femme s'occupait des gens, en particulier des personnes âgées qui semblaient vouloir passer du temps à discuter avec elle.

— Elle était appréciée, remarqua-t-elle.

— En effet, confirma Annie d'une voix tremblante.

L'heure et demie suivante s'écoula dans une monotonie agaçante tandis qu'elles fixaient les images granuleuses en noir et blanc, et Jan commença à se demander si Jessica n'avait pas imaginé cet homme mystérieux qu'elle pensait l'observer. Elle jeta un coup d'œil à sa montre, puis revint à l'écran quand Turpin s'exclama.

— Voilà.

Il se leva et s'approcha de l'écran, son ombre passant devant avant qu'il ne s'écarte pour pointer l'image du doigt.

— Qu'est-ce qu'il y a dans ce réfrigérateur ici ?

— Des boissons fraîches, des sandwichs, ce genre de choses, répondit Annie. Les propriétaires ont compris qu'ils pouvaient gagner plus d'argent en plaçant ces vitrines réfrigérées près des caisses pour que les gens soient tentés pendant qu'ils font la queue. Ça marche à merveille, et ça nous évite les frais liés aux problèmes avec une de ces machines à café en location.

Sur l'écran, Isaac et Jessica servaient consciencieusement, leur bavardage habituellement amical se faisant plus bref en raison de l'afflux soudain de clients qui serpentait le long des étagères les plus proches des caisses et dépassait les vitrines réfrigérées.

Elle retint son souffle lorsque la silhouette d'un homme apparut dans le champ.

Il rôdait derrière une étagère chargée de grands paquets de snacks et traînait à la périphérie de la file d'attente sans la rejoindre, son visage masqué par un présentoir d'accessoires de nettoyage pour voitures.

— Ça doit être lui, dit Jan. En haut à droite.

— Merde, lâcha Turpin en croisant les bras et en fusillant l'enregistrement du regard.

— Bouge, dit Jan. Allez.

Elle retint son souffle tandis que la silhouette planait derrière la file d'attente, ses pieds clairement visibles alors qu'il se balançait d'un côté à l'autre comme s'il ne savait pas quoi faire ensuite.

— Oui !

Elle appuya vivement sur le bouton « pause ».

À l'écran, l'homme avait fait un pas en avant, peut-être pour observer Jessica en contournant le couple âgé devant lui, peut-être pour évaluer combien de temps il pourrait encore l'observer sans être interrogé, mais au moment où il avait bougé, il avait révélé son visage.

Il portait une casquette rabattue sur ses yeux, le genre fait de tissu épais à carreaux dans des tons subtils. Dans sa hâte de voir ce que Jessica faisait, il avait oublié la caméra au-dessus de la caisse.

Jan avait mis l'enregistrement en pause au moment exact où la réalisation avait traversé son visage et où il s'était rendu compte de son erreur.

— Qui diable est-il ? murmura-t-elle.

CHAPITRE 31

Annie Hartman n'avait pas pu aider Jan et Turpin à déterminer qui était l'homme sur les images de la caméra, mais elle promit de rester vigilante au cas où il reviendrait à la station-service.

Après avoir raccompagné Annie à la réception et l'avoir remerciée pour son temps, Jan se précipita dans les escaliers vers la salle des opérations.

Un murmure remplissait l'espace, un bruit de fond sous-jacent au nombre de personnes qui se déplaçaient entre les bureaux, et la porte du couloir qui sifflait en se fermant lors des allers-retours, tandis que les pistes d'enquête s'épuisaient et que des faveurs étaient négociées pour que Kennedy puisse maintenir le niveau d'effectifs actuellement assignés à l'investigation.

Et, sous tout cela, une certaine mesure de désespoir.

Maintenant que l'enquête durait depuis plus d'une semaine, chaque action serait scrutée par la direction et ceux en charge du budget des heures supplémentaires.

Elle aurait aimé pouvoir montrer aux politiciens l'effet

des coupes budgétaires sur sa communauté – non seulement dans son rôle d'enquêteuse, mais aussi dans la perception plus large des autres mères qu'elle rencontrait lors des événements scolaires, qui la dévisageaient comme si sa présence ne devait être attribuée qu'aux rares journées sportives ou réunions parents-professeurs.

Comment pourrait-elle seulement leur expliquer la passion qu'elle éprouvait pour voir la justice rendue ?

Dieu merci, Scott la comprenait et la soutenait, et les garçons étaient à un âge où ils acceptaient simplement la routine autour de laquelle ils vivaient tous.

Elle savait que cela ne pourrait pas durer éternellement.

Elle avait vu les carrières de collègues s'effondrer sous la pression de la vie de famille et la jonglerie des longues heures de travail.

Jan se mordilla la lèvre en s'arrêtant près de son bureau et elle examina les dossiers qui s'étaient empilés dans son bac pendant son absence.

En plus de l'enquête pour meurtre, elle et Turpin étaient censés clôturer des enquêtes concernant deux agressions qui avaient eu lieu dans le centre-ville au début du mois, un cas présumé de violence conjugale, et un vol de voiture.

Elle retint un soupir et décida d'appeler Scott pour qu'il s'occupe des garçons ce soir, dès que le briefing de l'après-midi serait terminé. D'une manière ou d'une autre, elle se rattraperait auprès d'eux dès qu'ils auraient inculpé le meurtrier de Jessica.

Elle rejeta les dossiers dans le bac et se dirigea vers le tableau blanc.

Pendant qu'elle s'occupait des formalités pour raccompagner Annie, Turpin avait pris des captures d'écran des enregistrements de vidéosurveillance où l'on voyait l'homme, et il se tenait maintenant à l'avant de la salle, en train d'épingler les photographies sur le tableau.

— Bon travail, vous deux, dit Kennedy.

Il tira sur sa cravate et la déposa sur un bureau en rejoignant l'inspecteur.

— Ça aurait été bien s'il y avait eu plus de caméras au-delà de l'avant-cour aussi, dit Jan. En l'état, nous ne savons pas ce qu'il conduisait, ni où il est allé. Il est arrivé et il a quitté la station-service à pied.

— Mais il s'intéressait clairement à ce que notre jeune Jessica faisait, n'est-ce pas ?

Kennedy sortit une paire de lunettes de lecture de la poche de sa chemise et s'approcha des images pour parcourir chacune d'elles du regard.

— Il n'attend personne d'autre. Que s'est-il passé après la prise de ces images ?

— La file d'attente a commencé à se dissiper, et il est parti, répondit Jan. Et je me demande s'il cherchait à l'intimider plutôt qu'à lui parler.

— Je suis enclin à être d'accord avec vous, dit Kennedy.

Il jeta un coup d'œil par-dessus son épaule tandis que le reste de l'équipe commençait à tirer des chaises pour former un demi-cercle autour d'eux.

— Bien, terminons ce briefing. Il va y avoir beaucoup à faire demain, et je veux que vous soyez tous reposés. Nous avons encore un long chemin à parcourir.

Turpin se dirigea vers un espace contre le mur et s'y adossa, Jan à ses côtés, pendant que Kennedy mettait les autres au courant des découvertes des caméras de surveillance.

— Passons à la suite, dit-il. Est-ce que tous les témoignages du pub sont terminés, Tom ?

Le sergent de police hocha la tête.

— Oui, chef. Ils sont tous sur HOLMES2. Rien d'anormal dans ce que les gens nous ont dit. Les deux derniers habitués à partir ont déclaré qu'ils étaient sortis à onze heures dix ce soir-là, et aucun d'entre eux n'a signalé avoir vu quelqu'un rôder dans la ruelle à l'extérieur du pub.

— Chef ?

Caroline leva la main.

— Nous avons enfin obtenu les relevés de la société qui loue le distributeur automatique à Collins, et' il y a quelques transactions que j'aimerais examiner.

— Ah bon ?

Kennedy tendit la main pour voir le rapport que tenait l'enquêteuse.

— Lesquelles ?

Elle le rejoignit et pointa la page.

— Il y en a une ici de trois cent cinquante livres à neuf heures cinq, puis une de cent cinquante livres à vingt-deux heures vingt-deux.

Kennedy rendit le rapport à Caroline.

— Est-ce que vous pouvez, avec Alex, jeter un coup d'œil aux relevés bancaires de Jessica pour voir si l'une de ces transactions y apparaît ? Mark et Jan, vous irez au Farriers Arms demain matin à l'ouverture. Découvrez si Collins reconnaît le type sur ces photos, et voyez ce qu'il pourrait savoir sur ces deux transactions au cas où aucune d'entre elles ne correspondrait aux relevés de Jessica.

— Entendu, chef, dit Jan.

CHAPITRE 32

Nigel White reposa son verre de bière sur le comptoir et jeta un regard noir au liquide couleur caramel qui y restait.

La bière de Cornouailles avait probablement bon goût dans la ville où elle était brassée, mais elle voyageait mal et un arrière-goût écœurant s'accrochait à sa langue.

— Noah, lança-t-il. Fais-moi plutôt un Jack avec du coca.

Le patron du Farriers Arms leva les yeux de sa conversation avec l'un des autres habitués plus loin au bar, puis il souleva sa masse imposante et tendit le bras vers un verre propre suspendu au-dessus des pompes à bière.

— Quand est-ce que les bières habituelles reviennent ? demanda Nigel en faisant glisser son verre vide sur la surface en bois poli. Je ne peux pas boire ça.

— On a une livraison jeudi comme d'habitude, répondit Noah. C'était chargé hier soir, ça nous a pris par surprise.

Le cœur de Nigel fit un bond, ses yeux se verrouillant sur ceux de l'homme de l'autre côté du bar.

— Est-ce que j'ai raté quelque chose ?

— Non.

Noah lui tendit son verre, puis appuya son avant-bras sur les pompes à bière et baissa la voix.

— Des gens qui viennent fouiner, c'est tout. Des enfoirés. Ils n'ont jamais mis les pieds ici pendant tout le temps où Sonia et moi avons vécu là, et puis Jess se fait tuer et soudain on devient le pub le plus populaire du coin.

— Des gens que je connais ?

— Pas de nom, je ne pense pas. Un couple qui habite plus loin, du côté de Harton Wick. Ils me disaient quelque chose, mais comme je l'ai dit, pas des habitués. Je ne crois même pas qu'ils soient déjà venus pour manger.

— Des enfoirés, approuva Nigel, et il leva son verre vers le patron avant d'en prendre une gorgée.

Il fit claquer ses lèvres avant de reposer le verre.

— Tu leur as raconté ce qui s'est passé ?

— Non, bon sang, certainement pas. Je leur ai servi leur bouffe et je me suis assuré qu'ils partent sans embêter les vrais clients. Je parie qu'on ne les reverra plus, d'ailleurs.

Noah lui fit un clin d'œil, puis il jeta un coup d'œil par-dessus son épaule quand on l'appela depuis la cuisine. Je dois y aller, commande de nourriture.

— Hé, Nigel. Qu'est-ce qui est arrivé à ton homme aux courses hier soir ? J'avais misé dix livres sur lui pour gagner.

Nigel prit une autre gorgée de sa boisson puis il pivota sur son tabouret jusqu'à faire face au retraité qui le regardait d'un air narquois depuis une table à droite du bar.

— Je n'en ai aucune idée, je n'y étais pas, mais j'imagine qu'il était encore bouleversé d'avoir retrouvé sa petite amie morte la semaine dernière, tu ne crois pas, Sam ?

L'homme laissa échapper un cri et ses joues rougirent.

— Adams n'aurait pas dû le mettre sur le cheval s'il savait qu'il allait perdre.

— Il n'a pas perdu, il est arrivé quatrième.

— Quatrième, ça ne me sert à rien, hein ? Ma femme n'arrête pas de me harceler toute la journée à propos de cet argent perdu.

— Pauvre de toi, dit Nigel en se retournant et en ignorant la réponse étouffée derrière son épaule.

MacKenzie était furieux lorsqu'il était revenu aux écuries la veille au soir. Son humeur avait assombri les célébrations de la victoire de Paul, et Will était retourné au cottage sans un mot une fois que les chevaux avaient été installés pour la nuit.

Le matin n'avait pas apporté de répit à l'atmosphère qui régnait autour du lieu, c'était pour cette raison que Paul et lui s'étaient dirigés vers le pub dès son ouverture.

Il jeta un coup d'œil en arrière au son de la porte d'entrée qui s'ouvrait, une brise froide lui mordant les talons avant qu'elle ne se referme et que Bethany Myers ne s'avance d'un pas déterminé vers le comptoir.

— Nigel.

— Salut, Beth. Ça va ?

Elle lui adressa un sourire fatigué tandis qu'il lui tirait le tabouret à ses côtés. Elle s'y affala, avant d'accrocher la bandoulière de son sac à main à un crochet sous le comptoir.

— Noah, un vodka tonic pour Beth, quand tu auras un moment.

Nigel agita un billet de dix livres en direction du patron qui passait avec des assiettes vides.

L'homme hocha la tête avant de disparaître dans la cuisine.

— Tu n'es pas obligé de faire ça, dit Bethany.

— Mais j'en ai envie. Et puis, je ne t'ai pas vue depuis... depuis qu'on a retrouvé Jess.

Il se tut quand Noah revint, puis il reprit la conversation

une fois qu'elle eut son verre en main et que le patron se fut déplacé à l'autre bout du comptoir.

— À Jessica, dit-il en faisant tinter son verre contre celui de Bethany.

— À Jess.

Elle prit une gorgée, recroisa les jambes et se pencha plus près.

— La police est déjà venue te voir ?

Elle aurait aussi bien pu lui donner un coup de poing dans l'estomac, tant l'air quitta précipitamment ses poumons à ces mots.

Nigel jeta un coup d'œil par-dessus son épaule.

Le vieux Sam semblait concentré sur les mots croisés au dos du journal gratuit, mais ses oreilles frétillaient presque d'anticipation.

Il se retourna brusquement vers Bethany.

— Parle moins fort ici, siffla-t-il. Ce n'est ni le moment ni l'endroit.

Elle fronça les sourcils.

— J'ai juste posé une question. Ils m'ont interrogée, ici, quand je suis revenue du Pays de Galles dimanche.

— Qu'est-ce qu'ils t'ont demandé ? dit-il en lui faisant signe de se rapprocher jusqu'à ce que leurs voix ne soient plus que des murmures.

— Si elle s'inquiétait de quelque chose.

— Qu'est-ce que tu as répondu ?

— Qu'elle semblait aller bien, mais que pendant notre dernière soirée de travail ensemble, j'avais l'impression qu'elle avait vu quelqu'un à la station-service qui lui avait fait peur.

— Qu'est-ce qui te fait dire ça ?

— J'sais pas. Ça me semblait important sur le coup parce que Jess m'en avait parlé.

— C'était qui ?

— Je ne sais pas, elle ne me l'a jamais dit.

Bethany haussa les épaules avant de jeter un regard circulaire dans le pub.

— J'ai pensé que je pourrais demander aux gens, savoir si quelqu'un savait quelque chose.

— Laisse ça à la police, Beth. C'est leur boulot.

— Oui, mais les gens me connaissent, non ? Je veux dire, bon sang, certaines des choses que les habitués me racontent quand ils ont trop bu. Je pourrais mettre fin à au moins trois mariages dans ce village.

Elle rit et rejeta sa tête en arrière avant de saisir son verre et d'en avaler la moitié en trois gorgées.

Exaspéré, Nigel se redressa et examina le verre devant lui, puis il prit une profonde inspiration.

— Je ne vais te le dire qu'une seule fois, Beth, mais ne t'en mêle pas. Tu ne veux pas finir comme Jessica, n'est-ce pas ?

Elle se figea, le verre à mi-chemin de ses lèvres.

— Quoi ? Tu me menaces ?

Il agita ses mains en l'air.

— Baisse la voix, ma grande.

— C'est quoi ce bordel... ?

— Ne t'en mêle pas, c'est tout. Ne commence pas à poser des questions.

— Sinon quoi ?

Elle le fusilla du regard et, comme il ne répondait pas, elle claqua son verre sur le comptoir et saisit son sac avant d'approcher sa bouche de son oreille.

— Ne me menace plus jamais, Nigel. Je connais aussi des

choses sur toi. Rappelle-toi, Jess et moi étions meilleures amies.

Elle se redressa, une expression triomphante sur le visage, puis elle pivota sur ses talons et sortit du pub à grands pas.

— Merde.

Nigel avala le reste de son verre, ignorant les regards des habitués alors qu'il se précipitait vers la sortie et poussait la porte d'entrée.

— Bethany !

Une silhouette sur un scooter s'engagea dans la ruelle, et il jura tout bas.

Il courut vers elle, sa démarche instable après tant de verres, et il agita ses mains au-dessus de sa tête dans l'espoir qu'elle le repérerait dans ses rétroviseurs, mais ses efforts furent vains.

Il s'arrêta en titubant.

— Putain.

— Nigel, encore des problèmes avec les femmes ?

Paul Hitchens traversa le parking en se dirigeant vers lui, une cigarette à la main.

— Ce n'est rien. Je croyais que tu étais parti.

— Je fume une clope d'abord. Tu veux que je te ramène au cottage ? Je pars dans une minute.

— Autant en profiter.

Il scruta une fois de plus l'obscurité, mais il ne vit que le feu arrière rouge du scooter de Bethany disparaître au tournant.

— Je n'ai plus rien à faire ici.

CHAPITRE 33

Mark s'enfonça dans le col de son manteau de laine tandis que Jan se garait en marche arrière dans la dernière place étroite du parking du Farriers Arms en fin de matinée le lendemain.

Un vent glacial soufflait des Berkshire Downs, et il fronça les sourcils en consultant son téléphone lorsqu'il vit les prévisions météo qui annonçaient des averses venteuses plus tard dans la journée.

Son expression s'adoucit lorsqu'un message apparut sur l'écran.

Le vin est acheté. J'ai hâte de partager ce dîner plus tard cette semaine xx.

Il sourit, puis il leva les yeux pour voir la fumée de la cheminée du pub balayée sur toute la longueur du toit. La promesse d'un feu chaleureux le poussa à marcher vers la porte d'entrée pendant que Jan verrouillait le véhicule et se dépêchait de le rejoindre.

— Bien, voyons ce que Noah Collins a à dire sur ces transactions au distributeur, dit-il. Il ne doit pas y avoir beaucoup de clients dans le coin qui retirent ce genre de sommes.

Il ouvrit la porte d'un coup sec et la tint pour Jan avant de la suivre à l'intérieur.

Bien que le pub n'ait ouvert que depuis vingt minutes, une demi-douzaine de personnes d'âge moyen étaient assises à l'une des tables près de la fenêtre, leurs vêtements aux couleurs vives les identifiant comme un groupe de sportifs.

L'arôme amer du café fraîchement préparé flottait dans l'air, et il jeta un coup d'œil vers le bar au moment où une femme émergea avec un plateau chargé de tasses et de soucoupes.

— Je suis à vous dans une minute, lança-t-elle en traversant la pièce pour servir le groupe.

Mark ouvrit la marche vers le bar et il s'appuya contre une énorme poutre de soutien qui coupait en deux la disposition des tabourets et s'élevait du sol au plafond. Des entailles et de vieux boulons en dépassaient.

— Un vieux navire ? demanda Jan en passant sa main sur la surface peinte.

— Une pièce d'origine de l'ancienne forge, je pense.

Il s'interrompit lorsque la femme revint au bar et leur sourit.

— Je peux vous aider ?

Mark sortit rapidement sa carte professionnelle et garda une voix basse.

— Est-ce que Noah est là ?

— Il est sorti ce matin. Le mercredi, c'est son jour pour faire les opérations bancaires et les courses en gros pour la cuisine. Il sera absent au moins trois heures.

Mark se retourna et examina le distributeur automatique

dans le coin, se demandant combien d'argent exactement Collins déposait à la banque.

— Excusez-moi, vous êtes ?

— Cheryl Matthews. J'ai parlé à la police la semaine dernière quand ils sont venus ici. Vous cherchez toujours à savoir qui a tué Jessica ?

— C'est une enquête en cours, oui.

Sa mâchoire se crispa.

— J'espère que vous allez trouver le salaud qui a fait ça.

Mark leva le regard vers le plafond aux poutres basses et il plissa les yeux vers les coins obscurs.

— Est-ce que Noah a des caméras de surveillance ici ?

— Non, répondit Cheryl. Ces petites caméras que vous voyez dans le coin sont factices. Il ne veut pas installer de vraies caméras, il dit qu'il n'en a pas les moyens. Les autres choses là-haut font partie du système d'alarme anti-intrusion. Infrarouge, quelque chose comme ça.

— Et le distributeur automatique ?

— Non, ce n'est pas comme ceux des banques. Ils comptent simplement sur nous pour surveiller quiconque se comporte de façon suspecte.

— Et pas de caméras à l'extérieur ?

La femme sourit.

— Ce n'est pas ce genre de pub. Non, pour autant que je sache, lui et Sonia n'ont jamais eu de problèmes avec les locaux ou qui que ce soit d'autre, donc je suppose qu'ils estiment ne pas avoir à s'inquiéter.

— Comment vont les choses ici, depuis la mort de Jessica ? demanda Jan. Vous avez remarqué quelque chose d'inhabituel ou est-ce que tout est resté calme ?

Cheryl jeta un coup d'œil par-dessus son épaule vers le groupe près de la fenêtre, puis elle se retourna vers eux.

— C'est devenu plus calme. Certains habitants ne sont pas revenus depuis, mais ce sont ceux qui viennent seulement pour un repas une fois par quinzaine. Les habitués sont toujours là pour boire le soir.

Son nez se plissa.

— Sans vouloir vous offenser, mais plus vite vous trouverez qui l'a tuée, mieux ce sera. Noah a réduit nos heures la semaine dernière.

— Ah bon ? s'étonna Mark. Il perd de l'argent avec la baisse de fréquentation, alors ?

— Il n'y a pas vraiment de baisse. Je ne sais pas pourquoi. La première fois que j'en ai entendu parler, c'était quand je suis arrivée au travail mercredi dernier et qu'il m'a dit que je devais finir à neuf heures au lieu de la fermeture.

Cheryl contempla ses ongles.

— C'est un bon patron, je veux dire, il nous paie un bon taux horaire, donc ces deux heures en moins à chaque service représentent une bonne part de mon salaire hebdomadaire.

— Et il ne vous a pas donné de raison pour cela ?

— Non.

— Je suis sûre qu'il a vos intérêts à cœur, dit Jan.

Cheryl leva les yeux au ciel.

— Eh bien, je suis sûre qu'il est content d'économiser de l'argent aussi, je veux dire, si on compte tous ceux qui travaillent ici, il doit économiser pas mal d'euros chaque semaine maintenant, non ?

— Comment marchait l'affaire avant la mort de Jessica ? demanda Mark. Il y avait des signes de difficultés ?

La femme plissa le nez, puis se pencha plus près.

— Non, en fait, ça marche plutôt bien ici. Remarquez, ça aide que Noah et Sonia gèrent l'établissement avec rigueur. C'est mieux que le pub de Hazelthorpe. Cet endroit peut devenir un peu rude, alors tous ceux qui ont de l'argent ou qui veulent boire tranquillement sans machines à sous et matchs de foot viennent ici. Je pense qu'ils s'en sortent bien. J'espère juste que toute cette histoire n'aura pas trop de conséquences négatives. Ils ne méritent pas ça.

Une porte claqua à l'arrière du pub, et Cheryl se mordit la lèvre, la culpabilité traversant son visage avant qu'elle ne saisisse un chiffon pour polir le comptoir.

— Je devrais probablement continuer mon travail.

— Une dernière chose.

Mark sortit une copie de l'image capturée par la caméra de surveillance de la station-service.

— Est-ce que vous reconnaissez cet homme ?

Cheryl prit la photographie et la tint sous les lumières vives du bar, le front plissé.

— Je ne sais pas. Il me semble familier, mais je n'habite pas dans le village, donc à moins que je travaille, je ne viens pas vraiment par ici. Désolée.

— Pas de problème.

Mark remercia Cheryl pour son temps, puis il regarda par-dessus son épaule lorsqu'une femme mince aux cheveux courts et noirs, vêtue d'une tenue de chef, apparut de la cuisine.

Elle fit un signe du menton à Cheryl.

— N'oublie pas qu'il y a des bouteilles de sauce qui doivent être nettoyées et remplies dès que tu auras fini de servir.

— Sonia Collins ?

Mark sortit sa carte professionnelle et présenta Jan.

— Nous n'avons pas encore eu l'occasion de vous parler. Vous avez une minute ?

— Je suis en pleine préparation pour le service du déjeuner.

— Ça ne prendra pas longtemps.

Elle soupira.

— D'accord, mais sortons par la porte arrière. C'est trop dangereux de rester dans la cuisine, et vous perturbez déjà les clients.

Sonia tourna les talons sans attendre de réponse et elle traversa la cuisine en passant devant un four commercial en acier inoxydable et deux friteuses, ses chaussures silencieuses sur le sol en linoléum.

En la suivant, Mark examina le plan de travail central qui brillait sous l'éclairage au néon, des piles d'assiettes de différentes tailles empilées, prêtes pour le service du jour. Deux éviers avaient été installés sous une fenêtre qui donnait sur un tas de bois et une cour privée, et sur sa gauche, une porte étroite menait vers ce qu'il supposait être l'endroit où Sonia gardait les congélateurs et les étagères stockées de nourriture et d'ingrédients.

Elle s'arrêta à la porte arrière et la tint ouverte pour lui, puis elle fit signe à Jan.

— Ne traînez pas, nous n'avons pas besoin de mouches dans la cuisine.

La porte se referma d'un coup sec sur une charnière automatique dès qu'ils furent tous dehors, puis Sonia tourna son attention vers Mark.

— Alors, qu'est-ce que vous avez besoin de savoir ? J'ai déjà parlé à deux policiers en uniforme la semaine dernière. Il y a du nouveau ?

— Je suis désolé, rien que nous puissions partager pour le moment, répondit Mark. Vous connaissiez bien Jessica ?

Les épaules de Sonia s'affaissèrent.

— Je ne sais pas si je la connaissais bien, mais c'était très agréable de travailler avec elle. Elle me manque. C'était l'une de ces personnes à qui on pouvait montrer comment faire quelque chose une seule fois, et c'était suffisant. Elle avait beaucoup d'intuition pour ce métier.

Elle réussit à sourire.

— Contrairement à certains de nos autres employés.

— Cheryl a mentionné que votre mari avait réduit ses heures.

— Juste par mesure de sécurité, pour qu'ils rentrent tôt chez eux. Certains n'aiment pas ça, mais ce n'est pas le problème, n'est-ce pas ?

— Où étiez-vous lundi dernier à vingt-trois heures trente ?

— Là-dedans, en train de nettoyer. Jessica utilisait toujours la porte d'entrée pour partir, donc je ne l'ai pas vue s'en aller. La seule façon dont j'ai su qu'elle était partie, c'est parce que Noah est venu dans la cuisine pour m'aider à finir de passer la serpillière. Nous voulions aussi revoir le nouveau menu avant de monter, afin de pouvoir commencer à commander les ingrédients spéciaux que nous ne gardons pas habituellement en stock.

— Quand est-ce que vous avez appris la mort de Jessica ? demanda Jan.

Sonia renifla et s'essuya les yeux du bout des doigts.

— Désolée. Je n'arrive toujours pas à croire qu'elle n'est plus là. Euh, je suppose que c'était juste avant qu'on ouvre le mardi et que vos collègues viennent prendre nos dépositions, le type qui livre l'huile l'avait appris de quelqu'un des écuries et il nous l'a dit. Je tremblais quand il est parti. Je ne sais plus combien de fois j'ai dit à Jessica que ce n'était pas prudent de rentrer à pied la nuit, pas par là-bas.

— Vous ne lui avez pas proposé de la raccompagner ?

— Probablement à chaque service, répondit Sonia. Sa réponse était toujours la même, elle aimait marcher parce que ça l'aidait à décompresser. Je crois qu'elle avait des problèmes de sommeil parfois, de l'insomnie ou quelque chose comme ça. En tout cas, elle jurait que la marche l'aidait.

Mark entendit un cri en provenance de l'intérieur, et Sonia regarda à travers le panneau vitré de la porte arrière.

— Je suis désolée, je dois y retourner, dit-elle. On dirait que notre groupe de randonneurs a décidé de commander.

— Merci pour votre temps, dit-il. S'il vous plaît, contactez-nous si vous pensez à quoi que ce soit qui pourrait nous aider. N'importe quoi.

— Je n'y manquerai pas. Si vous suivez le chemin qui passe devant le tas de bois, vous pourrez rejoindre le parking par là.

Quelques instants plus tard, debout à côté de leur véhicule, Mark examina l'extérieur du pub.

— Qu'est-ce que tu en penses ?

Jan grimaça.

— Toutes ces personnes qui disaient à Jessica de ne pas rentrer à pied. On aurait pensé qu'elle les aurait écoutées.

CHAPITRE 34

— Quelle est l'adresse de Bethany Myers ? demanda Turpin tandis que Jan démarrait la voiture.

— Elle loue une chambre dans une maison à Hazelthorpe, sur Crosshands Lane.

— Allons voir si elle est chez elle.

Crosshands Lane s'avéra être une étroite bifurcation de la route principale de Hazelthorpe et, tandis que Jan examinait la façade crépie du numéro trois, elle ne put s'empêcher de se demander quand cette maison mitoyenne avait été repeinte pour la dernière fois.

De la moisissure s'était formée sous un tuyau de trop-plein à côté de la porte d'entrée, tandis qu'un tas de tuiles cassées avait été empilé près de la marche. Jan pouvait sentir l'humidité de la moquette du couloir avant même que la porte ne soit complètement ouverte et que Bethany Myers ne jette un coup d'œil à travers des yeux troubles.

— Il est tôt, dit-elle.

Turpin consulta sa montre.

— Une heure et demie ?

— Je me suis couchée tard.

— Nous pouvons entrer ?

— Je suppose que oui.

Elle repoussa ses cheveux noirs de son visage et ferma la porte derrière eux, puis elle leur indiqua la cuisine.

— Croyez-moi, vous ne voulez pas voir l'état du salon.

Jan fut surprise de voir à quel point Bethany paraissait jeune sans les couches de maquillage qu'elle portait lorsqu'ils l'avaient interrogée au pub la semaine précédente. Sans les fards à paupières dramatiques et le contouring, la femme semblait plus jeune que ses dix-neuf ans, ses traits blafards.

— Comment allez-vous, Bethany ? demanda-t-elle tandis qu'on les dirigeait vers deux chaises à côté d'une table en pin encombrée de magazines, de factures et d'autres objets divers.

— Ça va, je suppose.

Bethany serra son épais gilet autour de sa taille et fronça les sourcils.

— Vous voulez une tasse de thé ou autre chose ?

— Non, ça va, merci.

Turpin tendit la photographie des images de vidéosurveillance de la station-service.

— Est-ce que vous reconnaissez cet homme ?

Bethany s'avança et prit la photographie, puis elle hocha la tête.

— Oui. Je crois. On dirait Morgan Drake.

— Le même homme qui possède les pistes d'entraînement ?

— Et cette maison, parmi d'autres.

Elle rendit la photographie.

— C'est le propriétaire terrien local. Vous savez, la ferme de l'autre côté du village. Il est sacrément riche, à mon avis.

Il possède la moitié des terres par ici, même si je pense qu'il doit avoir quelqu'un pour gérer les affaires courantes car je suis sûre qu'il a toujours un emploi à Londres.

— Quel genre d'emploi ? Vous le savez ?

Le nez de Bethany se plissa.

— Banquier d'investissement, quelque chose comme ça. D'où vient cette photo ?

— De la station-service où travaillait Jessica, répondit Turpin.

Jan observa la confusion se répandre sur les traits de la femme, suivie d'une lente compréhension.

— Merde. C'est lui qui surveillait Jessica ? Pourquoi est-ce qu'il aurait fait ça ?

— C'est ce que nous essayons de découvrir, dit Turpin.

Il tapota l'image de son index.

— Vous avez une idée de la raison pour laquelle Jessica serait nerveuse à propos de Morgan Drake ?

— Non, je ne vois pas pourquoi.

— Est-ce qu'il fréquente le Farriers Arms ? demanda Jan.

— Occasionnellement. Enfin, très rarement.

Bethany s'appuya contre l'évier.

— S'il vient, c'est généralement tard. J'ai toujours présumé que c'était parce qu'il devait faire le trajet depuis Londres. La gare la plus proche est à huit kilomètres d'ici, alors quand je le voyais, je supposais qu'il s'arrêtait pour boire un verre sur le chemin du retour.

— Est-ce qu'il socialisait avec quelqu'un pendant qu'il était là ? demanda Jan.

— Je ne m'en souviens pas. Je sais que je le voyais parfois au bout du bar en train de discuter avec Noah. Mais je suppose que c'est normal.

— Qu'est-ce que vous voulez dire ? intervint Turpin.

— Eh bien, Morgan est propriétaire du pub.

— Vraiment ?

— Oui, Noah ne vous l'a pas dit ?

Jan croisa le regard de Turpin puis reporta son attention sur Bethany.

— Quand est-ce que vous alliez nous parler de vous et Wayne Brooks ?

La mâchoire de la jeune femme s'ouvrit, et avant qu'elle n'ait eu le temps de se ressaisir, Jan poursuivit.

— Vous avez délibérément dissimulé des informations dans le cadre d'une enquête pour meurtre en cours, Bethany. Lors de votre interrogatoire la semaine dernière, vous n'avez pas mentionné votre voyage aller-retour au Pays de Galles avec votre professeur. Pourquoi ?

Bethany se mordit la lèvre, puis leva les mains.

— À votre avis ? Nous ne voulions pas que sa femme le découvre. On s'amuse un peu, c'est tout.

— Est-ce que Wayne le voit comme ça aussi ?

— Oui. Je suppose.

— Depuis combien de temps est-ce que ça dure ?

— Qu'est-ce que ça peut—

— Répondez à la question, Bethany, l'interrompit Turpin d'une voix grave.

— Un an. À peine.

— Est-ce que Jessica était au courant ?

— Quoi ? Non, je ne pense pas.

— Qu'est-ce qui se serait passé si elle l'avait su ?

— Qu'est-ce que vous voulez dire ?

— À quel point vous et Wayne Brooks teniez-vous à cacher votre liaison à sa femme ? demanda Jan. Jusqu'où seriez-vous allés pour garder ça secret ?

Bethany pâlit.

— Putain de merde, je ne l'ai pas tuée ! C'était ma meilleure amie.

— Est-ce que vous savez qui l'a tuée ? demanda Turpin. Est-ce que vous avez demandé à quelqu'un de tuer Jessica pendant que vous et Wayne étiez tranquillement au pays de Galles ?

— Mon Dieu, non !

Turpin remit la photographie de Morgan Drake dans sa poche et il se leva en foudroyant Bethany du regard.

— Nous allons y aller. Mais assurez-vous de vous présenter au commissariat avant de prévoir de quitter la région pendant que cette enquête est en cours. C'est bien compris ?

Jan observa Bethany qui hocha une fois la tête avant de baisser le menton, une larme solitaire en train de rouler sur sa joue.

CHAPITRE 35

Mark enfonça ses mains dans ses poches et examina les détails complexes de la ferme géorgienne.

Ils avaient accédé à la propriété par une longue allée privée bordée de hêtres qui oscillaient au gré du vent, leurs branches tordues et déformées après des saisons à pousser dans un environnement aussi exposé.

La vue au-delà des champs était impressionnante, mais une mélancolie s'empara de Mark tandis qu'il observait le paysage. Malgré l'argent manifestement dépensé pour cet endroit, une certaine austérité s'accrochait aux bâtiments de la ferme.

Une allée en béton fissurée et éclatée menait à une cour de ferme où une grange aux panneaux en tôle ondulée occupait une grande partie du côté droit de l'espace, en contraste avec le gravier multicolore profond devant la maison.

À la gauche de Mark, un poney brun à la crinière noire regardait par-dessus une clôture qui séparait la vaste étendue de gravier d'un manège contenant un ensemble de six petits obstacles disposés à différents angles. Des barils en plastique bleu soutenaient des barres aux couleurs vives, et Mark remercia silencieusement le ciel qu'aucune de ses filles n'ait manifesté d'intérêt pour l'équitation.

Il ne pensait pas que son salaire pourrait le permettre.

— Tu es prêt ? demanda Jan en glissant les clés de voiture dans son sac à main.

Il acquiesça, puis passa devant un 4x4 argenté tout neuf et une voiture de sport surbaissée pour se rendre à la porte d'entrée, et il appuya sur un bouton d'interphone intégré dans la maçonnerie.

Après un moment, une voix brusque répondit.

— Oui ?

— Monsieur Morgan Drake ?

— Qui êtes-vous ?

— L'inspecteur Mark Turpin et l'enquêteuse Jan West. Est-ce que nous pourrions vous parler, s'il vous plaît ?

Un juron étouffé crépita à travers le haut-parleur.

— Je suis très occupé, détective. Vous ne pourriez pas téléphoner à mon bureau et prendre rendez-vous ?

— Non, répondit Mark. Nous sommes au milieu d'une enquête pour meurtre, et le temps presse. Dans ces circonstances—

— Très bien, très bien.

Un bourdonnement émana de la porte.

— Assurez-vous de bien la pousser pour la fermer, elle a tendance à coincer. Avancez dans le couloir, deuxième porte à gauche.

Sur ces mots, l'interphone devint silencieux.

Mark leva un sourcil vers Jan, puis poussa la porte.

Elle s'ouvrit facilement, et il entra dans un vestibule au

plafond élevé, ses chaussures résonnant sur des carreaux noirs et blancs disposés en damier.

Un escalier en chêne finement sculpté commençait sur sa gauche, et le mur adjacent était couvert de diverses peintures qui dépeignaient la vie bucolique à travers les siècles.

Il jeta un coup d'œil par-dessus son épaule alors que Jan claquait la porte d'entrée et essuyait ses chaussures sur le paillasson, puis il la guida à travers le couloir jusqu'à la porte que Drake avait décrite.

Il frappa deux coups de ses phalanges contre la surface dure, et il l'ouvrit sans attendre de réponse pour se retrouver dans une pièce carrée dont les murs étaient couverts du sol au plafond d'étagères de livres. Il parcourut du regard les titres les plus proches de la porte et il fut surpris de constater que parmi les classiques et les ouvrages économiques, Drake avait également un penchant pour les thrillers d'action américains.

— Je ne peux pas vous accorder beaucoup de temps.

Mark se retourna pour découvrir un homme d'une cinquantaine d'années debout derrière un grand bureau, le profil tourné comme s'il était en train de regarder par la fenêtre avant leur arrivée.

Les cheveux blancs coupés court, ses yeux brun foncé transpercèrent ceux de Mark tandis qu'il s'avançait pour lui serrer la main.

— Le temps, c'est de l'argent, détective. Je sais que ça peut paraître dur, mais c'est la vérité.

Mark ne répondit pas et il entreprit plutôt de faire le tour de la pièce pour examiner les dos des livres et observer les canapés en cuir souple et le mobilier d'apparence coûteuse.

Après avoir fait le tour complet, il finit par se tenir à côté du bureau de Drake, et il sourit.

— Je présume que la vie agricole ne paie pas tout cela.

Drake renifla et secoua la tête.

— Vous avez parfaitement raison. Asseyez-vous.

Il désigna l'un des canapés, attendit que Mark et Jan se soient assis, puis il s'installa dans un fauteuil à côté d'eux et tambourina du bout des doigts sur son genou.

— Bien. Qu'est-ce que vous voulez savoir ?

— Depuis combien de temps êtes-vous propriétaire de cette propriété, monsieur Drake ?

— Depuis 2008. J'ai investi judicieusement, contrairement à certains de mes collègues du secteur financier, et j'ai acheté cette maison pour une bouchée de pain quand la banque des propriétaires précédents l'a mise en vente.

— Et vous travaillez toujours dans la finance ?

— Je suis sûr que vous connaissez déjà la réponse, mais oui, c'est le cas.

Il cessa de tapoter des doigts et soupira.

— J'apprécie ce travail, pour être honnête. Cela offre un bon contraste avec tout ceci.

— Qu'est-ce que vous cultivez ici ? demanda Jan.

— Du maïs et de l'orge, et nous avons un grand troupeau de moutons de l'autre côté des Downs. Nous faisons évidemment une rotation des cultures chaque année, l'année prochaine, par exemple, nous planterons du blé.

— Dans quel domaine de la finance est-ce que vous travaillez ? demanda Mark.

— Fusions et acquisitions. Mon expertise consiste à trouver des entreprises en difficulté, à les acheter à bas prix puis à les revendre avec profit.

— Est-ce que vous comptez faire la même chose ici, avec la ferme ?

Drake sourit.

— Non, je pense que ma femme et ma fille me feraient assassiner si j'osais ne serait-ce que le mentionner.

— Et vous êtes propriétaire du Farriers Arms ?

— Oui.

— Mais votre nom n'apparaît pas sur la licence au-dessus de la porte du pub, n'est-ce pas ?

— Non, parce que ce n'est pas nécessaire. Noah est autorisé à vendre de l'alcool sur place et à emporter, et lui et Sonia sont présents sept jours sur sept, sauf quand ils prennent des vacances. Si j'habitais au pub, alors mon nom figurerait probablement sur la licence.

— À quelle fréquence est-ce que vous allez au pub ?

— Peut-être deux fois par mois.

— Et qu'est-ce que vous faites quand vous y allez ?

— Je passe en revue les campagnes marketing que je veux lancer, des événements pour Noël, la fête des Mères... Noah et Sonia sont très impliqués, donc nous échangeons quelques idées, puis je les laisse s'en occuper. D'autres fois, Noah souhaite peut-être changer les bières pour proposer quelque chose de plus saisonnier ou essayer une nouveauté, ce genre de choses.

— Depuis combien de temps est-ce que Noah et Sonia Collins gèrent le Farriers Arms pour vous ?

— Depuis 2018. Ils étaient déjà là quand j'ai racheté le pub au précédent propriétaire.

— Et c'est une pleine propriété, si j'ai bien compris ?

— C'est exact, nous avons une liberté totale pour faire ce que nous voulons avec l'établissement en matière d'approvisionnement en bières et autres boissons, contrairement à un bail commercial ou à un pub lié. Cela nous donne un avantage sur les autres pubs du secteur.

— Qu'en est-il du personnel, monsieur Drake ? demanda Jan. Qui en est responsable ?

— Là encore, je laisse cette responsabilité à Noah et Sonia. Ils sont doués pour cerner les gens, et je les paie pour gérer l'établissement.

— De qui était venue l'idée d'employer Jessica Marley ?

— Comme je l'ai dit, cela aurait été la décision de Noah et Sonia.

Mark sortit la photographie de la caméra de surveillance de la station-service et la lui tendit.

— Quel était votre intérêt pour Jessica Marley, alors ?

L'homme déglutit, et Mark remarqua que sa main tremblait.

Drake posa la photographie sur l'accoudoir de son fauteuil, puis il sortit une paire de lunettes de lecture de la poche de sa chemise et examina l'image.

— Monsieur Drake ?

— Quelle tragédie, murmura le fermier.

— Pourquoi étiez-vous là ?

Drake retira ses lunettes, les replia, puis les tapota contre son genou.

— Je voulais lui proposer un emploi.

— Un emploi ?

— Oui.

Il fit un geste vers le bureau.

— La ferme devient de plus en plus active, et j'ai pensé que ce serait une bonne idée d'embaucher un gestionnaire à temps partiel. Jessica m'avait contacté avec son CV il y a douze mois, mais je n'avais rien de convenable à l'époque.

Son regard retomba sur la photographie.

— Ça aurait été le rôle parfait pour elle.

— Vous saviez qu'elle avait déjà trois emplois et ses études à terminer ? demanda Jan.

Il hocha la tête.

— Oh, oui. Mais je prévoyais de la payer suffisamment pour qu'elle puisse arrêter de travailler pour tous les autres. Delia, ma femme, est brillante pour gérer les affaires quotidiennes du bureau, comme la comptabilité, mais j'ai besoin de quelqu'un qui comprenne ce qu'une entreprise agricole exige. Jessica cochait toutes les cases.

— Alors, vous êtes allé à la station-service où elle travaille pour lui en parler ? dit Mark. Pourquoi ne pas l'avoir reçue ici pour un entretien ?

Drake haussa les épaules.

— Je passais par là, c'est tout. C'était une décision spontanée. Puis, en arrivant, je me suis rendu compte à quel point elle était occupée et que je devrais probablement l'appeler plus tard. Je ne voulais pas qu'elle ait des ennuis avec son responsable si elle me parlait.

— Où étiez-vous lundi soir entre vingt heures et sept heures le lendemain matin ?

— Ici. Nous avions des invités pour le dîner, la mère de ma femme et son dernier mari. Ils ont passé la nuit ici, et j'ai préparé le petit-déjeuner avant qu'ils ne repartent à Harrow mardi matin.

— Nous allons avoir besoin de leurs coordonnées, s'il vous plaît.

Drake s'éclaircit la gorge et se leva de sa chaise pour traverser la pièce jusqu'au bureau. Il prit un téléphone portable et récita un numéro pour sa belle-mère.

— Est-ce que c'est tout, détective Turpin ? Comme je l'ai dit, j'ai énormément de paperasse à traiter aujourd'hui.

Mark se leva et lui tendit une de ses cartes professionnelles.

— Nous n'avons pas d'autres questions pour le moment, monsieur Drake, mais si vous pensez à quelque chose qui pourrait aider notre enquête, je vous serais reconnaissant de m'appeler immédiatement.

— Absolument.

Drake se dirigea vers le bureau et plaça la carte de Mark à côté du téléphone fixe.

— Vous savez où trouver la sortie ?

Après avoir fermé la porte d'entrée et traversé le gravier en direction de la voiture, Mark jeta un coup d'œil par-dessus son épaule vers la ferme, un picotement d'inquiétude sur sa nuque se propageant à travers ses épaules.

Un rideau à la fenêtre du haut tressaillit et une ombre se déplaça momentanément à travers la pièce derrière la vitre avant de disparaître.

— Ça va ? demanda Jan.

Elle passait les clés d'une de ses mains à l'autre en attendant qu'il la rejoigne.

— Je ne lui fais pas confiance. Il nous cache quelque chose, mais je n'arrive pas à déterminer quoi, ni pourquoi.

CHAPITRE 36

Un flot continu de voitures se déversait à travers le village de Harton Wick lorsque Jan se gara sur le parking du Farriers Arms.

Malgré une limitation de vitesse à cinquante kilomètres heure le long de la route, il était évident que beaucoup de locaux la considéraient comme une simple indication plutôt qu'une obligation légale, et pendant un bref instant, elle se demanda quelle aurait été la réaction des conducteurs si elle avait utilisé une voiture de patrouille officielle au lieu du véhicule argenté poussiéreux à quatre portes qu'on leur avait attribué ce matin-là.

Elle fit un pas en arrière lorsqu'une voiture sportive se gara à côté d'elle, et elle rejoignit Turpin à la porte du pub tandis qu'un groupe de randonneurs passait en trombe.

— Midi chargé, dit-il en faisant un signe vers la dernière place du parking. Je suppose que ces randonneurs ne sont que le début de la ruée.

— Je me demande si c'est toujours comme ça, ou si c'est à cause de Jessica ?

Ses lèvres se pincèrent.

— J'aimerais croire que ce n'est pas à cause d'elle, mais tu sais comment sont les gens. Viens.

Un brouhaha de conversations et de rires les accueillit à leur entrée dans le pub. Toutes les tables étaient soit occupées, soit réservées, et Jan aperçut Cheryl en train de se faufiler entre un groupe au bar, trois assiettes de nourriture en équilibre sur ses mains et ses poignées.

L'estomac de Jan gargouilla face aux arômes qui flottaient dans l'air au passage de Cheryl, et elle ignora délibérément le menu inscrit sur l'ardoise au-dessus de la cheminée.

Turpin arrêta Cheryl alors qu'elle retournait vers la cuisine.

— Où est Noah ?

— Il change un fût. Il sera là dans une minute. Désolée, je dois y aller. Il y a encore deux assiettes qui attendent en cuisine et Sonia ne me remerciera pas si les plats sortent froids.

Elle s'élança et disparut par la porte derrière le bar d'où s'échappait une cacophonie de casseroles et de poêles qui s'entrechoquaient.

— C'est la folie ici, commenta Jan en se décalant pour laisser passer un autre groupe qui se dirigeait du bar vers une table libre au fond du pub. Il ne va jamais accepter de nous parler en plein service.

La mâchoire de Turpin se crispa.

— Ça ne peut pas attendre.

Il traversa à grands pas le parquet en direction du bar au moment où une petite porte à gauche du comptoir s'ouvrait, et Collins apparut, un seau en plastique à la main.

Le patron commença à tirer sur l'une des pompes à bière,

déversant un liquide clair qui clapotait dans le seau tandis qu'il balayait la foule du regard.

— Cheryl, appela-t-il. Fais venir Martin pour t'aider au service.

Un grand homme chauve dans la trentaine apparut de la cuisine, s'essuyant les mains sur un torchon avant de le fourrer à côté d'un présentoir de cartes des vins, et il commença à servir des boissons.

Progressivement, la foule se dispersa, et le bruit s'atténua pour ne laisser que le cliquetis des couverts sur les assiettes, des conversations à voix basse, et des plaisanteries amicales entre les habitués perchés sur des tabourets près du bar.

Collins jeta un coup d'œil vers l'endroit où se tenaient Jan et Turpin.

— Je suis à vous dans une minute. Laissez-moi d'abord installer ce nouveau fût, sinon ça va être la révolte.

Turpin hocha la tête tandis que les hommes du coin riaient et se moquaient.

— Il y a un endroit où nous pourrions attendre ?

Collins pointa du pouce par-dessus son épaule.

— Montez à l'étage, notre salon est à droite de l'escalier. Installez-vous confortablement.

Jan ouvrit la marche dans un escalier étroit recouvert de moquette qui les mena à un palier desservi par plusieurs portes. Suivant les indications de Collins, elle entra dans le salon et s'arrêta, surprise de voir la lumière du soleil qui filtrait à travers des fenêtres du sol au plafond avec vue sur le jardin du pub.

En se rapprochant, elle observa la vaste zone herbeuse, la pelouse qui aurait besoin d'être tondue et les tables de pique-nique avec leurs bancs qui nécessiteraient un vernissage s'ils devaient être utilisés cet été.

— Ça a besoin d'entretien, remarqua Turpin en se plaçant à côté d'elle.

— On comprend pourquoi s'ils sont aussi occupés que ça tous les midis. Je suis étonnée qu'ils aient le temps de réfléchir.

— Ça fait partie du métier.

Jan se retourna au son de la voix de Collins pour voir le patron dans l'embrasure de la porte, les mains sur les hanches.

— Est-ce qu'on peut faire vite, quelles que soient les questions que vous avez à me poser ? Je ne peux pas laisser le bar trop longtemps.

— Pourquoi est-ce que vous ne nous avez pas dit que Morgan Drake est propriétaire du pub ?

Collins fronça les sourcils.

— Vous ne me l'avez pas demandé. Je pensais que vous le saviez. Tout le monde le sait dans le coin.

— Vous le gérez pour lui ?

— Oui. Nous sommes locataires.

— Vous avez dit que vous étiez ici depuis combien de temps ?

— Depuis 2017.

— Et où étiez-vous avant cela ?

— Bishop's Stortford. C'est de là que vient la famille de Sonia.

— Vous êtes loin de chez vous.

La bouche de Collins se tordit.

— C'est ce que ma belle-mère me rappelle régulièrement.

— Nous avons entendu dire que vous avez réduit les heures du personnel, monsieur Collins, dit Jan. Pour quelle raison ?

— Pour leur propre sécurité, répondit-il.

Il leva les mains.

— Je n'ai pas d'autre choix jusqu'à ce que vous trouviez qui a tué Jessica. Je m'inquiète pour eux. Sonia et moi nous sommes concertés après votre visite la semaine dernière et nous avons décidé qu'il valait mieux que toute personne qui travaille en soirée termine à neuf heures plutôt que de partir après le nettoyage. Au moins de cette façon, il y a beaucoup de monde autour quand ils rentrent chez eux. Sonia et moi pouvons nous débrouiller seuls pendant les deux dernières heures pour l'instant. J'espère que ce sera une mesure temporaire, n'est-ce pas ?

Turpin ne mordit pas à l'hameçon et feuilleta plutôt son carnet.

— Que pouvez-vous nous dire sur la dernière soirée où Jessica a travaillé ici ? La nuit de sa mort ? Est-ce que c'était animé ?

— Oui, très semblable à ce que vous voyez en bas maintenant.

— C'est toujours comme ça le lundi ?

— Parfois. Peut-être deux fois par mois. Sonia a une bonne réputation pour sa cuisine et nous avons des gens de toute la région qui organisent des repas d'anniversaire et ce genre de choses. Vous devriez voir cet endroit pour la fête des mères. Nous devons placer les gens sur des réservations minutées, sinon nous ne pourrions jamais gérer.

— Le distributeur en bas, quel genre de bénéfice est-ce que vous en tirez ?

— Aucun. C'est fourni comme un service pour les clients, sinon ils devraient aller en ville s'ils voulaient du liquide. Certains habitués plus âgés n'aiment pas utiliser leur carte pour payer. Ce n'est pas comme les machines à sous ou les distributeurs de cigarettes dans le temps où je faisais un peu de profit dessus.

— Il y a eu deux retraits importants de cette machine le soir où Jessica est morte. Trois cent cinquante livres à neuf heures cinq, puis cent cinquante livres à vingt-deux heures vingt-deux. Est-ce que vous avez une idée de qui les a effectués ?

Collins se gratta le menton.

— Non, mais au moins ça explique pourquoi un client s'est plaint mardi qu'il y avait un message d'erreur sur la machine disant qu'elle n'avait plus d'argent. J'ai dû faire venir la société en urgence pour régler ça. Quel genre de personne retire une telle somme d'argent d'un distributeur de pub ? Je veux dire, si l'un des habitués avait besoin de ce genre d'argent, il pourrait me l'emprunter, ils le savent.

— C'est ce que nous aimerions savoir, monsieur Collins.

— Noah ? Il n'y a plus de Heineken, cria Cheryl depuis l'escalier. Et je n'ai personne au bar. Martin est retourné en cuisine.

Les épaules de Collins s'affaissèrent.

— Écoutez, je suis désolé mais c'est un autre fût qui a besoin d'être changé. Je ne laisse pas le personnel descendre à la cave, ils y mettraient le désordre. Je dois y aller.

— Dernière question, dit Turpin. Des problèmes récents avec Morgan Drake ?

Les sourcils du propriétaire se haussèrent.

— Non. Aucun. Nous n'avons jamais eu de problèmes avec Morgan. C'est un bon propriétaire. Il nous laisse faire. On se retrouve de temps en temps pour discuter des stratégies marketing et ce genre de choses, mais sinon on le voit rarement ici.

— Très bien, merci, monsieur Collins. Nous allons
trouver la sortie nous-mêmes.

CHAPITRE 37

Bethany rejeta ses cheveux en arrière et pencha la tête, les lèvres entrouvertes tandis qu'elle appliquait une nouvelle couche de mascara.

Une collection de flacons, de brosses et d'autres accessoires encombrait le lavabo et le meuble près d'elle, pendant qu'une playlist rythmée résonnait depuis l'application musicale de son téléphone, appuyé contre un rouleau de papier toilette de rechange au-dessus du miroir.

Des volutes de vapeur s'enroulaient autour d'un extracteur d'air vieillissant qui ronronnait depuis son emplacement dans le coin supérieur gauche de la fenêtre de la salle de bain, et elle se fit une note mentale d'ouvrir la fenêtre quelques minutes une fois habillée.

Le ventilateur ne suffirait jamais à lui seul.

La peau rosie par un bain chaud, elle savourait cette opportunité de se détendre en l'absence de ses deux colocataires après avoir terminé son service.

Doug et Emma avaient été funs quand ils avaient tous emménagé ensemble, mais depuis qu'ils étaient passés du stade d'amis à celui de petits amis à part entière, Bethany avait dû combattre le ressentiment qu'elle était de trop.

Au lieu de cela, elle se concentrait sur le fait qu'il ne lui restait que six mois à passer à l'école, et ensuite elle pourrait partir.

Elle cligna des yeux lorsqu'un refrain bien connu commença, son introduction lui donnant un coup au cœur tandis qu'elle se souvenait l'avoir chanté avec Jessica l'été dernier lors d'un barbecue organisé par Noah et Sonia au pub.

Elle remit le capuchon sur le mascara et elle attrapa son téléphone pour couper la musique. Elle fixa l'écran d'un regard noir, puis ouvrit sa liste de contacts, son pouce suspendu au-dessus du nom de Jessica.

— Je suis désolée, chuchota-t-elle avant d'appuyer sur « supprimer ».

Elle traversa le palier jusqu'à sa chambre à l'arrière de la maison et s'habilla d'un t-shirt à manches longues et d'un jean, puis elle enfila une paire d'épaisses chaussettes en laine que sa grand-mère lui avait offertes pour Noël l'année dernière. Elle remua les orteils et ouvrit une application de livraison de nourriture pour commander une pizza pour une personne (sans ananas), puis elle prit l'un des magazines people qu'Emma avait laissés.

Des coups violents à la porte d'entrée firent s'emballer son cœur.

Elle vérifia sa montre tout en se précipitant en bas, et elle essaya de se rappeler si elle attendait des livraisons. La pizza n'arriverait pas avant au moins trente minutes, pas si loin du centre-ville, et les vêtements qu'elle avait commandés en ligne n'étaient pas prévus avant demain, alors—

Elle gémit en reconnaissant la silhouette de la personne qui se tenait sur le perron, et elle ouvrit brusquement la porte.

— Je croyais qu'on était d'accord que tu ne viendrais pas ici, Wayne.

Le professeur jeta un coup d'œil par-dessus son épaule vers sa voiture garée devant la maison, puis il se retourna vers elle.

— Il faut qu'on parle.

— Pu…

Bethany soupira, recula et lui fit signe d'entrer avant de claquer la porte.

— De quoi ?

— La police est venue me voir.

— Et alors ? Ils sont venus me voir aussi.

Elle le conduisit au salon et se percha sur l'accoudoir du canapé tandis qu'il arpentait la moquette.

Il s'arrêta et passa une main dans ses cheveux mi-longs. Bethany remarqua les traces révélatrices de teinture sur ses tempes, et la déception monta en elle. Elle avait eu des soupçons, mais—

— Qu'est-ce qu'ils t'ont demandé ?

— La même chose qu'à toi, probablement. Si je connaissais quelqu'un qui aurait pu vouloir faire du mal à Jessica, si elle semblait préoccupée par quelque chose ou quelqu'un—

— Tu as parlé de moi ?

— À ton avis ?

— Je n'en sais rien, c'est pour ça que je te le demande.

Ses narines se dilatèrent et, à cet instant, elle se demanda pourquoi diable elle s'était donné la peine de lui courir après.

— Ils voulaient savoir pourquoi je ne leur avais pas parlé de toi lors de notre premier entretien.

— Pourquoi tu ne l'as pas fait ?

— Parce que je ne voulais pas que ta fichue femme l'apprenne, évidemment ! Bon sang.

Elle leva les yeux au ciel.

— J'ai encore mes examens à passer l'année prochaine, et c'est elle qui les corrige, non ? Elle pourrait me pourrir la vie si elle découvrait notre histoire.

— La mienne aussi, dit Wayne, le visage maussade.

— Qu'est-ce qu'ils t'ont demandé ? dit-elle en croisant les bras sur sa poitrine.

Il devint cramoisi.

— Ils voulaient savoir si j'avais une liaison avec Jessica.

Bethany rit, et l'amertume perça dans l'air.

— Aucune chance. Elle avait meilleur goût.

Il s'approcha en tendant les mains.

— Je suis désolé. Viens là.

— Non, dit-elle en fronçant les sourcils et en s'écartant de sa portée. Je te l'ai dit, tu n'aurais pas dû venir ici. Tu dois partir.

— Allez, s'il te plaît.

Il tendit la main et lui saisit le bras.

— Tes colocataires sont absents, non ?

Elle haussa un sourcil et elle arracha son bras de son emprise pour pointer la porte du doigt.

— Sors d'ici.

— Mais...

— Va-t'en !

Il se précipita hors de la pièce et ouvrit brusquement la porte d'entrée.

Elle le suivit et garda sa main sur l'encadrement tandis qu'il s'arrêtait sur le seuil.

— Est-ce que je vais te revoir ? demanda-t-il d'une voix désespérée.

— Bien sûr.

Elle sourit.

— J'ai un cours d'économie d'entreprise vendredi matin à la première heure avec toi, non ?

Son sourire s'estompa lorsque le regard de Wayne se durcit, puis il se retourna et se dirigea à grands pas vers sa voiture.

— Imbécile, dit-elle à voix basse.

Le bruit d'un autre véhicule qui approchait par sa droite attira son attention et elle regarda par-dessus la haie basse de troènes du voisin à temps pour voir une vieille voiture cabossée s'arrêter au bord du trottoir au-delà de leur portail.

Wayne fit rugir le moteur de sa voiture de sport de crise de la quarantaine et il s'éloigna en trombe tandis que le conducteur de la seconde voiture en sortait, et son cœur se serra lorsqu'elle le reconnut.

- Et ça continue… marmonna-t-elle.

Elle croisa les bras sur sa poitrine et ricana tandis qu'il s'approchait d'elle.

— Qu'est-ce que tu veux ?

CHAPITRE 38

Jan moulut une généreuse portion de grains de poivre noir dans la sauce bolognaise et elle jeta un coup d'œil par-dessus son épaule alors que Harry, l'aîné des jumeaux de treize minutes et trois secondes, glissait en chaussettes comme sur un skateboard.

— Tu veux bien arrêter de faire ça pendant que je cuisine ? dit-elle. C'est carrément dangereux.

— Désolé, Maman.

Il s'approcha de la gazinière et regarda dans la casserole.

— Ça sent bon.

— Toi aussi.

Elle embrassa le haut de sa tête et réalisa avec tristesse que dans quelques centimètres de plus, elle ne dominerait plus son fils. Ils grandissaient si vite, tous les deux.

— Est-ce que Luke est sorti de la douche ?

— Je crois.

— Assure-toi qu'il laisse la ventilation en marche pour éliminer la condensation et qu'il ramasse le tapis de bain. Je sers dans cinq minutes.

— Ok.

— Et descends ta tenue de foot pour que je puisse la laver. Les chaussettes aussi cette fois !

Le bruit des pas d'un enfant de neuf ans en train de monter l'escalier en courant parvint à ses oreilles, et elle se demanda pour la énième fois comment un garçon pouvait faire autant de bruit qu'un troupeau d'éléphants.

— Tu as besoin d'aide pour quoi que ce soit ?

Des bras forts l'entourèrent, puis Scott posa son menton sur son épaule.

— Tout est sous contrôle, je pense.

— Un verre de vin ?

— Ce serait parfait.

Jan regarda par-dessus son épaule et elle sourit tandis que son mari depuis quinze ans ouvrait la porte du réfrigérateur et sortait une bouteille de Rioja blanc.

Ses cheveux étaient encore humides de la douche – il avait saisi l'occasion d'en prendre une pendant que les garçons se chamaillaient encore à propos de l'entraînement de football de ce soir et réclamaient à manger comme deux moineaux affamés. Il se déplaçait pieds nus dans la cuisine, heureux de se détendre en t-shirt et jean tandis qu'il prenait des assiettes dans le placard et rassemblait les couverts.

Scott remplit un verre, puis le posa sur le plan de travail à côté d'elle et sourit.

— Je vais mettre la table. Ces deux-là ne seront jamais prêts à temps.

— Tu peux t'assurer que Luke est sorti de la douche pour moi ?

La voix de son mari porta jusqu'en haut des escaliers alors qu'il sortait de la cuisine pour aller dans la salle à manger qui séparait la cuisine du salon.

Elle s'appuya contre le plan de travail et prit une gorgée de vin tandis que l'eau dans la casserole à côté d'elle commençait à frémir.

Elle baissa le feu, consciente qu'il pourrait s'écouler un certain temps avant que les deux garçons ne soient prêts et elle ne voulait pas trop cuire les pâtes. Ses pensées se tournèrent vers l'affaire en cours.

Malgré ce que tout le monde avait dit sur le fait que Jessica était appréciée et peu encline aux ennuis, Jan ne pouvait s'empêcher de se demander s'il n'y avait pas une face cachée de la jeune femme qu'ils n'avaient pas encore découverte.

Le manque d'informations ou d'indices qui pourraient mener aux motivations de son assassin l'inquiétait – dans beaucoup d'affaires de meurtre, il s'avérait que la victime connaissait son agresseur, mais qui, dans le cercle d'amis très uni de Jessica, aurait eu une raison de lui faire du mal ?

Et pourquoi ?

Quelles étaient les circonstances qui avaient amené cette personne à croire qu'il n'y avait pas d'autre solution que de tuer une jeune femme qui avait un bel avenir devant elle ?

Jan soupira, puis elle prit une autre gorgée de vin avant de poser son verre à côté de la planche à découper et de porter son attention sur les casseroles sur la cuisinière.

Un instant plus tard, un effluve de musc et de tout ce qui était mélangé dans le dernier choix de gel douche des garçons émana de l'escalier, et son fils cadet apparut dans l'embrasure de la porte, un paquet de vêtements dans les bras.

— Tu as ramassé le tapis de bain ? demanda-t-elle.

— Oui. Et j'ai laissé la ventilation en marche. Tu veux que je mette ça dans la machine à laver ?

— S'il te plaît. Tu as aussi pris toutes les affaires de ton frère ?

— Ouais.

Elle sourit tandis que Luke s'accroupissait près de la machine à côté de l'évier, enfournait les vêtements à l'intérieur et ajoutait de la lessive avant d'examiner le cadran et de sélectionner le bon programme. Il était peut-être le jumeau de Harry, mais il ne pouvait pas être plus différent en termes de personnalité.

Là où Harry se contentait de semer le chaos au quotidien, Luke était rétrospectif, réfléchi.

— Comment étaient les devoirs ce soir ?

Il haussa les épaules.

— Pas mal, j'suppose. C'était de l'histoire.

— Tu étudies toujours les Romains ?

— Oui. Ils parlent d'une sortie scolaire quand il fera plus chaud. Quelque part dans le Hampshire, dans une villa.

— Ce serait bien. Allez, vas-y. Je vais servir.

Luke sourit et fila, sa voix bientôt audible par-dessus celle de son frère alors qu'ils se chamaillaient sur ce qu'ils allaient regarder à la télévision après le dîner.

Jan baissa le feu, puis elle ferma les yeux quand son téléphone portable se mit à sonner depuis sa position à côté de son sac à main dans le couloir.

Elle s'essuya les mains sur un torchon et elle se précipita pour répondre tandis que Scott passait la tête par la porte du salon.

— Tu veux que je serve ? demanda-t-il.

Elle hocha la tête en voyant le nom de Turpin s'afficher à l'écran.

— On dirait qu'on a besoin de moi. Allô ?

— Désolé, Jan, je me rends compte que tu es probablement en train de dîner avec Scott et les garçons. Dans combien de temps est-ce que tu peux te rendre aux écuries de MacKenzie Adams ?

— Qu'est-ce qui s'est passé ?

— Nigel White a été retrouvé mort.

CHAPITRE 39

Mark fixait d'un air renfrogné la pleine lune qui scintillait à travers un ciel parsemé de nuages, puis il jeta un regard furieux aux activités qui se déroulaient dans le faisceau des phares d'une ambulance et de deux voitures de patrouille.

Une fine bruine créait un brouillard dans l'obscurité au-delà de la lumière qui s'échappait de la porte ouverte du cottage appartenant à MacKenzie Adams, et la scène déjà misérable était transformée en un tableau de désolation et de désespoir.

Sur le côté, dans des voitures de patrouille séparées, Paul Hitchens et Will Brennan étaient assis sur les sièges arrière et donnaient leurs dépositions à des agents de police qui prenaient leur temps pour noter chaque parole prononcée par les deux hommes.

L'entraîneur de chevaux était venu et reparti, sa lèvre supérieure retroussée en direction de Mark lorsqu'il avait informé MacKenzie qu'il ne serait pas autorisé à entrer dans la propriété tant qu'elle n'aurait pas été examinée par l'équipe de la police scientifique et jugée libre d'accès.

Il était parti dans son 4x4 dix minutes auparavant en secouant la tête, et Mark réalisa en relisant la déclaration de l'homme que son comportement bourru ne servait qu'à dissimuler son choc face au décès d'un employé de longue date dont il avait appris à dépendre.

L'un des ambulanciers se détacha du côté du véhicule, contourna l'arrière et claqua les portes avant de retourner au siège du conducteur et de démarrer le moteur.

Mark soupira – Gillian était en retard sans que ce soit de sa faute, et dans ces circonstances, ils avaient choisi d'attendre la médecin légiste du quartier général pour certifier le décès de White, surtout compte tenu de l'enquête policière en cours.

— Quelles sont les chances ? demanda Gillian en s'arrêtant à côté de lui et en retirant un masque en papier de son visage. Que Brennan ait trouvé White, je veux dire.

Mark plissa le nez.

— Tu as fait les papiers ?

— Oui. Ils vont le déplacer dès que Jasper nous donnera son feu vert.

Comme sur commande, le flash lumineux de l'appareil photo d'un photographe se refléta sur les murs du couloir du cottage et aveugla Mark pendant un instant.

Il cligna des yeux pour éclaircir sa vision, puis il se retourna au bruit d'un véhicule en train d'éclabousser le chemin plein de nids-de-poule dans leur direction.

— Ça doit être West, dit-il.

— Je vais te laisser continuer. L'hiver a commencé dur, alors on est plus occupés que d'habitude cette semaine, mais je vais faire de mon mieux pour programmer l'autopsie avant le week-end.

— Merci, Gillian.

Elle murmura un au revoir avant de se diriger vers sa voiture, s'arrêtant au passage pour retirer le reste de ses vêtements de protection et les fourrer dans une poubelle pour déchets biologiques fournie par l'équipe de police scientifique.

Jan leva la main vers la médecin légiste puis elle se précipita vers l'endroit où il se tenait, ses cheveux au vent et une expression harassée sur le visage.

— Tu as dîné ?

Elle secoua la tête.

— On était en train de servir quand tu as appelé.

— Désolé.

— Ce n'est rien. Je ne raterais ça pour rien au monde, pas vrai ?

Sa tentative d'humour n'atteignit pas ses yeux tandis qu'elle scrutait la porte ouverte de la propriété.

— Qu'est-ce qu'on a ?

Mark fit un geste vers les deux jockeys qui étaient maintenant escortés dans une voiture de patrouille.

— Brennan l'a trouvé. Ils étaient tous les deux sur les pistes d'entraînement tard, puis aux écuries en train de ranger avant qu'Adams ne l'envoie ici pour trouver White. Apparemment, il devait participer à une conférence téléphonique avec l'un des propriétaires.

— Ces deux-là vont dormir où ce soir ?

— MacKenzie Adams a dit qu'il y avait des lits de camp rangés dans la cantine en bas dans la cour, alors un des agents en uniforme les conduit là-bas. Ils vont devoir s'en contenter jusqu'à ce qu'on puisse les laisser revenir ici.

— S'ils veulent revenir dormir ici, j'imagine.

Jan indiqua d'un mouvement du menton le technicien de la police scientifique qui sortait du cottage.

— Qu'est-il arrivé à White ?

— Il semble qu'il se soit pendu à la rampe d'escalier.

— Il semble ?

Mark haussa les épaules.

— Il y a une lettre de suicide. On n'en saura pas plus avant que Gillian ait fait l'autopsie. Jasper a été occupé avec son équipe, alors j'attends juste qu'il ait un moment pour nous montrer.

— Et ce moment est arrivé, dit le grand technicien de la police scientifique qui s'approchait d'eux.

Il abaissa son masque et fit un clin d'œil.

— Bonsoir, Jan.

— Tu as l'air bien joyeux, pour quelqu'un qui travaille sur une scène de crime, dit-elle.

— Les heures sup'. Qu'est-ce que je pourrais ne pas aimer ?

Il tendit une feuille de papier qui avait été placée dans un sachet à preuves.

— Nous avons réussi à relever quelques empreintes digitales là-dessus, qu'on va envoyer pour analyse en temps voulu. Gillian a dit quand elle ferait l'autopsie ?

— Dès que possible, répondit Mark.

— Elle pense qu'il ne s'est pas brisé la nuque en tombant. C'est la strangulation qui l'a achevé, dit Jasper en frissonnant. C'est moche quand ça ne se passe pas comme prévu pour eux.

— *Je suis désolé. C'est ma faute si elle est morte*, lut Mark en suivant du doigt les mots griffonnés sur la page.

— Mystère résolu, alors, dit Jasper en retirant complètement son masque.

— Ça a été trouvé sur son corps ?

— Oui, dans la poche arrière droite de son jean, et nous

avons trouvé des notes qu'il avait griffonnées en marge d'un journal à l'étage. Heureusement qu'il a écrit cette lettre de suicide en lettres majuscules, parce que son écriture normale est épouvantable.

— Nous allons envoyer les deux échantillons à notre analyste en graphologie, juste pour être sûrs, dit Jan.

— Ok. On a aussi trouvé une enveloppe de liquide dans sa table de chevet. Quatre cents livres. Vos collègues ont interrogé Brennan et Hitchens à ce sujet, mais ils disent qu'ils ne savent pas d'où vient cet argent. MacKenzie les paie par virement électronique.

— Des empreintes digitales ?

— Envoyées pour analyse. On a terminé ici, et on a tout laissé emballé là où on l'a trouvé avant que ce soit transmis à votre équipe pour être enregistré aux preuves, donc si vous voulez jeter un coup d'œil pendant que je parle aux collègues de la médecin légiste, vous pouvez. Pas besoin de combinaison.

— Merci.

Mark passa la note à Jan.

— Qu'est-ce que tu en penses ?

— Un peu trop commode, tu ne trouves pas ? dit-elle en inclinant la page jusqu'à ce qu'elle capte la lumière de l'ambulance qui passait derrière eux vers le chemin de terre menant à l'écurie. De toute façon, s'il l'a vraiment tuée, quel était son mobile ?

— Viens, allons jeter un coup d'œil.

Il traversa péniblement l'allée pierreuse jusqu'au cottage, puis il se tint à l'écart pendant que deux hommes de la morgue manœuvraient une civière dans le couloir, et il les suivit à l'intérieur.

— Bon Dieu.

Les mots de Jan faisaient écho à ses propres pensées alors qu'il s'arrêtait sur le seuil et contemplait la silhouette brisée de Nigel White suspendue à une bride de cheval en cuir qui avait été attachée autour de la balustrade supérieure.

Les yeux de l'homme sortaient de leurs orbites tandis que sa tête penchait vers son épaule dans un angle contre nature. Des taches sombres couvraient l'intérieur des jambes de son jean, et une puanteur d'urine rance saturait l'espace confiné.

Mark s'écarta lorsque l'un des hommes emprunta l'escalier et commença à desserrer le nœud tandis que son collègue supportait le poids du corps de White. Il fit signe à Jan de le suivre dans le salon.

Une lueur terne émanait du poêle à bois, toute chaleur résiduelle chassée par le froid mordant qui s'infiltrait dans la pièce entre les cadres de fenêtre tordus et déformés et la porte d'entrée.

Il se demanda à quel point il devrait être désespéré de devenir célèbre avant d'accepter de vivre dans des conditions aussi délabrées, puis il se rappela que Hitchens et Brennan avaient quinze ans de moins que lui et étaient plus en forme, et que le cottage était au moins plus chaud que les zones d'entraînement et les hippodromes qu'ils fréquentaient.

Quant à White, il avait semblé résigné à vivre dans cette maison tout le temps qu'il travaillait pour MacKenzie, et il n'avait donné aucune indication lors de leur entretien à l'écurie samedi que ses pensées pourraient se tourner vers le suicide.

— Laquelle était sa chambre ? demanda Jan en passant ses doigts sur le dossier du fauteuil, sa lèvre supérieure se retroussant avant qu'elle n'essuie sa main sur l'arrière de son pantalon.

— La plus grande à l'arrière, selon Will.

Mark haussa les sourcils en entendant un bruit sourd en provenance du couloir.

— On dirait qu'on va pouvoir y jeter un coup d'œil maintenant.

Il détourna son regard des deux hommes qui manipulaient le corps de White pour le placer dans un sac de protection au milieu du couloir, et il monta les escaliers en gardant les mains dans ses poches tandis qu'il observait la poudre sombre qui recouvrait la rampe, preuve du passage de Jasper et de ses collègues dans le cottage.

Il passa la première porte et lança par-dessus son épaule :

— C'est celle de Brennan. La chambre de Hitchens est derrière nous, à côté de la salle de bain. Celle-ci est celle de White, d'après leurs déclarations.

En poussant la porte, il prit un moment avant d'entrer dans la chambre, laissant son regard parcourir l'espace spartiate.

Un lit simple défait occupait toute la longueur du mur du fond, une couette verte rejetée sur le côté exposant un drap et un oreiller froissés. À côté, une lampe était posée sur une petite table carrée en bois près de laquelle se trouvait un livre de poche aux pages cornées, avec un marque-page glissé au quart du volume. Un cendrier débordant était perché sur le bord le plus proche du lit, quatre mégots recroquevillés parmi la poussière grisâtre.

À gauche de l'endroit où il se tenait, une armoire en bois vacillait de façon instable sur le plancher inégal, et l'une des doubles portes ouverte révélait une sélection de vêtements qui pendaient à des cintres en plastique bon marché.

— Quelque chose ? demanda Jan par-dessus son épaule.

Il entra et lui fit signe de le suivre.

— Jasper a déjà transmis un ordinateur portable aux

agents en uniforme en bas pour le mettre aux scellés. Ils l'ont trouvé sous le matelas.

— Drôle d'endroit pour garder un ordinateur. Et un téléphone portable ?

— Rien pour l'instant.

— On aurait pensé qu'il l'aurait eu dans la poche de son jean, ou au moins qu'il l'aurait laissé traîner ici.

Le front de Jan se plissa tandis qu'elle s'approchait de l'armoire et regardait à l'intérieur.

— Ils ont essayé d'accéder à l'ordinateur portable ?

— Pas besoin, il était déjà allumé quand ils l'ont trouvé, juste en mode veille. Pas de mot de passe nécessaire.

Elle s'interrompit dans son examen des vêtements de White.

— Quel genre d'homme met son ordinateur portable sous le matelas s'il est toujours allumé ? Je comprends du point de vue de la sécurité s'il ne voulait pas que les deux autres l'utilisent, mais—

— Exactement ce que je pensais.

— Qu'est-ce qu'il y avait dessus ?

— Les applications habituelles qui viennent avec un ordinateur portable neuf de nos jours. Il l'avait laissé ouvert sur un site de conseils pour le poker.

— Joueur de cartes ?

— Oui.

Jan s'arrêta près de la table de chevet, puis elle se tourna vers lui, son expression sérieuse.

— Peut-être qu'il cachait l'ordinateur parce qu'il a été interrompu. Peut-être que celui qui l'a interrompu n'était pas censé connaître son penchant pour les jeux d'argent.

— Ce n'étaient que des conseils pour le poker. Ça ne fait pas de lui un joueur en tant que tel.

— Non, mais si quelqu'un comme MacKenzie Adams avait vu ça, il aurait pensé au pire, non ? La dernière chose qu'un entraîneur de chevaux de course voudrait, c'est un membre du personnel avec un problème de jeu. Qui sait où cela pourrait mener ?

Mark grogna à voix basse, concédant le point.

— Un mobile ?

Elle secoua la tête.

— Je ne sais pas. Ça semble extrême, non ?

— Et si c'était le cas, quel est le lien avec Jessica ? Elle venait juste de commencer à travailler pour Adams, selon tous ceux à qui nous avons parlé.

— Il était un peu méprisant envers elle, n'est-ce pas ? White, je veux dire.

— J'ai eu l'impression quand nous lui avons parlé qu'il la considérait comme un fardeau, pas comme une menace.

Jan souffla et leva les mains.

— Eh bien, je ne sais pas alors.

Mark réprima sa frustration face à ce revirement de situation et il prit les devants pour sortir de la pièce et redescendre les escaliers jusqu'au hall où le regard froid et laiteux de Nigel White le fixait depuis la housse mortuaire avant qu'elle ne soit fermée par la fermeture éclair.

Il avait le sentiment qu'il faudrait un certain temps avant qu'il n'oublie le regard accusateur du défunt.

CHAPITRE 40

Douché, habillé et en train de lutter contre la fatigue après seulement six heures de sommeil depuis son départ des écuries de MacKenzie Adams aux premières heures, Mark entra en trébuchant dans la salle des opérations au moment où le briefing matinal programmé allait commencer.

Jan leva une tasse de café en guise de salut tandis qu'il jetait son sac à dos sous son bureau et réprimait un bâillement, avant qu'elle ne décroche le téléphone de son bureau pour rediriger un appel vers une autre équipe d'enquête.

Elle reposa le téléphone et claqua des doigts vers lui alors qu'il commençait à se connecter.

— Ne t'installe pas trop confortablement, le chef veut qu'on sorte immédiatement pour interroger Adams. Caroline et Alex sont déjà en route pour réinterroger Brennan et Hitchens quand ils reviendront de l'entraînement des chevaux ce matin.

— Et le briefing ?

— Il dit qu'il le fera à notre retour.

— D'accord. Je suis prêt quand tu l'es.

En réponse, elle repoussa sa chaise et brandit un jeu de clés de voiture.

— Mieux vaut te prendre un café en chemin. Je vais m'arrêter à la station-service en bas de la route.

Quinze minutes plus tard, un peu moins groggy et un gobelet fumant en main avec le genre de café que seul un homme désespéré boirait, Mark plissait les yeux contre la lumière vive du soleil qui traversait le pare-brise tandis que Jan conduisait la voiture hors de l'étalement urbain vers les Berkshire Downs.

— D'autres réflexions sur Nigel White ? demanda-t-il.

— Oui, d'où les cernes sous mes yeux ce matin. Je ne le vois toujours pas comme une menace pour Jessica, mais jusqu'à ce que l'expert en graphologie émette des doutes, ou que nous recevions des preuves du contraire, quelle option est-ce que sa mort nous laisse sinon d'accepter qu'il est coupable de l'avoir tuée ?

— Je veux aussi en être sûr, répondit-il en grimaçant au goût café.

Il jura de jeter le reste dans la première poubelle.

— J'ai été surpris par la réaction d'Adams hier soir. Comparé à sa façon d'agir quand Jessica a été retrouvée sur les pistes d'entraînement la semaine dernière, il semblait sincèrement choqué par la mort de White.

— Tu penses que l'argent venait d'où ?

— Aucune idée. Espérons que les résultats des empreintes digitales nous diront quelque chose.

Jan fit passer la voiture par le portail ouvert et dans la cour de l'entraîneur de chevaux quelques minutes plus tard, et elle se gara à côté d'un véhicule blanc cassé que Mark reconnaissait du parc automobile du commissariat.

Sur la droite, plus près du bloc d'écurie, une camionnette rouge vif arborant la livrée d'un maréchal-ferrant local avait été garée de façon désordonnée à côté de deux palefreniers qui observaient l'arrivée des détectives avec intérêt.

Alex McClellan sortit du bâtiment bas utilisé comme cantine et il leva la main en signe de salut tandis qu'ils marchaient vers la ferme.

— Comment ça se passe ? demanda Mark en s'arrêtant à la porte d'entrée.

— On venait juste de terminer les entretiens quand vous êtes arrivés. Je pensais que vous devriez savoir, Adams est d'une humeur exécrable ce matin.

— Je suppose que trop de publicité peut être une mauvaise chose, répondit Jan avec une pointe de satisfaction dans la voix. Pauvre petit.

— Qu'est-ce que les deux jockeys avaient à dire ? demanda Mark.

— Ils ont tous les deux réaffirmé leurs déclarations prises hier soir par les agents en uniforme, répondit Alex. Ils étaient dehors jusqu'en fin d'après-midi pour faire travailler des chevaux qui vont courir ce jeudi. Il semble que Brennan va monter en course mardi prochain pour Adams.

Il haussa les épaules.

— Enfin bon, ils sont restés ici dans la cour jusqu'à presque six heures, à polir les harnais et tout ça. Adams est venu les trouver, et il leur a demandé si l'un d'eux avait vu White dans les parages parce qu'il était en retard pour une conférence téléphonique avec un propriétaire. Quand ils ont dit non, Adams a demandé à Brennan d'aller au cottage pour le chercher. Une fois là-bas, il a téléphoné à la ferme pour lui dire qu'il avait trouvé White pendu à la balustrade de l'escalier.

— Attends, dit Jan. Il a dit qu'il avait d'abord appelé la ferme ? Pourquoi est-ce qu'il n'a pas composé le numéro d'urgence ?

— Il nous a dit qu'il avait bien vu qu'il ne pouvait plus rien faire pour White, et qu'il a paniqué, expliqua Alex. C'est Adams qui a appelé les secours. Caroline a reçu une copie de l'enregistrement par mail sur son téléphone pendant que je terminais l'entretien avec Hitchens.

— Où est Adams maintenant ? demanda Mark.

Alex pointa du doigt par-dessus son épaule.

— Nous l'avons laissé dans son bureau. Il a dit qu'il était occupé, mais que vous devriez y aller directement quand vous arriveriez.

— D'accord, merci. On se voit plus tard.

Mark perçut la réticence de l'entraîneur de chevaux à parler quand il entra dans son bureau et il attendit près de la porte d'être invité à approcher.

Adams tournait le dos à la pièce, les mains jointes derrière lui, et il regardait fixement la rangée d'écuries et la cour animée où le maréchal-ferrant local ferrait les chevaux. Ses épaules se soulevèrent alors qu'un long soupir s'échappait de ses lèvres, puis il jeta un coup d'œil par-dessus son épaule.

— Je connais White depuis plus de dix ans, dit-il. Je n'aurais jamais imaginé qu'il puisse être un meurtrier.

— Est-ce que cela vous dérange si nous discutons un moment ? demanda Mark. J'aimerais vous poser quelques questions dans le cadre de notre enquête en cours.

— Sur le suicide de Nigel, ou sur la mort de la fille ?

— Les deux.

Adams montra les deux sièges en face de son bureau, puis il se laissa tomber dans son fauteuil en cuir et il tint sa tête entre ses mains un moment.

— Quel cauchemar.

Mark ne dit rien et il attendit que Jan sorte son carnet de son sac à main, puis croise les jambes alors qu'elle s'installait pour la conversation à venir.

— C'était un jockey brillant, vous savez, finit par dire Adams.

Il releva la tête, un léger sourire sur son visage.

— Et c'était l'un des rares à comprendre l'aspect commercial des choses.

— C'est pour ça qu'il a fini par travailler pour vous ?

— Oui. J'ai expliqué ça au policier quand ils ont pris ma déposition hier soir. Il a fait une mauvaise chute il y a quelques années et il ne pouvait plus risquer de courir de peur de se briser la colonne vertébrale. L'avoir ici dans l'écurie était une progression naturelle, pour nous deux.

Adams secoua la tête et son sourire s'estompa.

— C'était l'une des rares personnes en qui j'avais confiance.

— Comment était sa relation avec Jessica Marley ?

— Il n'y avait pas de relation à ma connaissance. Jessica a commencé à travailler ici il y a seulement trois, quatre semaines maintenant, et c'est Nigel qui lui donnait des tâches à faire dans la cour. J'ai compris qu'elle cherchait juste un peu d'expérience professionnelle à mettre sur son CV, et elle ne s'attendait pas à être beaucoup payée, donc ça nous convenait bien à tous les deux.

— Est-ce que vous avez connaissance d'altercations entre eux ?

— Non, mais j'ai laissé la gestion quotidienne de l'écurie à Nigel. Je n'ai certainement pas entendu parler de disputes, et elle n'est jamais venue se plaindre de lui auprès de moi.

J'aurais été surpris si elle l'avait fait. Comme je l'ai dit, je le connaissais depuis des années et j'avais confiance en lui.

— Que s'est-il passé hier ? demanda Mark. Est-ce qu'il a travaillé ici dans la cour tout l'après-midi ?

— Jusqu'à quinze heures, oui. Puis il est venu ici, il avait l'air préoccupé et il a dit qu'il devait filer en vitesse au cottage. Je lui ai dit que ce n'était pas un problème et que je le verrais plus tard pour une conférence téléphonique avec l'un des propriétaires.

— Qu'a-t-il dit sur la raison de son départ ?

— Je crois qu'il a dit avoir oublié quelque chose. J'étais en plein travail, donc je n'ai pas vraiment écouté ce qu'il disait.

— À quel moment avez-vous pensé que quelque chose n'allait pas ?

— J'étais occupé avec la paperasse, la moitié de mon temps est consacrée à remplir des formulaires pour l'autorité britannique des courses hippiques et différents hippodromes, donc je n'ai pas regardé ma montre à nouveau avant d'entendre les chevaux revenir dans la cour après la séance d'entraînement.

— Il était quelle heure ?

— Juste après dix-sept heures. Cette route là-bas se transforme en circuit de course avec l'heure de pointe à partir de dix-sept heures quinze, et j'aime savoir qu'ils sont tous rentrés en sécurité avant ça.

— Continuez.

— Je me suis rendu compte à ce moment-là que je n'avais pas vu White dans la cour. Avec cette fenêtre qui donne sur les écuries, j'ai une bonne vue sur tout ce qui se passe dehors, et j'essaie de détourner les yeux de l'écran d'ordinateur toutes les vingt minutes. Mon opticien me dit que c'est censé aider contre la fatigue oculaire.

Sa bouche se tordit à ce souvenir.

— J'ai fait un tour dans le couloir et j'ai appelé Brennan, mais il n'avait pas vu Nigel non plus sur les pistes, alors je lui ai dit d'aller au cottage pour s'assurer qu'il allait bien. La minute d'après, mon téléphone sonne et c'est Brennan qui me dit qu'il a trouvé Nigel... et qu'il était mort.

Adams frissonna et son visage pâlit à ce souvenir.

— Pourquoi Will vous a-t-il téléphoné, et pas à la police, ou à une ambulance ?

— Je ne sais pas. Parce que je suis son patron, je suppose. Quoi qu'il en soit, j'ai composé le numéro d'urgence, j'ai expliqué à vos collègues ce qui s'était passé, puis j'ai conduit jusqu'au cottage avec Paul. Nous avons trouvé Brennan assis sur la dernière marche de l'escalier, le regard perdu dans le vide.

— Est-ce que l'un de vous a touché à quelque chose ?

— Non, j'ai vu assez de séries policières.

— Est-ce que l'un de vous a emporté quelque chose de la propriété ?

— J'ai dit à Brennan de prendre des vêtements de rechange pour lui et Hitchens, et je leur ai dit qu'ils pouvaient utiliser les lits superposés de la cantine ici. Je me suis dit que vous ne voudriez pas qu'ils restent dans le cottage hier soir. De toute façon, je n'imaginais pas qu'ils veuillent y rester.

— Et vous dites que vous n'avez rien emporté d'autre que leurs vêtements ?

— C'est exact.

Adams lui lança un regard noir.

— Qu'est-ce que vous insinuez, détective Turpin ?

Mark sourit.

— Rien du tout, monsieur Adams. Je voulais juste m'assurer que j'avais bien compris.

CHAPITRE 41

Un épais nuage de frustration flottait dans l'air tandis qu'Ewan Kennedy s'avançait vers le devant de la salle des opérations pour faire face à son équipe d'enquêteurs.

Des papiers étaient éparpillés sur les bureaux, des rapports ouverts aux pages cornées et froissées à force d'être manipulées, et les téléphones clignotaient pour signaler que des messages attendaient.

La fatigue s'installait, tout comme la prise de conscience que dix jours s'étaient écoulés depuis la découverte du corps de Jessica Marley sur les pistes d'entraînement, et ils n'avaient pas avancé dans leur travail malgré la lettre de suicide de Nigel White.

Jusqu'à ce que l'expert en graphologie confirme que les mots appartenaient bien au palefrenier de MacKenzie Adams, Jan devinait que son inspecteur principal serait réticent à considérer l'affaire comme classée ou à assigner son équipe à d'autres tâches.

— Bien, tout le monde, lança Kennedy d'une voix qui porta à travers le groupe d'officiers assemblés. Alex, j'ai entendu dire que vous aviez enfin réussi à interroger les deux chauffeurs de bus ?

— Oui, chef.

— Venez ici et faites-nous un compte rendu.

Mark posa sa tasse de café et il se déplaça pour avoir une meilleure vue d'Alex et pouvoir entendre ce que l'enquêteur allait dire.

Alex s'éclaircit la gorge en rejoignant l'inspecteur principal.

— Tout le monde m'entend au fond ? Bien. Alors, nous avons obtenu deux noms de la compagnie de bus et, grâce au travail de Tom qui a fait le suivi, ils ont pu venir ici pour un entretien avec leur représentant syndical hier en fin d'après-midi. Leonard Smith conduisait le dernier bus entre ici et Harton Wick lundi soir, celui qui passe à l'endroit où nous savons maintenant que le lampadaire a été cassé. Il dit n'avoir vu personne dans les environs à ce moment-là, et qu'il a déposé son dernier passager à vingt-trois heures cinquante-cinq au carrefour de la route principale avant de tourner vers le village. Nous avons examiné les images de vidéosurveillance de son véhicule et nous pouvons confirmer que la lumière fonctionnait quand Leonard est passé.

Alex feuilleta les notes qu'il tenait en main.

— Le second chauffeur était Michael Brockman. Il conduisait le dernier bus dans l'autre sens à travers Hazelthorpe. Il a croisé le bus de Smith à Hazelthorpe à minuit dix et il est arrivé à Harton Wick à minuit vingt-cinq, selon les images de vidéosurveillance de son bus. Il déclare avoir dû mettre ses phares en plein feux parce qu'un des lampadaires était éteint.

La salle des opérations explosa en une cacophonie de voix, et Turpin se pencha pour attirer l'attention de Jan. Elle leva le pouce, puis se retourna vers Kennedy, qui leva les mains.

— Calmez-vous, tout le monde. Merci, Alex. Autre chose du second chauffeur, Michael Brockman ?

Alex secoua la tête.

— Nous avons transmis l'enregistrement de vidéosurveillance à la police scientifique numérique, chef, mais c'est assez granuleux. Nous l'avons tous regardé, mais nous n'avons pu voir personne garé près du lampadaire quand le bus est passé et il n'y avait personne qui rôdait autour du pub ou plus haut dans la ruelle. Je suppose que celui qui a cassé la lumière s'est caché quelque part à proximité.

Kennedy se gratta la mâchoire.

— Ce qui signifie toujours que d'une manière ou d'une autre, ils ont dû contraindre Jessica à les suivre jusqu'à leur véhicule, où qu'il soit garé.

— Ou la porter, suggéra Turpin.

— Qu'en est-il des éclaboussures de sang trouvées sur ces pierres à proximité ? Nous avons une correspondance ?

— Oui, chef, répondit Alex. Le labo confirme que c'est bien le sang de Jessica.

— Nous avons laissé tourner l'enregistrement de la caméra de surveillance pour le reste du trajet le long de la ruelle jusqu'au carrefour et sur quelques kilomètres après, ajouta Caroline. Mais il n'y avait aucun véhicule abandonné en évidence. Nous avons noté tous les véhicules que le bus a croisés, et ils appartiennent tous à des résidents qui vivent le long de cette portion de route. Au-delà du carrefour où se trouve la route principale, je ne pense pas que le meurtrier de Jessica aurait pu la transporter. C'est trop loin et trop risqué.

— Chef ? Noah et Sonia Collins nous ont dit que Jessica avait quitté le Farriers Arms à vingt-trois heures trente, dit

Jan. Alors, où est-elle allée après ? Je veux dire, si nous supposons que son meurtrier a cassé le réverbère entre vingt-trois heures cinquante-cinq et minuit vingt-cinq pour se dissimuler, où était Jessica pendant ce temps-là ?

Une série de murmures parcourut la salle des opérations, puis Wilcox éleva la voix.

— Si nous contactons son opérateur téléphonique, nous pourrions localiser son numéro et voir où se trouvait son téléphone à ce moment-là, proposa-t-il. S'il était allumé, nous pourrions peut-être réduire la zone de recherche.

—Vérifiez aussi auprès de Noah Collins, dit Kennedy. Demandez-lui si lui ou Sonia ont vu quelqu'un parler à Jessica à l'extérieur du pub après son départ, ou s'ils ont entendu des véhicules tourner au ralenti à proximité.

— Je m'en occupe, chef.

— Ensuite, que diable se passe-t-il dans ces écuries ? Turpin, à vous.

— Oui, chef.

L'inspecteur s'avança devant la salle puis fit face à ses collègues, une expression de consternation sur son visage.

— Nous avons parlé avec Adams, qui a confirmé que c'est Brennan qui a découvert le corps de White et qui l'a appelé depuis le cottage. Adams s'y est rendu en voiture avec Paul Hitchens après avoir composé le numéro d'urgence, et il a dit à Brennan de prendre des vêtements de rechange pour eux deux. Il affirme que rien d'autre n'a été touché.

— Mais Adams ne pouvait pas savoir avec certitude ce que faisait Will Brennan entre son départ des écuries pour aller chercher White et son arrivée avec Hitchens, remarqua Kennedy. Combien de temps est-ce que Brennan est resté seul ?

— Adams a estimé environ quinze minutes, répondit

Turpin. Il faut seulement cinq minutes en voiture pour aller du centre équestre au cottage. Si on compte cinq minutes pour y arriver, découvrir White et téléphoner à Adams, qui a ensuite signalé l'incident avant de s'y rendre lui-même, le timing correspond.

— Alex, qu'est-ce que Brennan vous a dit ? demanda Kennedy.

— La même chose qu'il a racontée aux officiers qui l'ont interrogé hier soir, répondit l'enquêteur. Il n'a pas dévié de sa déclaration initiale. Quand nous lui avons demandé s'il avait retiré quelque chose du cottage, spécifiquement de la chambre de White, il a dit que non, et qu'il n'était monté à l'étage qu'après l'arrivée d'Adams qui lui avait dit d'aller chercher des vêtements de rechange. Il a dit que quand il est arrivé, la porte d'entrée n'était pas verrouillée, et il a confirmé que ce n'était pas inhabituel si l'un d'entre eux était à la maison, et qu'il était trop choqué pour faire quoi que ce soit d'autre qu'appeler Adams quand il a découvert le corps.

— Est-ce que quelqu'un a d'autres preuves que la lettre de suicide qui suggère que White a tué Jessica ?

Un murmure de réponses négatives parcourut la salle.

— Et concernant le mobile ? Des idées ?

Kennedy arpentait le sol devant le tableau blanc tandis qu'Alex retournait à son bureau, les mains sur les hanches, à attendre que quelqu'un l'éclaire.

Jan retint sa respiration. Kennedy était un bon chef, mais l'impatience face au manque de progrès se manifestait dans la façon dont ses épaules se raidissaient au son du silence et à la connaissance que ses officiers ne pouvaient rien faire de plus avec les informations dont ils disposaient jusqu'à présent. D'après son expérience, il valait mieux se taire que d'hasarder une hypothèse non fondée.

— Bon, si nous n'avons pas d'idées sur le mobile, pourquoi maintenant ? finit par dire Kennedy. Jessica a été tuée il y a plus d'une semaine, alors pourquoi White s'est-il suicidé maintenant ? Pourquoi pas la semaine dernière ?

— Peut-être qu'il pensait s'en être tiré, chef, suggéra Caroline. Peut-être que, jusqu'à récemment, il n'avait rien à craindre. Quelqu'un aurait pu lui dire quelque chose qui l'a fait paniquer.

— Adams a effectivement dit, quand nous lui avons parlé hier, que White lui avait indiqué qu'il devait retourner au cottage. Il a précisé qu'il avait l'air inquiet, dit Turpin.

— À propos de quoi ? demanda Kennedy.

— Il ne savait pas, répondit Jan. Il était apparemment submergé de paperasse et ne prêtait pas beaucoup attention à la conversation. Il a simplement rappelé à White qu'ils avaient plus tard une conférence téléphonique avec un propriétaire. C'est lorsqu'il ne s'est pas présenté pour cet appel qu'Adams a envoyé Brennan le chercher.

— L'ordinateur portable que l'équipe de Jasper a trouvé sous le matelas de White, dit Turpin. Il n'était pas éteint, il était simplement en veille. Et s'il l'utilisait lorsqu'il est retourné au cottage, et qu'il a été interrompu ? Peut-être un coup à la porte, ou un bruit au rez-de-chaussée. La façon dont il a été fourré sous le matelas suggère qu'il l'a caché précipitamment, plutôt que de le mettre simplement à l'abri d'un éventuel cambrioleur qui pourrait monter au cottage pendant qu'ils étaient tous au travail.

— Et alors ? réagit Kennedy.

— Nous nous demandions s'il ne l'aurait pas caché à quelqu'un comme Brennan ou Adams, quelqu'un des écuries à qui il ne voulait pas révéler qu'il s'était rendu sur les sites de jeux qui étaient restés ouverts.

Kennedy se tourna vers Alex, qui était assis à son bureau avec l'ordinateur portable de White ouvert à côté de lui.

— Vous avez réussi à accéder à son compte sur ce site de jeux ?

— Oui, chef.

L'enquêteur tourna l'ordinateur vers le DI qui traversait la pièce pour le rejoindre.

Sa curiosité piquée, Jan rejoignit Alex en même temps que Turpin.

— Qu'est-ce que vous avez trouvé jusqu'à présent ? demanda Kennedy en posant une main sur le bureau pour scruter l'écran.

— C'est le genre de site où vous avez l'option d'enregistrer les détails de votre carte de crédit ou d'acheter du crédit à dépenser selon vos besoins, expliqua Alex. White semble avoir préféré la première méthode, donc une fois que nous aurons accès à ses relevés bancaires, je ferai une vérification croisée avec ce compte.

— Est-ce qu'il était débordé par les remboursements ? demanda Turpin.

— Non, répondit Alex. C'est bien ça le mystère. Il n'avait aucun retard de paiement. En fait, il payait quelques centaines de livres d'avance toutes les semaines environ, et il ne dépensait pas plus que ça. Il gérait bien son budget, mais il n'était pas un bon joueur.

Jan s'approcha et examina l'écran.

— Bon sang. MacKenzie Adams ne peut pas le payer autant pour travailler pour lui, si ? Comment est-ce qu'il peut se permettre ce genre d'habitude ?

— Très bonne question, répondit Alex. Ce n'est pas une habitude. Vous voyez là ses dépenses totales des douze derniers mois. J'ai examiné ce que White faisait sur ces sites de jeux, et on dirait qu'il ne jouait pas vraiment du tout, le modèle de dépenses est trop sporadique.

— Eh bien, qu'est-ce qu'il faisait alors ? demanda Turpin.

Alex repoussa l'ordinateur portable et il fit pivoter sa chaise pour leur faire face.

— On dirait presque qu'il faisait des recherches.

CHAPITRE 42

Mark enfila un polo bleu marine par-dessus sa tête, puis il se figea.

Un aboiement sec de Hamish confirma ses soupçons – la sonnette avait retenti.

Il passa une main dans ses cheveux mouillés, se regarda dans le miroir au-dessus du lavabo et il soupira.

— Ça va devoir faire l'affaire.

Le cœur battant, il attacha sa ceinture de ses doigts tremblants tout en se précipitant dans l'escalier alors que la vapeur de la salle de bain poursuivait ses pieds nus.

Il se força à respirer et maîtrisa une soudaine bouffée de nervosité, puis il laissa échapper un rire étranglé.

— Je suis pire qu'un foutu adolescent.

Mark ouvrit la porte, laissant entrer un vent froid qui mordilla ses orteils.

— Je suis vraiment désolée, je suis en avance, dit Lucy, le front plissé.

— Non, pas du tout. C'est moi qui suis encore en retard, dit Mark. Entre donc.

— Tiens, du vin, comme promis.

— Merci.

Il ferma la porte derrière elle, posa le sac avec la bouteille sur une petite table près de l'escalier à côté de ses clés de voiture, puis il l'aida à enlever son manteau.

— Et je suis désolé de n'avoir pas pu venir te chercher. C'est un de ces jours, tu sais.

— Ce n'est pas grave, je ne—

Hamish bondit du salon, tel un paquet de joie recouvert de fourrure. Ses pattes griffèrent le jean de Lucy, et elle écarta ses longues boucles de son visage tout en faisant semblant de le repousser de son autre main.

— Gentil toutou, dit-elle.

— Gentil toutou, mais descends, dit Mark. Allez, Hamish. Ça suffit.

Le chien remua la queue, fit un cercle autour des talons de Lucy, puis il trottina le long du couloir jusqu'à la cuisine, la queue en l'air.

Mark rit.

— Je suis sûr que s'il avait des pouces, il nous ouvrirait des bières en ce moment même.

— On ferait mieux d'aller vérifier qu'il n'est pas en train de le faire, dit Lucy. Oh, tiens, c'est tardif, mais je me suis rappelée que je ne t'avais pas offert de cadeau de pendaison de crémaillère.

Elle plongea la main dans un sac en toile et en sortit un rectangle enveloppé de papier de soie.

Mark le tourna entre ses mains.

— Tu n'étais pas obligée, merci.

— Tu ne sais pas encore ce que c'est.

Elle sourit.

— Ouvre-le, vas-y.

Porté par son enthousiasme, il déchira l'emballage pour découvrir un dessin au fusain qu'elle avait fait de la vieille péniche qu'il avait louée pendant l'été, avec un Hamish miniature en train de gambader sur le chemin de halage à côté. Elle avait fabriqué le cadre avec du bois flotté, et tandis que Mark passait son pouce sur la surface irrégulière en effleurant les tourbillons du bois, il cligna des yeux.

— C'est magnifique, merci.

— Je me suis dit que ça serait un joli souvenir d'un nouveau départ, dit-elle.

— C'est vrai.

Mark déglutit. La gentillesse et l'intuition de Lucy étaient des qualités qu'il avait appréciées quand ils étaient amarrés l'un à côté de l'autre sur la rivière, et il réalisa à quel point cet endroit lui manquait.

— Alors, tu vas me faire visiter ? dit-elle en souriant.

Il ricana.

— Ça ne va pas prendre longtemps.

— Tu parles à quelqu'un qui vit toujours sur un bateau, monsieur. N'oublie pas.

Il rit, avant de la conduire à l'étage. Il se précipita en avant, ferma la porte de la salle de bain, puis il se tourna vers elle sur le palier.

— Tu as raison, tu es arrivée tôt. N'entre pas là-dedans.

Elle rit, un joli son qui le fit sourire tandis qu'il la frôlait et désignait la chambre principale.

— Je dors là, et j'utilise l'une des chambres d'amis comme débarras pour l'instant, jusqu'à ce que je décide quoi faire de toutes mes affaires. J'utilise cette chambre du milieu comme une sorte de bureau.

Il se pencha pour allumer une lampe de bureau, puis s'écarta pour la laisser passer.

Deux bibliothèques bien remplies longeaient le mur à droite de la porte, et il avait installé son bureau et un classeur à deux tiroirs à gauche, de sorte que sa chaise soit face au palier. Un panier pour chien, écrasé et bien utilisé, occupait l'espace au sol à côté du radiateur.

Mark posa le dessin encadré à côté de son ordinateur portable.

— C'est sympa. On sent que tu passes beaucoup de temps ici.

— Probablement plus que je ne le devrais.

Son front se plissa quand elle vit la photo d'Anna et Louise à côté de la lampe de bureau.

— J'étais désolée d'apprendre ton divorce. Merci de me l'avoir dit.

Il haussa les épaules.

— Avec le recul, je pense que c'était inévitable. On a fait de notre mieux.

Lucy s'approcha de la fenêtre et regarda dehors.

Le crépuscule s'installait sur le paysage au-delà du jardin, une teinte violette et bleue qui planait au-dessus des arbres, le ciel du soir animé de nuages qui filaient vers l'horizon.

— Si tu te mets sur la pointe des pieds, tu pourras voir la rivière entre les arbres, dit Mark.

Lucy fit comme il lui avait suggéré, les sourcils levés.

— Oh, oui.

Il s'approcha, le cœur palpitant alors qu'il respirait son parfum.

— Je peux voir ton bateau d'ici.

— Vraiment ?

— Presque. Par là, un peu vers la droite. Tu le vois ?

— Je crois.

Elle se retourna, prit sa main et l'embrassa.

— Je dormirai mieux la nuit en sachant que tu veilles sur moi.

— Tant mieux.

Il sourit.

— Tu as faim ?

— Je meurs de faim.

Lucy s'assit à la table et régala Mark avec les nouvelles de sa dernière exposition d'art pendant qu'il servait de généreuses portions du rôti qu'il préparait depuis son retour du travail. Il appréciait cette occasion de cuisiner quelque chose de plus substantiel que les repas pour une personne dont il s'était contenté jusqu'alors, et la conversation détendue de Lucy l'aidait à évacuer le stress de l'enquête en cours.

Plus tard, alors qu'elle posait ses couverts et prenait son verre de vin, Lucy lui sourit par-dessus le bord de son verre.

— C'était fantastique, merci.

— Je t'en prie. Je suis content que ça t'ait plu. Je me suis dit que tu serais peut-être occupée avec ton exposition en ce moment, alors j'en ai fait plus pour que tu puisses en emporter chez toi.

— Vraiment ?

— C'est pour ça qu'il y a ces deux boîtes vides près de l'évier.

Des fossettes creusèrent ses joues.

— Je pensais qu'elles étaient là parce que tu ne cuisinais que pour les occasions spéciales.

— Aussi, oui.

Ils rirent, puis Lucy reposa son verre de vin et fit tourner le pied entre ses doigts.

— Qu'est-ce que tu veux dans la vie, Mark ?

— Pardon ?

Elle soupira.

— Je veux dire, le divorce et tout ça. Est-ce que ça signifie que tu vas rester ? Ici dans le Val ?

Il recula sa chaise, prit la bouteille de vin sur le plan de travail et revint vers elle. Il remplit son verre avant de poser la bouteille sur la table.

— Ça veut dire que je reste.

— Je suis contente de l'entendre.

— Moi aussi.

— Ta voix commence à s'améliorer. Elle est moins rauque.

— Ça revient petit à petit.

Elle tendit la main vers la sienne.

— Je m'inquiétais que ça te fasse mal, chaque fois que tu parlais quand on s'est rencontrés.

Mark haussa les épaules.

— Parfois. Mais c'est plutôt comme un mal de gorge très douloureux. Et seulement quand je suis fatigué.

— L'affaire est passée au tribunal ?

— À propos de la saisie de drogue ? Pas encore.

— Je suppose que ces choses prennent du temps, non ? Je veux dire, si—

Un gémissement bruyant sous la table l'interrompit, et un instant plus tard, deux yeux marron apparurent sous une frange hirsute à côté de Mark.

— Hamish s'adapte bien ?

— Mieux que je ne le pensais. Je me demandais s'il regretterait la liberté qu'il avait en vivant à la dure sur le chemin de halage, mais il semble heureux de l'avoir laissée derrière lui.

— Peut-être qu'il est plus âgé qu'on ne le pensait.

J'imagine qu'il va passer un meilleur hiver en vivant ici avec toi.

— Il a dormi dehors l'hiver dernier ?

Lucy lui serra la main et prit son verre de vin tandis que Mark commençait à débarrasser les assiettes.

— Je ne sais pas. J'espère que non. Il n'a pas dormi chez moi, mais il n'a jamais semblé avoir perdu du poids. Quelques matins, il est arrivé avec un peu de givre dans sa fourrure, mais j'ai mis ça sur le compte de ses sorties matinales.

Mark baissa les yeux vers le chien qui levait maintenant une patte, une oreille dressée, l'autre aplatie.

— Je pense qu'il a su qu'il tenait le bon filon quand je suis arrivé.

Il détacha un petit morceau de viande qui adhérait à un os restant et le tendit à Hamish.

Le chien n'hésita pas et lécha les doigts de Mark avant de retourner en courant vers Lucy.

Elle rit.

— Petit profiteur. Certaines choses ne changent pas, n'est-ce pas ?

CHAPITRE 43

Le lendemain matin, Jan déposa ses jumeaux à leur école primaire dans les quartiers verdoyants du nord de la ville avec des instructions claires : attendre dans la cour après la dernière leçon jusqu'à ce que leur père apparaisse, puis elle s'éloigna rapidement.

Se reprochant cet au revoir précipité, elle se promit à voix basse de se rattraper en les emmenant passer un après-midi à la patinoire d'Oxford dès que l'enquête en cours serait terminée.

Au moment où elle franchissait le portail de sécurité du commissariat, sa culpabilité s'était transformée en détermination à découvrir si Nigel White avait dit la vérité concernant son rôle dans le meurtre de Jessica.

Elle verrouilla son véhicule et traversa le parking. L'agitation et le vacarme des embouteillages matinaux sur Marcham Road emplissaient l'air, accompagnés des coups de klaxon des camions sur l'A34, dont les conducteurs se bousculaient pour quitter la voie rapide très fréquentée.

Une averse matinale venait de passer et avait laissé des

flaques peu profondes qu'elle évita soigneusement avant de passer sa carte de sécurité sur le panneau à côté de la porte arrière.

Elle entendit la voix d'Alex en haut des escaliers et elle s'arrêta sur le palier du premier étage alors qu'il passait avec Caroline.

— Où est-ce que vous allez tous les deux ?

— À Oxford. Gillian va faire l'autopsie, répondit Caroline. On est arrivés les premiers, alors le chef nous envoie.

— Il y a quelque chose que je peux faire pendant votre absence ?

Caroline s'arrêta à mi-chemin de la volée d'escaliers suivante, une main sur la rampe.

— En fait, oui. Ça t'ennuierait de commencer à examiner les relevés bancaires de Nigel White ? Ils sont arrivés ce matin.

— Eh bien, c'était rapide.

— L'avantage qu'il ait son compte dans une caisse d'épargne, et pas dans l'une des grandes banques. Je les ai enregistrés dans HOLMES2, mais connaissant le chef en ce moment, il va probablement vouloir un rapport d'avancement lors du briefing de cet après-midi. Alex a déjà examiné les relevés de Jessica, il n'y a rien d'anormal.

— Pas de problème. Je m'en occupe.

— Merci, Jan.

Caroline fit un signe de la main par-dessus son épaule et elle se dépêcha de rejoindre son collègue.

Quinze minutes plus tard, Jan avait une tasse de thé fumante dans une main et une liasse de papiers encore chauds dans l'autre après avoir imprimé tous les relevés bancaires que Caroline avait obtenus.

Étant donné que l'enquête reposait désormais sur l'autopsie de Gillian et l'expertise du graphologue, Jan s'efforçait de corroborer le suicide de White avec les informations qu'ils avaient réussi à glaner sur le passé de l'homme.

Elle feuilleta les anciens articles et photographies qui avaient été enregistrés dans HOLMES2 tout en soufflant sur la surface du thé chaud, mais c'était comme MacKenzie Adams leur avait dit – une fois sa carrière de jockey terminée, White semblait s'être contenté de travailler dans l'écurie. Il y avait même un article paru six ans plus tôt dans un magazine sur la vie à la campagne où il faisait l'éloge de la façon dont Adams gérait son entreprise.

Jan fronça les sourcils en regardant la photo de l'homme qui lui souriait depuis l'écran d'ordinateur, incapable de faire le lien avec l'homme bourru qu'elle avait interrogé la semaine précédente.

Qu'est-ce qui avait changé dans la relation entre White et son employeur ?

Ou était-ce quelque chose de complètement différent qui inquiétait cet homme ?

Comme le fait d'être reconnu coupable du meurtre de Jessica Marley ?

Elle verrouilla l'écran de l'ordinateur, poussa la tasse vide et se mit à examiner les informations fournies par la société de crédit immobilier de White.

Elle décida qu'il serait prudent de commencer son examen des relevés au début du mois en cours, et elle mit de côté les plus anciens documents avant de parcourir la liste des transactions.

Il semblait que MacKenzie Adams préférait payer ses employés à temps plein sur une base bimensuelle, et elle se demandait si c'était une façon de faciliter sa trésorerie plutôt que celle de ses employés.

White semblait utiliser sa carte de débit régulièrement plutôt que de faire des retraits d'espèces, alors quand elle arriva aux transactions du lundi précédent, son rythme cardiaque s'accéléra.

Elle leva les yeux quand Turpin entra dans la salle des opérations d'un pas léger en sifflotant.

— Quelqu'un a eu sa chance hier soir, on dirait.

Le sifflement s'arrêta.

— Je ne vois pas de quoi tu parles.

— Mon œil. C'est qui ?

Il rit, drapa sa veste de costume sur le dossier de sa chaise et remonta ses manches avant de pointer du doigt les relevés bancaires qu'elle avait étalés sur son bureau.

— Lucy. Elle est venue dîner, c'est tout.

— La hippie de la péniche ?

— C'est une artiste, je te signale. Tu as reçu les relevés bancaires, alors ?

— Oui, ils les ont envoyés par email hier en fin d'après-midi. Caroline les a enregistrés dans le système, mais elle est occupée avec Alex à l'autopsie ce matin, alors j'ai dit que j'y jetterais un œil.

— Comment ça avance ?

— J'étais justement sur le point de vérifier quelque chose quand tu es arrivé. Regarde ça.

Elle lui passa les relevés et elle pointa deux importants retraits en espèces effectués la semaine précédente.

— Il avait l'habitude d'utiliser sa carte de débit pour tout payer, sauf quand il était au Farriers Arms. Ces deux-là, et des montants similaires les quatre mois précédents à peu près à la même date.

— Il aurait pu payer son ardoise au bar.

— J'y ai pensé, mais pourquoi ne pas utiliser sa carte de débit alors ?

Turpin se gratta le menton, puis il se pencha en avant et se connecta à HOLMES2.

— Qu'est-ce que tu fais ? demanda-t-elle.

— Je vérifie ces montants par rapport aux retraits au distributeur le soir où Jessica a été tuée. Nous avons déjà établi qu'ils n'ont pas été effectués par Jessica. Alex a mis à jour le système hier soir après avoir terminé d'examiner ses relevés.

Elle retint sa respiration pendant que l'inspecteur naviguait dans les données du système, puis elle expira lorsqu'il tapota l'écran.

— Bingo, dit-il. Même date, mêmes montants. C'est White qui a effectué ces deux gros retraits au distributeur du pub. Mais pourquoi ?

— Et il avait quatre cents livres en liquide dans sa table de nuit.

Une sensation d'effroi s'infiltra dans ses veines et lui donna la chair de poule.

— Et s'il essayait de soudoyer Jessica avec cet argent ?

La fureur brilla dans ses yeux.

— Pour du sexe, tu veux dire ?

— C'est juste une idée. Et s'il lui avait fait des avances après avoir retiré cette première somme, et quand elle l'a repoussé, il a pensé qu'en lui offrant davantage, elle changerait d'avis ? Et s'il l'avait tuée parce qu'elle l'avait à nouveau repoussé ?

— Contacte Noah au pub et dis-lui que nous devons lui parler de toute urgence.

Jan saisissait déjà son téléphone portable et composait le

numéro du Farriers Arms pendant que son collègue aboyait dans le téléphone de son bureau et tentait d'obtenir l'utilisation d'une voiture de service auprès de Tom Wilcox à l'accueil.

Après quatre sonneries, une Sonia Collins harassée décrocha le téléphone.

— C'est l'enquêteuse Jan West. Nous devons parler à Noah concernant notre enquête en cours, il est là ?

— Il ne peut pas parler pour le moment, répondit Sonia. Je suis désolée, mais nous allons devoir vous rappeler plus tard, nous avons trente couverts pour le déjeuner, et nous sommes seuls.

— Je croyais que Bethany travaillait le vendredi ?

— Elle ne s'est pas présentée et elle ne répond pas au téléphone. Personne ne l'a vue depuis qu'elle est partie d'ici mercredi soir.

Jan tapa sur l'épaule de Turpin avant de se précipiter dans les escaliers vers le parking, son téléphone collé à l'oreille.

— On arrive.

CHAPITRE 44

— Tu as réussi ?

Mark jeta un coup d'œil vers le siège passager tandis que Jan composait à nouveau le numéro de portable de Bethany, puis il se força à se concentrer sur l'étroit chemin sinueux qui menait du pub de Harton Wick jusqu'au domicile de la jeune fille.

— Elle ne répond pas.

— Pourquoi est-ce qu'elle est toute seule, d'ailleurs ? Je croyais qu'elle partageait un logement avec quelqu'un d'autre.

— Sonia a dit qu'ils sont en vacances en ce moment, dans les Rocheuses canadiennes ou quelque chose comme ça. Ils ne seront pas de retour avant la semaine prochaine.

— Merde.

Il serra les dents alors que les roues arrière dérapaient sur des traînées boueuses laissées par les pneus d'un tracteur, puis il appuya à fond sur l'accélérateur quand la route se redressa.

— Continue d'essayer. On y est presque.

Le téléphone de Jan sonna.

— Allô ? Sonia ? Nous sommes devant chez elle. Vous avez eu de ses nouvelles ? D'accord, appelez-moi si elle se manifeste.

Le temps que Mark verrouille la voiture, Jan frappait déjà du poing contre la vitre dépolie de la porte d'entrée.

Mark s'approcha de la fenêtre avant et protégea la vitre de l'éblouissement du soleil tandis qu'il regardait à l'intérieur.

Le salon était un vrai capharnaüm, des restes de plats chinois à emporter et une boîte de pizza vide étaient empilés sur une table basse devant un canapé, et quatre canettes de bière s'étaient renversées à côté d'un magazine ouvert au contenu indéterminé.

— La télévision est allumée, dit-il à Jan en revenant à la porte d'entrée. Mais le son n'est pas fort, je l'entends à peine.

La bouche de Jan se tordit tandis qu'elle levait à nouveau le poing pour frapper.

Avant qu'elle ne puisse le faire, la porte s'ouvrit brusquement et Bethany Myers les fusilla du regard.

— Faites moins de bruit, bon sang, dit-elle. Sinon le bébé d'à côté va se réveiller, et je n'en verrai jamais la fin.

Comme pour confirmer ses dires, les pleurs d'un enfant atteignirent leur paroxysme depuis une fenêtre de l'étage supérieur de la propriété voisine, et les épaules de Bethany s'affaissèrent.

— Trop tard.

— On peut entrer ? demanda Mark.

La jeune femme haussa les épaules et leur tourna le dos.

— J'suppose.

— Vous allez bien ? demanda Jan en fermant la porte.

Ils suivirent Bethany dans le salon, où elle s'arrêta, les mains sur les hanches, et elle les dévisagea avec des yeux injectés de sang, son visage austère sans l'application soignée de maquillage.

— En quoi ça vous regarde ?

— Pourquoi est-ce que vous n'êtes pas au travail ? Sonia s'inquiète pour vous, dit Mark.

Bethany ricana.

— Non, elle s'inquiète plutôt de faire une erreur et de ne pas avoir quelqu'un à blâmer.

— Pourquoi est-ce que vous ne répondiez pas au téléphone ? demanda Jan. Ça fait une demi-heure que j'essaie de vous appeler.

— Je ne l'ai pas entendu. J'étais à l'étage, en train de dormir.

Mark haussa un sourcil.

— Bethany, les gens s'inquiètent pour vous. *Nous* nous inquiétons pour vous—

— Vous ne pouvez rien faire.

La jeune femme se dirigea d'un pas nonchalant vers le canapé, elle ramena ses pieds sous elle en s'asseyant, et elle ajusta l'épais gilet en laine qu'elle portait.

Il échangea un regard avec Jan, puis il alla s'asseoir sur le bras du fauteuil face à Bethany.

— Si quelqu'un vous menace ou vous a fait du mal, nous pouvons vous aider, dit-il. N'ayez pas peur.

Une larme roula sur la joue de la jeune femme, avant qu'elle ne l'essuie et renifle.

— Il a dit que c'était entièrement ma faute, que j'avais été stupide.

— De qui parlez-vous, Bethany ? demanda Jan.

Elle s'installa sur le canapé à côté d'elle et garda une voix posée.

— Nigel.

Mark cligna des yeux.

— Nigel White ?

— Oui.

— Quand ? dit Jan.

— Il est venu ici mercredi après-midi, après la fin de mon service au Farriers. Il était vraiment de mauvaise humeur.

— Que s'est-il passé ?

Mark s'éloigna, préférant laisser sa collègue mener l'interrogatoire. Il était évident que l'adolescente était mal à l'aise en lui parlant, alors il se dirigea vers la fenêtre et sortit son carnet.

Bethany continuait de fixer droit devant elle.

— Je venais juste de dire au revoir à un ami qui était passé quand j'ai vu sa voiture arriver. Je lui ai demandé ce qu'il voulait. Je ne comprenais pas pourquoi il venait ici. Nous... nous nous étions disputés, vous voyez.

— À propos de quoi ?

Mark se rapprocha, son intérêt piqué au vif.

— J'essayais juste d'aider. Je suis allée au Farriers mardi soir. Je me suis dit que les gens me parleraient peut-être plus facilement qu'à vous. Ils me connaissent mieux, non ?

Elle les regarda tour à tour avec un regard désespéré.

— Je voulais juste des réponses. Savoir pourquoi Jessica a été tuée. Nigel a commencé à s'énerver, à me dire que je devais apprendre à tenir ma langue.

Elle laissa échapper un sanglot, puis prit le mouchoir en papier que Jan avait sorti de son sac et lui tendait.

— Il vous a menacée ? demanda Mark.

— Je ne l'avais jamais vu comme ça. Il était... tellement intense. Je... je lui ai dit qu'il devrait faire attention à ne pas me menacer, parce que je savais des choses sur lui.

— Comme quoi ?

— Rien, j'ai bluffé, c'est tout. Peu importe, j'ai quitté le pub et je suis revenue ici.

— Alors, pourquoi Nigel est-il venu ici mercredi ?

— Il s'est d'abord excusé, en disant qu'il ne voulait pas me faire peur, mais ensuite il m'a demandé ce que je voulais dire quand j'ai affirmé que je savais des choses sur lui. J'ai essayé de lui dire que je ne le pensais pas, que je plaisantais quand j'ai dit ça, mais il m'a attrapée par le bras et il m'a secouée très fort. Mon Dieu, j'ai eu tellement peur...

Elle s'interrompit tandis qu'un autre sanglot secouait son corps frêle, et Mark lui laissa un moment pour se ressaisir avant de poursuivre son interrogatoire.

— Qu'est-ce qui s'est passé ensuite, Bethany ?

— Il a dit qu'il y avait certaines choses dans lesquelles je ne devrais pas mettre mon nez. Je... je lui ai demandé pourquoi, mais il n'a pas voulu me le dire. Il a juste dit que je le regretterais si je n'arrêtais pas de poser des questions sur Jess. J'ai réussi à m'échapper, et je me suis enfermée dans la salle de bain jusqu'à ce que j'entende la porte d'entrée claquer.

— Vous avez raconté à quelqu'un ce qui s'est passé ? demanda Mark.

Les yeux de la jeune fille s'écarquillèrent.

— Bien sûr que non. Je ne veux pas que ça se reproduise. Pas après ce qui est arrivé à Jessica. Et si c'était lui qui l'avait tuée ? C'est pour ça que je n'ai pas pu aller travailler aujourd'hui, ils m'auraient posé toutes sortes de questions, non ?

— Qu'est-ce que vous avez fait quand vous avez réalisé qu'il était parti ? demanda Mark.

— Pas grand-chose. Je pense que j'étais sous le choc, à

279

vrai dire. J'ai vérifié que les portes étaient bien fermées, et je suis restée ici toute la nuit.

— Qu'est-ce qu'il voulait dire à propos des questions que vous posiez ? demanda Jan. Quelles sortes de questions ?

Bethany leva les mains.

— Comme je l'ai dit, tout ce que j'ai fait, c'est passer au Farriers mardi soir. C'était mon jour de congé, alors j'ai pensé que je pourrais voir ce que je pouvais découvrir.

Elle regarda Jan puis Mark, puis de nouveau Jan.

— J'allais vous le dire si quelqu'un me racontait quelque chose qui pourrait vous aider à découvrir qui a tué Jessica, c'est tout.

— Et vous avez découvert quelque chose ? demanda Mark.

— Non. Rien.

Elle haussa les épaules et tamponna ses yeux avec un mouchoir.

— Au moins j'ai essayé.

— Bethany, où étiez-vous entre quinze heures et dix-neuf heures mercredi soir ? demanda Mark.

— Ici. Pourquoi ?

Une lueur de perplexité traversa son regard.

— Que se passe-t-il ?

— Nigel White a été retrouvé mort mercredi soir.

La bouche de la jeune femme s'ouvrit.

— Il est mort ?

— Personne ne vous a envoyé de message pour vous le dire ? demanda Jan.

— Non...

Bethany se leva du canapé, chancela, puis leva une main quand Jan fit un mouvement vers elle.

— C-comment est-il mort ?

— Il semblerait qu'il se soit pendu, répondit Mark.

Bethany porta une main tremblante à sa bouche.

— Je crois que je vais être malade.

Elle le bouscula en passant, puis ses pas résonnèrent dans l'escalier avant qu'il n'entende une porte claquer, suivie par les sons caractéristiques de quelqu'un en train de vomir.

Jan s'approcha de la fenêtre et soupira.

— Mais qu'est-ce qui se passe ici, bordel ?

— Je n'en sais rien, répondit Mark en passant une main dans ses cheveux. Et White est mort, donc on ne peut pas lui demander.

CHAPITRE 45

Ewan Kennedy abaissa le rapport qu'il tenait à la main lorsque Jan frappa à la porte de son bureau, et il lui fit signe d'entrer.

— Vous tombez bien.

Il attendit que Jan et Turpin aient pris place, puis il haussa un sourcil.

— Alors, qu'est-ce que vous avez fabriqué tous les deux ? J'étais sur le point d'envoyer une équipe de recherche.

— Nous avions prévu de parler à Noah Collins au sujet de certains retraits que Nigel White a effectués au distributeur du Farriers Arms le soir du meurtre de Jessica, dit Turpin, mais quand Jan a téléphoné pour voir s'il était là, Sonia a répondu et nous a dit que Bethany avait disparu. Elle ne s'était pas présentée au travail aujourd'hui.

— Nous avons essayé de l'appeler, mais sans réponse, continua Jan. Quand nous sommes arrivés chez elle, elle était plutôt secouée. Elle nous a dit que Nigel White lui avait rendu visite quand elle est rentrée du travail mercredi après-midi, et ça correspond à ce que MacKenzie Adams nous a indiqué. Il nous a dit que White avait quitté l'écurie à quinze heures mercredi, en disant qu'il devait retourner au cottage.

Kennedy se frotta le menton.

— Une idée de ce qu'il voulait à Bethany ?

— Elle a dit qu'il lui avait ordonné d'arrêter de poser ses propres questions sur la mort de Jessica, répondit Turpin. Elle a semblé choquée quand nous lui avons appris que White s'était pendu.

L'inspecteur principal laissa tomber sur son bureau le rapport qu'il lisait et il le poussa vers eux, puis il s'adossa à son siège.

— Je déteste être porteur de mauvaises nouvelles, mais voici les conclusions préliminaires de Gillian suite à l'autopsie de ce matin. Elle pense que White ne s'est pas suicidé.

— Quoi ?

Jan se pencha en avant tandis que Turpin commençait à feuilleter les pages, les sourcils froncés.

— Vous pouvez prendre ça et le lire à loisir, mais en résumé, elle a trouvé des marques sur le cou de White qui lui suggèrent qu'il a d'abord été étranglé, puis pendu pour faire croire à un suicide. Elle a inclus quelques photos à la page cinq, pour que vous voyiez ce qu'elle veut dire.

— Bon sang, dit Turpin. Des nouvelles de l'équipe médico-légale pour confirmer ça ?

— Nous attendons toujours l'analyse graphologique, dit Kennedy, et, selon Jasper, il va falloir encore quelques jours avant que le laboratoire spécialisé ne finisse de traiter tous les échantillons prélevés dans la propriété. Je suppose que le cottage n'est pas la résidence la plus propre...

— C'est une porcherie, dit Jan. Ils vont avoir un travail d'enfer.

— Pourquoi utiliser la bride pour le pendre ? demanda Turpin en rendant le rapport à l'inspecteur principal. Vous pensez que le tueur a envoyé un message à quelqu'un en utilisant ça ?

Jan fronça les sourcils.

— Comme Jessica laissée pour morte sur les pistes d'entraînement, tu veux dire ?

— Oui.

— À qui s'adresse le message ? demanda Kennedy. À MacKenzie Adams ?

— Ou à Will Brennan, répondit Turpin.

— Peut-être.

L'inspecteur principal se leva et les conduisit jusqu'à la salle des opérations avant de se diriger vers le tableau blanc.

Il resta immobile un instant tandis que son regard parcourait la vaste quantité d'informations qui avaient été rassemblées, puis il appela Caroline et Alex qui étaient assis plus loin. Il attendit qu'ils le rejoignent, puis il tapota la première des photographies accrochées au tableau.

— Je veux que les conclusions de Gillian restent confidentielles, loin des médias et du public, dit-il. Pour l'instant, et au fil du temps, notre tueur va supposer qu'il s'en est tiré et que sa ruse pour faire porter le blâme de la mort de Jessica sur White a fonctionné. En attendant, Alex, je veux que vous et Caroline commenciez à mener des enquêtes discrètes sur ces importantes sommes d'argent que White retirait du distributeur. Travaillez avec l'équipe de Jasper pour trouver toute preuve de paris, tickets de paris, comptes de jeux en ligne, tout ce que vous pouvez. Nous savons qu'il utilisait un site web, alors voyez ce que vous pouvez découvrir d'autre. Et concernant les déplacements de Jessica après avoir quitté le pub lundi soir, Jan, vous avez appris quelque chose de Noah et Sonia Collins ?

— Sonia a dit qu'elle n'avait pas remarqué Jessica traîner autour du pub après son départ. Elle a estimé que si elle attendait quelqu'un, elle serait restée à l'intérieur, au chaud. Et elle a confirmé qu'elle n'avait entendu aucun bruit de moteur dehors, non plus.

— Peut-être qu'elle a bien rencontré Nigel, alors, dit Caroline.

— Sauf qu'on ne peut pas lui demander, puisqu'il est mort, dit Alex. Donc, on est toujours dans le flou concernant où se trouvait Jessica pendant au moins une demi-heure avant que ce réverbère ne soit mis hors service.

Kennedy se déplaça vers la photographie de Jessica.

— Jan, Mark, il est tard, alors allez chez ses parents demain à la première heure. Découvrez si Jessica leur a déjà parlé de Nigel White, et dans quel contexte. Est-ce qu'il les a déjà menacés ? Nous savons maintenant qu'il pouvait être agressif d'après ce qu'il a dit à Bethany, mais nous devons découvrir ce qui relie ces trois personnes. Demandez-leur à nouveau si Jessica a mentionné quelque chose qui la préoccupait depuis qu'elle a commencé à travailler chez MacKenzie Adams.

Kennedy prit un marqueur rouge, contempla le tableau blanc un moment puis il trouva un espace libre dans le coin supérieur droit.

— Bon, les suspects. Will Brennan. Il prend peur face aux fiançailles et tue sa petite amie. Il apprend que White l'a menacée et le tue. Probabilité ?

— Faible, répondit Turpin. Les deux mobiles ne concordent pas. Si les décès s'étaient produits dans l'ordre inverse, peut-être, mais pas comme ça. Et si Brennan était

285

sorti entraîner les chevaux quand White est retourné au cottage mercredi après-midi, il n'aurait pas eu le temps d'y aller et de le tuer.

— D'accord. Bethany Myers. Furieuse que son ex-petit ami se fiance avec quelqu'un d'autre, elle assomme Jessica. Elle s'offusque d'avoir été agressée par White et le tue.

— Si elle avait les moyens de convaincre Jessica d'aller aux pistes d'entraînement ce soir-là, alors c'est possible, dit Jan. Mais White ? Non, c'est une fille frêle. Elle ne pourrait jamais le maîtriser. Il n'y a aucune chance qu'elle ait pu l'étrangler puis le hisser pour simuler une pendaison. Elle n'est pas assez forte.

— À moins qu'elle n'ait eu de l'aide, remarqua Turpin.

Kennedy ajouta une note, puis il jeta un coup d'œil pardessus son épaule vers eux.

— Qui d'autre ?

— Et Morgan Drake ? suggéra Caroline, puis elle haussa les épaules tandis qu'ils se tournaient vers elle. Ce n'est qu'une idée.

— Développez, alors, dit l'inspecteur principal.

— Les images de vidéosurveillance de la station-service qui montrent Drake en train de rôder pour parler à Jessica et agir de façon louche.

— Qu'est-ce que nous savons de lui ? demanda Kennedy en inscrivant la suggestion de Caroline sur le tableau.

— Il donne l'impression d'être de la noblesse terrienne, grande maison, dépendances impressionnantes, chevaux obligatoires dans le paddock, dit Jan en consultant ses notes. Mais il continue à travailler dans le secteur financier, il a dit qu'il investissait judicieusement, ce qui pourrait expliquer comment il a pu devenir propriétaire du pub également.

— Et, comme Noah et Sonia Collins gèrent le Farriers Arms au quotidien pour lui, ce sont leurs noms qui figurent sur la licence au-dessus de la porte, pas le sien, ajouta Turpin.

— C'est vrai. Bon, peut-être qu'il a plus à nous cacher que le simple fait que Noah et Sonia Collins gèrent le Farriers Arms pour son compte, dit Kennedy. Renseignez-vous sur ce que vous pouvez concernant ses finances, et ensuite nous prendrons une décision quant à la façon de procéder.

— Je m'en occupe, chef.

— Bien.

L'inspecteur principal reboucha son stylo.

— Voyons ce que vous allez réussir à trouver dans les prochaines vingt-quatre heures.

Jan retourna à son bureau, passa en revue une douzaine de post-it qui avaient été collés sur son écran d'ordinateur et son clavier, puis elle se laissa tomber dans sa chaise avec un soupir bruyant.

— Un penny pour tes pensées, dit Turpin en la regardant par-dessus son écran.

Elle haussa les épaules.

— J'étais juste en train de réfléchir à ce que je pourrais dire à Trevor et Wendy Marley demain matin. Ils vont s'attendre à des réponses maintenant, non ?

— Je suis sûr qu'ils apprécieront qu'on prenne le temps de leur faire un point, peu importe ce qu'on leur dira. Au moins, on peut leur montrer qu'on travaille toujours pour découvrir qui a tué leur fille.

Turpin leva les yeux quand une assistante administrative passa à côté d'eux et il baissa la voix.

— Kennedy avait raison à propos des médias, cependant, et je pense qu'on devrait faire attention à ce qu'on dit aux

Marley concernant White. Je ne suis pas sûr que ce soit le bon moment de leur dire qu'il a peut-être été assassiné aussi.

Les épaules de Jan s'affaissèrent.

— Je sais. C'est juste que je me sentais vraiment mal de me pointer et de leur mentir. C'est comme si on ajoutait à leur chagrin quand ils découvriront la vérité, tu ne crois pas ? Ce n'est pas comme si on avait quelque chose de positif à leur dire. On n'a rien.

— Ça ne servirait à rien de leur dire la vérité sur White maintenant. Il suffirait qu'un journaliste leur demande s'ils ont des informations concernant l'affaire en prétextant que ça aidera.

Il froissa deux notes qui avaient été laissées pour lui et les lança dans la corbeille à côté du bureau.

— Tu t'en sortiras très bien demain, Jan. Tu es douée dans ce que tu fais, et cette affaire n'est pas facile.

— Je suppose que tu as raison.

Elle fronça les sourcils.

— Je n'arrive pas à comprendre le lien entre eux deux, cependant.

— Eh bien, je pense que tu as raison de dire que Bethany n'aurait pas pu faire ça toute seule. Si c'est elle, alors elle a eu besoin d'aide.

— Surtout qu'elle n'a pas de permis de conduire voiture. J'ai vérifié auprès des autorités avant qu'on quitte le commissariat, elle n'a qu'un permis scooter, et je ne la vois pas emmener Jessica à l'arrière, pas toi ?

— Pas vraiment. Même si Jessica y était allée volontairement, comment diable Bethany aurait-elle pu conduire jusqu'au milieu des pistes d'entraînement et ensuite l'attaquer ?

— Et tu ne penses pas que Will est responsable ?

— Je ne pense pas. Je veux dire, c'est vraiment de la malchance qu'il les ait trouvés tous les deux, mais...

Turpin soupira.

— Non. Je ne pense pas que ce soit lui.

— Ça doit être Drake, alors, dit Jan.

— Mobile ?

Sa collègue haussa les épaules.

— Je ne suis pas sûre, pour l'instant. La jalousie, peut-être ?

— Je pourrais comprendre ça pour Jessica, mais pourquoi White ?

— Peut-être que Drake a entendu White dire quelque chose de mal à propos de Jessica après sa mort, et il s'en est offusqué. Il doit bien y avoir un lien entre Drake et White, non ?

Turpin passa sa main dans ses cheveux.

— Tu sais, nous n'avons jamais envisagé le fait que Jessica n'était peut-être pas la personne gentille que tout le monde a décrite. Elle aurait pu faire quelque chose qui a provoqué son tueur, sans s'attendre à ce que ses actions aient des conséquences aussi terribles.

— Eh bien, ça fait réfléchir sur les raisons pour lesquelles elle a commencé à travailler chez Adams il y a maintenant quatre semaines, et pourquoi Drake s'est senti obligé d'essayer de lui parler pendant qu'elle travaillait à la station-service.

— Tu ne crois pas ce qu'il nous a dit à propos de lui offrir un meilleur emploi ?

— Je ne suis pas sûre de ce que je dois croire en ce moment.

CHAPITRE 46

Jan scrutait à travers le pare-brise trempé de pluie la maison des Marley, et elle frissonna.

Malgré les assurances de Turpin la veille qu'une journée plus douce était prévue, elle avait enfilé un épais pull par-dessus son chemisier avant de quitter la maison ce matin, et son souffle forma un nuage de buée devant son visage lorsqu'elle retira la clé du contact et quitta la chaleur de la voiture.

Elle se mit à marcher au même rythme que son collègue, reconnaissante qu'il garde un parapluie sur la banquette arrière tandis qu'ils traversaient la rue en hâte.

Des bouquets de fleurs étaient disposés le long du portail ouvert, et en regardant les cartes qui flottaient au bout de ficelles attachées à la clôture en bois, Jan aperçut quelques messages de sympathisants venus d'au-delà de la région de l'Oxfordshire.

La mort de Jessica avait touché une corde sensible.

Le jardin portait les preuves d'une famille en deuil – la

pelouse était négligée et des feuilles emportées par le vent s'amoncelaient au pied du mur sous la fenêtre de devant.

Jan atteignit le perron et elle ferma les yeux un instant avant de sonner.

Wendy Marley ouvrit la porte quelques instants plus tard, le visage dépourvu de maquillage et un regard épuisé dans les yeux.

— Vous l'avez attrapé ? L'homme qui a tué ma fille ?

— Madame Marley, est-ce que nous pourrions entrer, s'il vous plaît ? demanda Jan. Nous aimerions vous poser quelques questions supplémentaires.

Le visage de la femme se décomposa, et elle s'écarta.

— Donc c'est non.

— Nous faisons tout notre possible, dit Turpin.

Wendy Marley ne répondit pas et elle les conduisit dans le salon après avoir fermé la porte d'entrée. Elle désigna les fauteuils où Jan et Turpin s'étaient assis plus d'une semaine auparavant, puis elle appela le chien qui gémissait depuis son panier sous la fenêtre et elle le prit sur ses genoux.

— Votre mari est-il là ? demanda Jan.

— Non, il a dû aller en ville.

Wendy tira un mouchoir de la poche de son pantalon et tamponna ses yeux.

— La médecin légiste a libéré le corps de Jessica hier, alors Trevor est allé chercher un certificat de décès. Le bureau d'état civil n'est ouvert que jusqu'à midi aujourd'hui.

Jan attendit quelques instants que la mère de la jeune femme se reprenne, puis elle croisa le regard de Turpin.

Il hocha la tête.

— Wendy, nous nous demandions si nous pourrions jeter un coup d'œil à la chambre de Jessica ?

— Pourquoi ? Des policiers sont déjà venus faire ça la semaine dernière.

— Il y a eu des développements dans notre enquête, et nous aimerions voir les choses avec un regard neuf, pour ainsi dire.

— Est-ce que ça concerne l'homme qui s'est suicidé ?

Turpin se pencha en avant et posa ses coudes sur ses genoux.

— Nous ne savons pas encore si les deux décès sont liés, madame Marley. C'est une piste de l'enquête, mais que nous devons soit corroborer, soit écarter.

— Qu'est-ce que vous cherchez ?

Jan évita la question.

— Est-ce que Jessica aimait son travail au Farriers Arms ?

— Elle l'adorait.

Un léger sourire traversa les lèvres de Wendy.

— C'est animé là-bas, et bien sûr c'est là qu'elle a rencontré Will. Noah et Sonia lui faisaient confiance, ils me disaient toujours qu'ils ne pourraient pas s'en sortir sans elle.... Oh.

La mère de la jeune femme s'interrompit lorsqu'une larme roula sur sa joue, et Jan déglutit.

Elle détestait traumatiser cette femme et lui demander de parler de sa fille, mais ils avaient désespérément besoin de réponses. Interroger un proche en deuil était essentiel, mais nécessitait du tact.

Elle savait qu'elle se sentirait épuisée au moment de quitter la maison.

— Jessica avait-elle mentionné une offre d'emploi de Morgan Drake ? demanda-t-elle.

Wendy renifla et secoua la tête.

— Non, mais ça ne m'étonnerait pas qu'il l'ait fait.

— Pourquoi cela ?

— Eh bien, comme il est propriétaire du Farriers, je suis sûre qu'elle lui aurait parlé à un moment donné, c'est la même chose avec MacKenzie Adams. Si Jess voyait une opportunité d'acquérir une expérience pour son CV qui pourrait l'aider dans ses perspectives d'avenir après ses études, elle n'hésitait pas à se renseigner sur le travail.

— Et concernant son emploi aux écuries ? Est-ce que Jessica vous a parlé de Nigel White ?

Le regard de Wendy erra vers la fenêtre tandis qu'elle caressait les oreilles du chien.

— Peut-être une ou deux fois, mais seulement pendant ces trois dernières semaines quand elle travaillait un jour par semaine au haras de MacKenzie Adams. Il était son superviseur, voyez-vous, une fois qu'elle a obtenu le poste, elle n'avait plus beaucoup affaire à MacKenzie.

— Est-ce qu'elle vous a dit si elle rencontrait des problèmes avec lui à propos de quoi que ce soit ?

— Non, pas vraiment. Elle a peut-être mentionné qu'il était un peu sec avec elle.

Wendy soupira et tourna son attention vers eux.

— Je suis désolée. Je ne vous aide pas beaucoup, n'est-ce pas ?

— Tout ce que vous nous dites est utile, répondit Jan. Est-ce que vous savez pourquoi il aurait pu lui parler de cette façon ?

— Je pense qu'il la considérait comme une perte de temps. Elle m'a dit qu'il lui avait conseillé de faire attention avec Adams, et que si elle avait des problèmes, elle devrait lui en parler.

La femme se redressa.

— Est-ce que c'est lui qui l'a tuée ? Adams ?

— Nous examinons encore beaucoup d'informations pour le moment, répondit Turpin. Et pendant que j'y pense, nous devons vous demander, à vous et à votre mari, de ne pas parler de tout cela à vos amis ou à votre famille, ni aux médias s'ils vous approchent.

— Nous sommes à un moment critique de notre enquête, ajouta Jan, et toute spéculation à ce stade pourrait être nuisible.

— Je ne parlerai pas avec eux, aucun d'entre eux, les assura Wendy. Je sais comment les réseaux sociaux peuvent être. J'avais l'habitude de prévenir Jessica de s'en tenir éloignée. Quant à la presse... Non, ne vous inquiétez pas, nous n'allons pas leur parler.

Elle déplaça le chien de ses genoux, et il traversa la pièce en courant vers son panier avant de s'y allonger.

— Vous avez dit que vous vouliez jeter un coup d'œil à sa chambre ?

— S'il vous plaît, madame Marley. Si cela ne vous dérange pas.

— Montez l'escalier, c'est vers l'arrière de la maison. Deuxième porte. Elle est fermée.

Wendy ferma les yeux.

— Je ne supporte pas encore d'y entrer.

Jan se leva du fauteuil et pinça les lèvres devant le chagrin de cette femme.

— Nous ne serons pas longs et nous ferons très attention à ses affaires.

— Merci.

Deux minutes plus tard, elle se tenait au centre de la chambre de Jessica, le cœur serré pour cette mère restée en bas, désormais privée de son enfant.

Un léger parfum d'agrumes flottait dans l'air, un cheveu blond s'accrochait à la couture de l'oreiller sur le lit, et un fouillis de manuels scolaires et de cahiers couvrait un bureau dans le coin qui servait également de coiffeuse à la jeune femme.

Elle s'en approcha et son regard s'arrêta sur les photographies placées dans des cadres argentés de chaque côté d'un miroir. Sur l'une d'elles, Jessica se tenait entre ses parents, les bras autour de leurs épaules, un large sourire sur son visage alors qu'ils posaient pour la photo. L'autre photographie montrait Jessica, Bethany Myers et deux autres filles devant l'enceinte du lycée agricole, toutes en train de faire des grimaces pour l'appareil.

Pendant que Turpin commençait à fouiller la table de chevet et l'armoire de Jessica, Jan s'occupait du contenu des deux tiroirs sous le bureau.

Wendy Marley avait raison – la police avait fouillé la chambre de la jeune femme la semaine précédente, mais avec la mort de Nigel White et un nouveau contexte pour l'enquête, il fallait recommencer.

Elle vérifia que la porte de la chambre était fermée, puis elle jeta un coup d'œil par-dessus son épaule.

— Tu crois que Jessica faisait chanter quelqu'un, et que Nigel l'a découvert ?

— C'est une possibilité, je suppose, répondit la voix étouffée de Turpin pendant qu'il scrutait l'intérieur de l'armoire. Pourquoi, cependant ?

— Eh bien, sa mère et son père nous ont dit qu'elle prévoyait de prendre une année sabbatique pour voyager. Ok, elle travaillait pour économiser, mais si elle avait découvert quelque chose sur quelqu'un et décidé que c'était un moyen plus rapide d'augmenter son budget ?

— Je n'exclus rien pour le moment, Jan.

Elle marmonna son accord à mi-voix, puis elle ferma le tiroir et se mit à quatre pattes pour regarder sous le lit.

Les draps avaient été retirés du matelas par l'équipe de recherche de la police qui s'était rendue au domicile familial la semaine précédente, et la moquette sous le lit ne révélait qu'une barrette et une pièce d'une livre.

Elle fronça les sourcils en apercevant une bosse dans la doublure du divan près du pied du lit et elle tendit la main.

Ses doigts touchèrent du ruban adhésif, du genre utilisé par les électriciens, et elle gratta les bords avec son ongle. Une extrémité se détacha, puis l'autre avant qu'un grand objet plat ne tombe au sol.

— Trouvé.

Elle s'étira davantage, saisit mieux le grand cahier à couverture rigide et le tira vers elle.

Elle se leva et elle commença à feuilleter les pages épaisses, puis elle cligna des yeux avec étonnement.

— Chef ?

— Hmm ?

— Viens voir par ici.

— Qu'est-ce que tu as trouvé ? demanda Turpin en s'approchant.

— Un carnet de croquis. Wendy et Trevor n'ont jamais mentionné que Jessica était une artiste, n'est-ce pas ?

Elle tourna la page et parcourut des yeux les contours au crayon de bâtiments, de fleurs et de vastes paysages. Ici et là, la jeune femme avait capturé des gens dans leur vie quotidienne – une esquisse rapide de Noah Collins qui polissait des verres au bar du Farriers Arms tout en regardant dans le vide, des étudiants rassemblés dans un espace de détente devant le lycée, et des inconnus assis aux tables d'un café.

— Ces dessins sont bons, remarqua Turpin. Je me demande pourquoi elle n'étudiait pas l'art à l'école ?

— Peut-être que c'était sa façon de se détendre, et qu'elle ne voulait pas transformer ça en quelque chose qu'elle devait faire...

Elle s'interrompit, fronça les sourcils, puis laissa échapper un hoquet de surprise. Elle revint en arrière de deux pages et pointa le dessin.

— Regarde. Celui de Noah, qui polit les verres. Regarde l'arrière-plan.

Il prit le carnet de croquis et le rapprocha de son visage en fronçant les sourcils.

— Quoi donc ?

— L'horloge au mur. Elle indique midi et demi, non ?

— Oui.

Il jeta un coup d'œil sur le côté.

— En quoi est-ce que c'est important ?

— Elle a aussi dessiné le calendrier mural en dessous. Quand nous avons parlé à Noah l'autre jour, j'ai remarqué qu'il avait l'habitude de barrer les jours.

— Donc elle a dessiné ça un lundi.

— Exactement. Mais si elle l'avait dessiné à minuit et demi, pas à l'heure du déjeuner ?

— Il y a des gens au bar.

Jan sourit.

— Oui, je sais. Ils sont tous dessinés de profil, donc elle était assise sur le côté, peut-être hors de leur champ de vision, ou alors ils ne lui prêtaient pas attention. Tu le reconnais ?

— C'est White.

Turpin baissa le carnet, ses sourcils toujours froncés.

— Nous cherchions des notes, un journal intime, n'importe quoi qu'elle aurait pu écrire pour consigner ce qui pouvait la tracasser, une raison pour expliquer la chute récente de ses notes à l'école, dit Jan en prenant les dessins de ses mains pour les tenir en l'air. Et si elle avait *dessiné* ce qu'elle voyait à la place ? Qui penserait à chercher un carnet de croquis si elle s'est ensuite assurée de ne jamais l'emmener au pub après cette nuit particulière ?

Elle feuilleta les pages.

— Je crois qu'elle a dessiné ceci il y a cinq mois, qu'elle a réalisé ce qu'elle avait, et qu'ensuite elle a pris l'habitude de rentrer du travail chaque lundi soir quand ces personnes étaient au pub pour dessiner ce dont elle pouvait se souvenir. Regarde, celui-ci montre la date du calendrier deux mois plus tard, mais il est onze heures et demie et elle a représenté quelqu'un qui parle à Noah au bar. Celui qui a le visage tourné dans l'autre sens. Je pense que c'est en journée, elle a suggéré de la lumière qui entre par la fenêtre à droite du bar, tu vois ?

— Noah a l'air en colère.

— C'est vrai, n'est-ce pas ? Celui-ci, un mois plus tard. Ça doit être White au bar à nouveau, et cette fois elle indique une heure. Treize heures. Noah a l'air fatigué.

Turpin reprit le carnet de croquis et arpenta la moquette.

Jan esquissa un sourire, sachant qu'il avait saisi les pensées qui tournaient dans sa tête.

— Le pub est la clé de toute cette histoire, n'est-ce pas ?

Il tendit le carnet à Jan.

— Le fait qu'elle gardait son carnet de croquis ici dans sa chambre, et pas dans son sac, je pense qu'elle savait qu'elle était en danger.

— Oui. Mais elle l'a fait quand même.

— La question est : pourquoi ? Qu'a-t-elle vu se passer là-bas ?

CHAPITRE 47

Jan revint dans la salle des opérations une heure plus tard, après avoir téléphoné à Ewan Kennedy sur le chemin du retour depuis le domicile des Marley.

Il attendait à la porte ouverte de son bureau pendant qu'elle enlevait son manteau et sortait son carnet de notes de son sac, ainsi que le carnet de croquis récupéré dans la chambre de Jessica.

Turpin s'approcha de l'endroit où se tenait l'inspecteur principal, les deux hommes conversant à voix basse pendant un moment, avant que Kennedy ne hoche la tête puis n'élève la voix.

— Briefing, tout le monde.

— Tout va bien ? demanda-t-elle à Turpin alors qu'il tirait une chaise pour elle près du devant de la salle.

— Oui. Apparemment Caroline et Alex ont aussi obtenu des résultats. On se rapproche, Jan.

Ils se turent quand Kennedy commença la réunion.

— Nous avons beaucoup à examiner, dit-il, nous allons donc passer en revue toutes les informations que vous avez recueillies aussi méticuleusement que possible. Si l'un d'entre vous entend quelque chose pendant cette réunion qui vous préoccupe, ou si vous souhaitez des clarifications, intervenez. C'est compris ?

Un murmure d'assentiment remplit la pièce, qui retomba dans le silence quelques secondes plus tard.

Jan se crispa en attendant, se demandant si les découvertes de ses collègues à propos des finances de Nigel White allaient contredire ce qu'elle et Turpin avaient trouvé.

Alex s'approcha de l'endroit où Kennedy se tenait, sur un signe de l'inspecteur principal, et il s'éclaircit la gorge.

— Juste pour clarifier pour ceux qui n'ont pas assisté au briefing d'hier, nous avions pour mission de découvrir si White avait une habitude de jeu active. Nous avons établi qu'il n'avait qu'un seul compte bancaire enregistré sur son ordinateur portable, celui de la société immobilière, et il semblait l'utiliser pour le site de jeux dont nous avons connaissance, ainsi que pour les dépenses quotidiennes. La plupart de ces dépenses étaient couvertes par ce qu'il gagnait chez MacKenzie Adams.

Il fit une pause.

— Cependant, nous avons examiné les applications sur son téléphone que l'équipe de Jasper a trouvé dans le cottage, et il possédait un compte supplémentaire auprès d'une banque exclusivement en ligne.

— Comment est-ce qu'il le finançait ? demanda Kennedy.

— Paiements en espèces, versés dans un bureau de poste au nord d'Abingdon, répondit Alex. Ils ne sont pas réguliers, mais ils sont importants. Quelques milliers à la fois. Et nous avons réussi à trouver un lien entre ce compte et deux applications de jeux sur son téléphone.

— Et les journaux d'appels ? demanda Turpin.

— Ils ont tous été effacés, répondit Caroline. Je l'ai transmis à l'équipe d'analyse numérique pour qu'ils essaient d'accéder à tout ce que nous ne pouvons pas voir, mais cela pourrait prendre des semaines avant d'avoir des nouvelles.

Un gémissement collectif remplit la pièce avant que Kennedy ne lève la main.

— Vous avez réussi à déterminer d'où provient cet argent liquide ?

Alex enfonça ses mains dans les poches de son pantalon, les yeux baissés.

— Pas encore.

— Eh bien, c'est du bon travail jusqu'à présent.

L'inspecteur principal désigna deux agents en uniforme à la périphérie de l'équipe rassemblée.

— Je veux que vous aidiez tous les deux Alex et Caroline à tracer l'origine de cet argent, d'accord ?

— Oui, chef.

— Bien, ensuite, est-ce que quelqu'un a des nouvelles de l'expert en graphologie de Jasper ?

Tom Wilcox leva la main.

— Il dit qu'il devrait avoir quelque chose pour nous d'ici lundi soir, chef.

— Assurez-vous que ce soit le cas. Mark, vous voulez venir ici et nous faire un compte rendu de votre matinée ?

Turpin prit le verre d'eau à côté de lui, avala une gorgée puis traversa la pièce jusqu'à Jan, et il lui prit le carnet de croquis avec un clin d'œil.

— Alors, nous avons parlé à Wendy Marley, qui a dit que Jessica ne lui avait jamais mentionné de problèmes concernant des menaces ou un sentiment de peur. Elle nous a autorisés à fouiller la chambre de Jessica, et Jan a trouvé ceci.

Il fit une pause, enfila des gants de protection, puis sortit le carnet de croquis de son emballage protecteur. Il l'ouvrit aux dessins qu'ils avaient trouvés, et il continua à parler alors qu'il faisait le tour de la pièce pour permettre à chaque membre de l'équipe d'examiner le travail de la jeune femme.

— Remarquez comment dans ces dessins, Jessica a toujours noté la date et l'heure. Nous pensons qu'elle a dû les faire à son retour du Farriers Arms chaque lundi soir. On peut reconnaître Noah Collins et Nigel White, mais je ne reconnais personne d'autre, surtout ce grand type qui se tient à côté de White sur celui-ci.

— Nous pensons que cette scène s'est déroulée pendant la journée, ajouta Jan. L'heure est décalée par rapport aux autres, mais Jessica a dû penser que c'était assez important pour le dessiner à cause de l'identité de cet homme.

— Et peut-être que le meurtrier de Jessica a découvert qu'elle tenait un registre de tout ce qui se passe dans ce pub, et il a décidé d'y mettre fin, dit Turpin.

— Peut-être que cette personne non identifiée sur les dessins de Jessica était l'homme qui payait White, suggéra Alex, alors que Turpin retournait à l'avant de la salle et remettait le carnet de croquis dans son sac de protection.

— Mettez ça avec les preuves, Mark, dit Kennedy. Il est raisonnable de supposer, d'après ce que vous avez tous trouvé, que White travaillait pour quelqu'un d'autre en parallèle. Notre tâche maintenant est d'établir si cette personne est responsable de la mort de White et de la falsification de sa lettre de suicide.

— Chef, et si le tueur n'avait pas placé la note sur le corps de White ? proposa Jan.

Un silence feutré emplit la pièce, le changement de ton presque assourdissant à ses oreilles. Une rougeur lui monta aux joues, mais elle maintint le contact visuel avec Kennedy.

Il cligna des yeux, puis lui fit signe de le rejoindre à l'avant de la salle.

— Parlez fort, pour que tout le monde au fond puisse vous entendre, dit-il. Allez-y.

— Eh bien, nous avons d'abord supposé que White avait écrit cette note et l'avait glissée dans sa poche arrière avant de se pendre, dit-elle, sa voix gagnant en assurance à mesure qu'elle développait son explication. Maintenant, cela a changé parce que nous savons d'après le rapport de Gillian que quelqu'un d'autre l'a étranglé, et Alex et Caroline ont découvert que quelqu'un payait White en liquide pour quelque chose. Et si la personne qui a écrit la lettre de suicide n'était pas la même que celle qui a tué Nigel White ? Et si le tueur ne savait rien de la note ?

Kennedy exhala.

— Donc, White reçoit une note de quelqu'un qui dit : « Je suis désolé, c'est ma faute si elle est morte », il la met dans sa poche, et puis à un moment donné, il ouvre la porte à celui qui l'a tué.

— Exactement, chef. Peut-être que nous interprétons mal le message.

— Eh bien, si ni White ni son tueur n'ont écrit la note, qui l'a fait ? demanda Caroline.

— Chef ? intervint Turpin d'un ton urgent. Nous devons interroger formellement Morgan Drake maintenant et découvrir s'il a un lien avec White, et s'il sait ce qui se passe dans ces dessins. Il est propriétaire du Farriers Arms, après tout. Nous ne pouvons plus repousser ça. Nous savons qu'il a essayé de parler à Jessica à la station-service, et nous ne sommes pas convaincus que c'était pour une offre d'emploi.

— Peut-être que c'est le tueur, dit Alex. C'est son pub,

comme vous dites. Peut-être qu'il voulait garder secret tout ce qui s'y passe.

Kennedy croisa les bras et fixa le sol. Quand il parla, sa voix était un grognement.

— Amenez-le pour un interrogatoire. Et assurez-vous qu'il ait une représentation juridique. Il va en avoir besoin.

CHAPITRE 48

Morgan Drake avait choisi de se rendre lui-même au commissariat lorsqu'il avait appris qu'il était convoqué pour un interrogatoire formel, sa voiture de sport élégante suivant un véhicule de patrouille en uniforme à travers les grilles jusqu'au parking à l'arrière du complexe d'Abingdon.

Deux étages plus haut, Jan laissa les stores vénitiens en plastique claquer en place devant la fenêtre.

— Tu as vu ce qu'il porte ?

— Un jean et ce qui ressemble à une veste en tweed très coûteuse sur une chemise blanche.

— J'ai déjà vu cette veste. Je reviens dans une minute.

Il attendit, consulta sa montre, pendant que sa collègue se précipitait vers son bureau. Une tension familière lui étreignait la poitrine, le sentiment qu'il était proche, si proche, de découvrir ce qui était arrivé à Jessica, et pourtant—

— OK, je suis prête. Ça va ? Tu étais complètement ailleurs.

— J'étais juste en train de réfléchir à ce que je veux lui

demander, en me demandant si nous avons oublié quelque chose, dit-il.

— Je ne pense pas que tu aies à t'inquiéter. Kennedy semble satisfait de la façon dont tu veux mener l'entretien.

Jan pointa le pouce par-dessus son épaule.

— On devrait descendre. Son avocat est arrivé il y a quinze minutes, ils doivent être prêts pour nous.

Mark boutonna sa veste en la suivant entre les bureaux jusqu'au couloir.

— Qui le représente ?

— Bernard Peters.

— Tu as déjà eu affaire à lui ?

Elle hocha la tête, puis mit son téléphone en silencieux avant de descendre les escaliers.

— Il y a un moment. Un peu abrupt, mais juste. Il y en a des pires.

— Tout est prêt dans la salle d'interrogatoire ?

— Tom a installé un ordinateur portable avec les images que nous avons demandées, et j'ai apporté le carnet de croquis de Jessica au cas où nous en aurions besoin pour référence. Je pense que c'est tout ce dont nous avons besoin, non ?

— Je l'espère, c'est tout ce que nous avons.

Il n'entendit pas la réponse de Jan à cause des gonds grinçants de la porte au bas des escaliers, mais cela semblait neutre.

Mark ne lui en voulait pas – toute l'enquête lui donnait l'impression d'avancer à l'aveugle, et il détestait le fait qu'ils n'aient pas eu de percée significative depuis la découverte du corps de Jessica.

Ils attendirent pendant que le sergent du poste de garde

prenait un appel téléphonique. Il finit par raccrocher et pointa le pouce par-dessus son épaule.

— Salle trois, dit-il. Drake et son avocat y ont été conduits il y a dix minutes.

— Merci, Tom, répondit Mark.

Lorsqu'il entra dans la pièce derrière Jan, il trouva Drake assis à côté de son avocat, la tête baissée tandis qu'il écoutait ses instructions murmurées.

Les deux hommes levèrent les yeux quand Mark ferma la porte et traversa jusqu'à la table, et il remarqua comment la mâchoire de l'avocat se crispa avant qu'il ne baisse le regard et sorte un stylo-plume de la poche de sa veste.

Une fois assurée que l'équipement d'enregistrement fonctionnait correctement, Jan donna à Drake un avertissement formel, présenta les parties présentes, puis demanda à l'homme d'affaires de confirmer son nom complet et son adresse.

— Morgan Owen Drake. The Paddocks, Hazelthorpe, Oxfordshire.

— Merci, monsieur Drake, dit Mark. Vous y habitez depuis combien de temps ?

— Depuis 2017.

— Et vous habitiez où avant cela ?

— Dans le Surrey.

— Pour le compte-rendu, pourriez-vous nous dire ce que vous faites dans la vie ?

— Je suis consultant financier, je travaille pour une grande entreprise de fusions et acquisitions à Londres.

— Vous avez d'autres intérêts commerciaux ou investissements ?

Mark observa l'homme se caler dans son siège et poser ses mains sur ses genoux.

— Oui. Je possède le Farriers Arms à Harton Wick, ainsi qu'un autre pub juste à l'extérieur de Chelmsford. Je possède également trois maisons.

— Où étiez-vous entre vingt et une heures trente lundi soir et sept heures du matin, le jour où le corps de Jessica a été découvert ? demanda Jan.

— Je vous l'ai déjà dit, j'étais chez moi avec ma femme et ma fille. Ma belle-mère et son dernier mari dînaient avec nous. Après leur départ, nous sommes allés nous coucher. J'ai préparé le petit-déjeuner pour eux le lendemain matin, dit Drake. J'ai déjà fourni une déclaration à cet effet. Vous pouvez demander à ma femme.

— Et elle confirmera ces horaires, n'est-ce pas ?

— Bien sûr qu'elle le fera.

Mark tendit le bras et ouvrit l'un des dossiers posés à côté du coude de Jan, puis il poussa une photographie sur la table vers Drake.

— Est-ce que vous avez tué Nigel White ?

L'avocat recula à la vue de l'homme mort.

Mark avait choisi une photographie prise par l'équipe de Jasper avant que le corps ne soit descendu au sol, et le visage de Drake devint gris avant qu'il ne s'éclaircisse la gorge.

— Je ne l'ai pas fait. Bien sûr que non.

— C'était censé ressembler à un suicide, monsieur Drake. Sauf qu'il s'avère que quelqu'un a d'abord étranglé Nigel, puis l'a pendu pour faire croire qu'il s'était suicidé. Vous êtes un homme corpulent. Je pense que vous auriez pu le hisser là-haut tout seul sans trop de difficulté, ou est-ce que vous avez eu l'aide de quelqu'un ?

— Ce n'était pas moi !

— Inspecteur, dit l'avocat en se redressant sur son siège, à moins que vous n'ayez des preuves suggérant que mon client était d'une manière ou d'une autre impliqué dans ces décès, vous n'avez fourni que des allégations spéculatives et fallacieuses.

— Spéculatives ? Très bien, peut-être que votre client peut expliquer pourquoi il est allé à la station-service pour parler à Jessica, mais a ensuite changé d'avis ?

— Je vous l'ai déjà dit, je voulais lui parler d'une offre d'emploi, dit Drake. Je passais par là et j'ai pensé que je pourrais lui en toucher un mot.

— Un peu audacieux de prévoir de lui parler d'un nouvel emploi devant ses collègues, dit Jan. Pourquoi est-ce que vous auriez fait ça ?

Drake se pencha en arrière dans son siège.

— J'ai réalisé mon erreur de jugement, c'est pour ça que je suis parti.

— Et vous avez parlé de cette offre d'emploi avec elle ? demanda Mark.

— Non. Je n'en ai pas eu l'occasion, parce que quelqu'un l'a tuée.

— Pourquoi ne pas simplement lui parler au Farriers Arms si vous vouliez lui proposer un poste ? demanda Jan. Après tout, vous saviez qu'elle y travaillait.

L'investisseur haussa les épaules avec peu d'enthousiasme.

— Je ne savais pas quand j'y retournerais.

— C'est à seulement quelques kilomètres de chez vous, dit Mark.

Drake ne dit rien.

Jan tendit la main sous les dossiers et en sortit un sachet de preuves, puis elle enfila des gants avant de l'ouvrir pour extraire le carnet de croquis de Jessica.

— Pour les besoins de l'enregistrement, je montre à

Monsieur Drake le carnet de croquis trouvé dans la chambre de Jessica Marley.

Elle feuilleta les pages qui avaient été marquées avec des scènes du pub, et elle montra chacune d'elles à Drake et à son avocat.

— Remarquez la date et l'heure sur chacun d'eux, dit-elle. C'est après la dernière tournée, et toujours le lundi soir. Noah est ici, White apparaît au bar ici. Qui sont les autres hommes sur les dessins, monsieur Drake ?

Il se pencha en avant et examina les fines lignes qui parcouraient les pages.

— Je ne sais pas. Je ne les ai jamais vus.

— Vous êtes sûr ?

— Oui.

— La veste que vous portez aujourd'hui, c'est une de vos préférées ?

— Pardon ?

Jan sourit.

— Votre veste, monsieur Drake. Vous semblez aimer la porter.

Mark retint son souffle tandis que sa collègue feuilletait le carnet de croquis avant de s'arrêter sur le dessin que Jessica avait fait en plein jour, montrant White et un homme inconnu au bar.

Elle tapota du doigt la silhouette de l'homme mystérieux. Jessica l'avait dessiné vêtu d'une veste au motif révélateur d'un tweed sombre, qu'il portait avec un jean.

— C'est vous, n'est-ce pas, monsieur Drake ?

Il fronça les sourcils.

— Je ne crois pas.

— Pourquoi est-ce que vous avez parlé à Nigel White trois semaines avant le meurtre de Jessica ? Vous l'avez menacé ? Vous lui avez demandé de tuer Jessica pour vous ?

Drake secoua légèrement la tête et croisa les mains sur la table.

Mark adoucit sa voix.

— Que se passe-t-il, Morgan ?

Jan reprit le carnet de croquis, le remit dans le sachet de preuves et retira ses gants pendant que Drake restait assis, les yeux baissés, la mâchoire crispée.

— C'est vous qui avez écrit le mot trouvé dans la poche de White la nuit où il a été tué, dit Mark, incapable de contenir l'adrénaline qui se déversait dans son corps. N'est-ce pas ? « Je suis désolé. C'est ma faute si elle est morte. » Qu'est-ce que vous avez fait, Morgan ? Pourquoi est-ce votre faute ?

Drake laissa échapper un souffle tremblant, puis il se pencha en arrière et fixa un moment les dalles abîmées du plafond. Il cligna des yeux, puis croisa le regard de Mark.

— Parce que Jessica essayait de m'aider, répondit-il. Ils essayaient tous les deux. Et maintenant, ils sont morts.

CHAPITRE 49

Un silence s'abattit dans la salle d'interrogatoire numéro trois, et seul le bruit du bourdonnement électronique de l'équipement d'enregistrement se faisait entendre.

— J'aimerais m'entretenir en privé avec mon client, dit Bernard Peters, qui se remettait tout juste de la déclaration de Drake et levait une main pour faire taire le financier.

— Ce n'est pas nécessaire. Je veux leur dire. J'aurais dû venir les voir dès le début.

Drake passa ses mains sur son visage avant de les laisser retomber sur ses genoux avec un soupir.

— Quel fichu gâchis.

— Nous vous écoutons, dit Mark.

Conscient que l'homme pourrait changer d'avis s'il avait trop de temps pour réfléchir, il voulait qu'il continue de parler – tout de suite.

— C'est pour ça que je voulais offrir un emploi à Jessica pour travailler avec moi, dit Drake. Je me rendais compte que nous tentions le diable. White a essayé de lui trouver un poste aux écuries, mais Adams ne lui a proposé que quelques heures le samedi matin, ce n'était pas suffisant, pas avec ses projets de voyage une fois ses études terminées. Elle a refusé d'abandonner son travail au pub.

— Commencez par le début, Morgan, dit Jan. Que se passe-t-il au pub ? Pourquoi est-ce que vous vouliez qu'elle arrête d'y travailler ?

Drake se frotta les mains, voûté sur sa chaise.

— J'ai eu des soupçons depuis un certain temps sur la façon dont Noah et Sonia gèrent le Farriers Arms. Leur nom est peut-être sur la porte, détective West, mais c'est ma réputation qui est en jeu s'ils se font prendre à faire quelque chose qu'ils ne devraient pas faire.

— Alors, vous avez pensé mener votre propre enquête, c'est ça ?

L'homme hocha la tête et tripota un fil qui dépassait de sa manchette.

— Oui.

— Quels étaient vos soupçons ? demanda Jan.

— Au début, je pensais qu'ils détournaient peut-être des profits de l'entreprise, vous savez, un peu par-ci par-là dans la caisse, ou quelque chose comme ça.

Il émit un rire étranglé.

— Mon Dieu, j'aurais préféré que ce soit ça.

— Quand est-ce que vous avez commencé à enquêter ?

— Il y a environ six mois, mais je ne pouvais y aller qu'en rentrant du travail. Il est devenu évident après quelques semaines qu'il ne se passait rien. Jessica s'est approchée de ma table un soir et m'a demandé si elle pouvait me parler en privé, mais loin du pub. Je pense qu'elle avait remarqué que je passais plus de temps que d'habitude au Farriers. Nous nous sommes rencontrés le lendemain en ville entre ses cours, et elle m'a demandé directement ce que je faisais.

Il soupira.

— Je ne sais pas, j'ai juste senti que je pouvais lui faire confiance, alors j'ai dit que j'avais des inquiétudes concernant Noah et Sonia, et c'est là qu'elle m'a tout révélé.

— Révélé quoi ? demanda Mark.

— Les tournois de poker illégaux qu'ils organisent au pub le lundi soir.

— Du poker ?

— Oui.

— On parle de quelle somme d'argent ?

— Des milliers. Chaque semaine. Et ça, c'est en plus de ce qu'ils facturent aux gens pour jouer.

— Il y a combien de joueurs ? demanda Jan.

— Environ une demi-douzaine. Noah gère une opération très fermée, sur invitation uniquement.

— Et donc vous avez décidé de profiter de Jessica et de la mettre en danger, dit Mark.

— Non, ce n'est pas du tout ce qui s'est passé. Elle m'a proposé son aide. Elle avait peur. Noah et Sonia lui avaient dit qu'ils lui faisaient confiance, et ils savaient qu'elle voudrait des heures supplémentaires pour financer son voyage, alors ils lui ont demandé de travailler tard le lundi pour tenir le bar pendant que Noah jouait au poker. Elle voulait démissionner, mais elle craignait ce qu'ils pourraient lui faire si elle le faisait.

Son visage se décomposa.

— Elle en savait trop.

— Comment Nigel White s'est-il retrouvé impliqué ? demanda Jan.

— Il a fait quelques travaux chez moi il y a environ quatre mois, reconstruire la clôture autour du paddock, des choses comme ça. Il a mentionné en passant qu'il ne voulait pas causer de problèmes, mais qu'il sentait que quelque chose avait changé cette dernière année au Farriers, et qu'il voulait partager ses inquiétudes avec moi. Les garçons d'écurie adorent ce pub, ils y sont toujours, et avant, il y avait occasionnellement des fermetures tardives. S'ils ne couraient pas le lendemain, la plupart d'entre eux restaient.

Il leva les mains.

— Je sais que ce n'est pas légal, mais—

— Continuez, dit Mark en balayant son explication d'un geste.

— Quand je lui ai dit que je pensais qu'un syndicat illégal de poker y était géré, il a proposé de m'aider. Il n'était pas comme les gars qui courent avec les chevaux, vous voyez, il n'avait pas besoin de se lever aussi tôt le lendemain, même s'il le faisait parfois par habitude, donc il pouvait rester tard. Il a dit qu'il voulait simplement que le pub redevienne comme avant. Selon lui, Noah et Sonia commençaient à aliéner les habitués et ne les faisaient plus se sentir bienvenus. C'était terrible pour l'établissement, et j'ai réalisé que si je ne faisais rien, ils ruineraient complètement l'aspect pub de l'affaire. Nigel m'a dit qu'il avait joué un peu au poker dans le passé, et j'ai accepté de le financer.

— Comment a-t-il réussi à convaincre Noah de l'intégrer au syndicat ? demanda Mark.

— Lui et Jessica ont lancé une rumeur dans le pub selon laquelle il aurait hérité d'une somme d'argent. Pas autant que Dominic Millar, mais suffisamment pour qu'il veuille s'amuser et faire quelques folies. Jessica s'est assurée que Noah était à portée de voix quand ils en discutaient, et elle a beaucoup insisté sur le fait que Nigel ne voulait pas qu'Adams le découvre, parce qu'il souhaitait garder son emploi là-bas. Il n'a fallu qu'une semaine avant que Noah ne l'approche un lundi soir, c'était il y a environ deux mois et demi, et il lui a demandé s'il voulait rejoindre le groupe.

— Vous lui avez fourni les fonds pour participer ?

— Oui. Il n'aurait pas pu jouer autrement. En plus, il devait apprendre à jouer correctement, alors j'ai financé cela aussi.

— Nous avons trouvé des sites de jeux en ligne sur son ordinateur portable.

— C'était la façon la plus sûre pour lui d'apprendre, expliqua Drake. J'avais besoin qu'il soit assez bon pour être invité aux parties à enjeux plus élevés au Farriers Arms.

— Qu'est-ce qui a mal tourné ? demanda Jan.

— Oh, mon Dieu.

Drake passa une main sur sa tête, puis se pencha en avant, appuyé sur ses coudes.

— Quand nous avons appris que Jessica avait été tuée, Nigel était inconsolable. Il se blâmait pour sa mort. Il était convaincu que c'était sa faute si elle l'avait entendu parler avec Collins d'augmenter les enjeux des parties de poker pour les rendre plus lucratives, et qu'elle n'avait pas compris que c'était une ruse pour recueillir davantage de preuves. Si Noah avait proposé des enjeux plus élevés, je pensais pouvoir faire contacter un ami de Londres pour commencer à prendre des noms.

Un sourire sardonique tordit sa bouche.

— White était autorisé à jouer, mais il était évident que les autres joueurs le toléraient simplement. Pas de la bonne classe, voyez-vous.

— Alors, que s'est-il passé quand Jessica a surpris White en train de parler à Noah ?

Le financier renifla.

— Elle n'avait que quelques années de plus que ma fille.

— Que s'est-il passé, Morgan ? répéta Mark, sa patience arrivant à bout.

— Jessica l'a confronté à l'extérieur du pub lorsqu'il est sorti par derrière pour fumer une cigarette entre les parties. Il a dit qu'ils avaient eu une violente dispute, mais qu'il avait fini par lui avouer ce qu'il faisait. Il a réussi à la calmer et à la faire revenir dans le pub. Environ dix minutes plus tard, Noah a annoncé qu'il mettait fin au jeu pour la soirée. Il a dit avoir reçu un tuyau anonyme concernant une patrouille de police dans le secteur et qu'il ne voulait pas risquer une visite impromptue. Je pense que Nigel a compris peu après que c'était une ruse et que lui et Jessica avaient été entendus, soit par Noah, soit par Sonia. Il a dit qu'il avait prévu de venir me voir mardi matin pour me dire d'aller à la police, de vous raconter ce qui se passait parce que la situation était allée trop loin.

— Donc, White a quitté le pub à quelle heure...

— Vers minuit et quart, en même temps que tous les autres joueurs.

— Où était Jessica à ce moment-là ?

— Elle a proposé de rester pour aider à ranger. Personne ne l'a revue après cela.

— Et cette note, alors ? Celle qu'on a retrouvée dans la poche de Nigel ?

— Je lui devais encore quatre cents livres du tournoi de poker de la semaine précédente, et je voulais lui parler, lui dire à quel point j'étais désolé pour Jess. Quand je suis arrivé au cottage mercredi après-midi, il n'était pas là, alors j'ai laissé une note avec l'argent dans une enveloppe à son nom et je l'ai glissée dans la boîte aux lettres. Je voulais lui faire savoir que c'était entièrement ma faute, que je n'aurais jamais dû les mettre dans une situation aussi dangereuse.

— Morgan, est-ce que vous accusez Noah et Sonia Collins d'avoir assassiné Jessica Marley et Nigel White ?

Le financier se pencha en arrière sur son siège et jeta un coup d'œil à son avocat, puis de nouveau à Mark.

— Oui, détective. C'est exactement ce que je fais.

— Pourquoi est-ce que vous n'avez pas partagé vos inquiétudes plus tôt ? Par exemple, lorsque Jessica a été tuée ? Avant que Nigel White ne soit assassiné ?

— J'avais peur, répondit Drake, la voix tremblante. Je ne pouvais pas risquer de faire une accusation sans être sûr d'avoir raison. J'ai une fille. Quelles étaient les chances qu'ils lui fassent du mal si j'étais venu vous voir ? Vous avez vu de quoi ils sont capables.

CHAPITRE 50

Kennedy faisait tourner son stylo à bille entre ses doigts pendant que Jan résumait l'entretien avec Morgan Drake, le visage crispé par la contrariété.

Quand elle eut terminé, il laissa tomber le stylo sur son bureau et la regarda, puis Turpin, avant de parler.

— Est-ce qu'il a une idée de comment ils ont réussi à s'en tirer pendant si longtemps ?

— C'est un groupe fermé, répondit Jan. Noah limite à environ six joueurs, et il ne commence pas la première partie avant minuit. S'il y a des habitués qui partent après la dernière tournée, ça peut prendre un moment avant qu'ils ne s'en aillent.

— Et les joueurs ?

— White a dit à Drake qu'ils restaient à l'écart jusqu'à environ quinze minutes avant le début de la première partie. Noah ne laissait jamais personne arriver tôt et traîner, car sinon les habitués s'attendraient à une fermeture tardive. Quand White a été invité à jouer, il a dû attendre derrière le pub jusqu'à ce que Sonia lui donne le feu vert.

— Malgré l'heure tardive, dans quelle mesure Drake est-il certain que ces parties de poker sont illégales ?

— Chaque joueur paie des frais de participation de quelques centaines de livres, et les mises sont plus élevées que ce qu'autorise la loi sur les jeux de 2005, dit Jan. Drake a dit que Jessica pensait qu'il y avait des soirs où certains repartaient avec près de douze mille livres.

— Nous avons vérifié après lui avoir parlé, et il n'y a aucune trace de demande de licence de jeu auprès du conseil municipal de la part de Noah et Sonia Collins, dit Turpin.

— S'il n'a pas été assez malin pour nous faire part de ses soupçons dès le début, pourquoi diable n'a-t-il pas pensé à le signaler à la commission des jeux ?

— Il a essayé, répondit Jan, mais ils manquent de personnel et ils n'ont pas les ressources pour enquêter sur chaque incident qui leur est signalé. Il a téléphoné pour leur donner un tuyau anonyme, mais rien ne s'est passé. Il dit que c'est pour ça qu'il a décidé de rassembler suffisamment de preuves pour les apporter à la police afin d'être pris au sérieux.

— Pu—

Kennedy frappa du poing sur le bureau, puis repoussa sa chaise en arrière et fit sursauter Jan.

— Et maintenant, nous avons une jeune femme morte et un autre meurtre à gérer, tout ça parce qu'il a décidé de jouer les justiciers...

— Chef, même s'il nous l'avait signalé, qu'est-ce qui se serait passé ? dit Turpin. Nous aurions envoyé des agents en uniforme avec l'autorité de licence pour les avertir, peut-être leur donner une amende. Avec le genre d'argent qui, selon nos informations, aurait changé de mains, il y a des chances qu'ils n'auraient pas arrêté. Ils auraient trouvé un autre endroit pour s'installer.

— Ou simplement continué au Farriers et changé leur calendrier de jeu pour qu'il ne soit plus routinier, dit Jan. D'après ce que nous avons appris de Drake, je ne pense pas que Noah et Sonia auraient arrêté. Ils gagnent trop d'argent avec ça.

— Ce qui leur donne beaucoup de mobiles, dit Turpin.

Kennedy se frotta la nuque tout en faisant les cent pas derrière son bureau.

— Vous pensez qu'il a raison ? Vous pensez qu'ils sont capables de tuer deux personnes pour protéger leur activité parallèle ?

Jan jeta un coup d'œil à son collègue, puis revint à l'inspecteur principal.

— Oui, chef. C'est le cas. Je pense que depuis le début, nous avons imaginé être à la recherche d'un seul tueur, alors qu'en fait nous pourrions en avoir deux.

— Et ils en ont les moyens, dit Turpin. Drake a déclaré que White lui avait dit que Noah avait renvoyé tout le monde plus tôt ce soir-là, tout le monde sauf Jessica, parce qu'il pensait qu'ils avaient été entendus pendant qu'ils se disputaient dehors. Noah aurait pu bercer Jessica en lui faisant croire qu'ils s'en étaient sortis sous prétexte de lui dire qu'il avait reçu un tuyau anonyme concernant une patrouille de police dans les parages, il l'aurait renvoyée chez elle après avoir rangé comme d'habitude, puis il l'aurait suivie.

— Pourquoi l'emmener jusqu'aux pistes d'entraînement alors ?

— Le terrain appartient à Morgan Drake, dit Jan. Non seulement cela lui envoyait un message, s'ils soupçonnaient qu'il fouinait, mais ça servait aussi à s'assurer que Nigel

White garderait sa bouche fermée à l'avenir. Peut-être qu'ils l'ont dit aux autres joueurs aussi, afin de garantir leur silence.

— À part la déclaration de Morgan Drake, quelles preuves avons-nous pour soutenir ces accusations ? demanda Kennedy. Est-ce qu'il a pu identifier quelqu'un sur ces dessins ?

— Non, répondit Turpin.

— Nous n'avons pas d'autres suspects, chef, ajouta Jan. Et de tout ce que nous avons trouvé ces deux dernières semaines, c'est ce qui nous a le plus rapprochés de comprendre le mobile derrière les deux meurtres.

L'inspecteur principal tambourina des doigts sur le bureau un moment.

— Très bien. D'après ce que nous avons sous la main, je suis d'accord pour dire que nous devons faire venir Noah et Sonia Collins pour les interroger. Je ne veux pas qu'on procède à des arrestations tant que nous n'aurons pas corroboré ce qu'ils ont à dire par rapport à ce dont Drake les accuse. Pour ce que nous en savons, il pourrait être notre tueur et il détourne les soupçons. Où est-il en ce moment ?

— Sur le chemin du retour, chef, dit Jan. Nous n'avions rien pour l'inculper...

— À part la stupidité—

Elle haussa les épaules.

— Nous lui avons demandé de se tenir à disposition pour d'autres questions, et nous lui avons dit de rester loin du Farriers Arms jusqu'à ce que nous ayons conclu notre enquête.

— Chef ? Malgré les réserves que nous pourrions avoir quant à ses motivations en nous parlant de Noah et Sonia Collins, il semblait sincèrement inquiet pour sa famille, particulièrement pour sa fille, dit Turpin. Est-ce qu'il serait possible que nous demandions à des agents de garder un œil sur la maison ? Peut-être dans le cadre d'une patrouille locale ou quelque chose comme ça pour ne pas attirer l'attention sur le fait qu'il est sous notre surveillance ?

— Vous pensez que Noah ou sa femme essaieraient de leur faire du mal ? demanda Kennedy.

— Si nous n'arrivons pas à les atteindre avant qu'ils n'apprennent qu'il nous a parlé, alors c'est possible. S'il dit la vérité, ils ont déjà tué deux personnes pour garder leur combine secrète. Il est le seul à avoir fait le lien entre les deux meurtres et le pub, et s'il n'avait pas mentionné les parties de poker illégales, nous ne l'aurions peut-être jamais découvert. Par ailleurs, s'il est le tueur, alors nous ne voulons pas qu'il disparaisse pendant que nous parlons à Noah et Sonia.

— Ok, alors faites-le dès demain matin avant l'ouverture du pub. Demandez à Alex de parler à quelqu'un dans la salle des opérations à l'étage pour coordonner les patrouilles, et signalez les détails de sa voiture dans le système de reconnaissance automatique des plaques d'immatriculation au cas où il déciderait de s'enfuir. Qui est-ce que vous emmenez avec vous pour aller chercher Noah et Sonia Collins ?

Jan repoussa sa chaise et rajusta sa veste.

— Les deux plus grands agents que nous pourrons trouver, chef. Noah Collins est bâti comme un joueur de rugby.

CHAPITRE 51

Une fine brume s'accrochait aux haies et aux branches d'arbres tandis que Turpin guidait la voiture de service le long de l'étroite route menant à Harton Wick.

Six heures et demie, une campagne apaisée par l'obscurité qui contemplait l'aube, et seul le bruit des pneus sur le goudron rompait le silence.

Quelques mètres plus loin, les feux de freinage s'allumèrent lorsqu'un deuxième véhicule de police banalisé approcha des panneaux de limitation de vitesse à l'entrée du village, et Turpin rétrograda en l'imitant.

L'air froid s'infiltrait par le joint de la portière à côté de Jan, et elle tendit la main pour ajuster le chauffage avant de se repositionner sur son siège, la mâchoire serrée.

Des deux côtés de la route menant au Farriers Arms, elle observait les maisons endormies aux rideaux fermés, baignées dans une bienheureuse ignorance de ce qui se passait à moins de quatre cents mètres de là.

Elle reporta son attention sur la route quand Turpin freina, et elle cligna des yeux à la vue d'une camionnette municipale et de deux hommes en gilets haute visibilité en pleine conversation sur l'accotement.

— Qu'est-ce qu'ils font ? demanda-t-elle.

En réponse, son collègue désigna d'un mouvement du menton l'échelle que l'un des hommes avait sortie de l'arrière de la camionnette, avant de manœuvrer autour du véhicule.

— Ils réparent le lampadaire cassé, on dirait. Ils ont dû être informés que les experts de la police scientifique avaient terminé.

Jan déglutit et refoula la vague de tristesse qui montait dans sa poitrine.

Moins de deux semaines après le meurtre de Jessica, et déjà les circonstances qui avaient mené à sa mort étaient effacées comme s'il ne s'était jamais rien passé.

Turpin lui jeta un coup d'œil et freina tandis qu'il suivait la voiture de patrouille sur le parking du Farriers Arms, bloquant le vieux 4x4 de Noah Collins.

— La vie continue, Jan. Tu le sais bien.

— Je sais. C'est juste que... si nous n'avions pas convoqué Morgan Drake pour l'interroger, nous n'aurions peut-être jamais su pourquoi elle est morte, n'est-ce pas ?

— Mais nous voilà.

Il retira la clé du contact et ouvrit sa portière.

— Laisse-moi entrer en premier avec les autres, d'accord ? Juste au cas où.

— Gilet pare-balles ?

— Si tu te sens plus à l'aise avec, mets-le.

Elle tendit la main derrière son siège et referma ses doigts sur le matériau blindé et volumineux, puis elle sortit de la voiture et le passa par-dessus sa tête.

Les deux agents en uniforme qu'ils avaient soigneusement choisis parmi ceux disponibles sur le planning s'approchèrent d'elle et de Turpin, et le plus âgé pointa du pouce par-dessus son épaule en direction du pub.

— Il y a une porte arrière pour accéder aux logements ? demanda-t-il.

— Il y a une porte latérale, répondit Jan.

Elle scruta les fenêtres de l'étage, mais il n'y avait aucun mouvement, aucun frémissement de rideau suggérant que leur arrivée matinale avait été remarquée par les deux occupants.

— Elle donne sur le parking par là-bas. La porte arrière mène à la cuisine.

— Très bien. On est prêts quand vous l'êtes.

— Je vais attendre près de la porte d'entrée au cas où quelqu'un essaierait de sortir par là, dit-elle. Et pour la sortie de la cuisine ?

— On va devoir prendre le risque, dit Turpin. On a bloqué leur 4x4, donc ils n'iront pas bien loin s'ils tentent de s'enfuir.

— Ok.

— À tout de suite.

Il fit un signe de la main par-dessus son épaule en s'éloignant avec les deux agents.

Jan expira profondément et observa depuis l'angle du pub comment il frappait à la porte latérale et annonçait leur arrivée.

Le bruit de mouvements dans la pièce au-dessus de sa tête attira son attention, et elle leva les yeux pour voir Sonia Collins qui jetait un coup d'œil à travers un espace entre les rideaux aux véhicules en bas, les yeux écarquillés.

— Je te vois, murmura Jan.

Les rideaux retombèrent en place, et elle entendit des voix qui s'élevaient avant que des pas ne résonnent sur les planchers centenaires.

Quelques instants plus tard, la porte latérale s'ouvrit brusquement, et la voix indignée de Noah Collins parvint jusqu'à l'endroit où elle se tenait.

— Qu'est-ce qui se passe, bon sang ? Il est six heures et demie du matin.

La voix calme de Turpin suivit, pour expliquer au tenancier qu'il devait se rendre au commissariat pour un interrogatoire, puis il récita la mise en garde officielle.

Elle ne saisit pas la réponse de Noah, mais le contexte trahissait un mélange de perplexité suivie de colère tandis que les deux agents le conduisaient vers la voiture de patrouille qui attendait et qu'ils s'éloignaient.

Une seconde voiture de patrouille déboula sur le parking avant qu'elle ne puisse reporter son attention sur le pub. Le passager descendit et se dépêcha de la rejoindre pendant que les tons indignés de Sonia résonnaient depuis l'intérieur du bar.

— Désolée pour le retard, madame, dit Sonia alors que la voix de l'agente atteignait un crescendo. Nous étions bloqués derrière une file de chevaux de course, jusqu'à ce que Rick se souvienne d'un raccourci.

Jan secoua la tête.

— Pas de problème. Ça vous va de l'emmener ?

— Je m'en occupe. Vous avez déjà le mari ?

— Il était dans la voiture qui vient de partir.

Elles se tournèrent en voyant Turpin apparaître à la porte latérale, sa main sur le bras de Sonia Collins.

Le visage de la femme exprimait une pure fureur lorsqu'il la confia à l'agente de police.

— Comment ça s'est passé ?

Il sourit et regarda la seconde voiture de patrouille quitter le parking.

328

— Elle était pire que lui. Ok, j'ai les clés de l'endroit, je vais fermer et ensuite on rentrera.

— Attends.

— Qu'est-ce qui ne va pas ?

— Si Drake ment, si Noah et Sonia ne sont pas nos tueurs, alors nous ne voulons pas alerter le vrai tueur, n'est-ce pas ? dit-elle.

— Ok… alors…

— Il faut que le pub ouvre et fonctionne normalement aujourd'hui, dit-elle.

— Qu'est-ce que tu as en tête ?

Elle montra son téléphone portable.

— Laisse-moi passer un coup de fil. Retourne faire les interrogatoires, je m'occupe de tout ici.

Il fronça les sourcils.

— Tu es sûre ?

— Oui.

Elle lui fit un clin d'œil.

— Fais-moi confiance.

CHAPITRE 52

La bouche de Noah Collins se tordit en un rictus méprisant lorsque Mark entra dans la salle d'interrogatoire derrière Alex, puis il se tourna vers son avocat et murmura à voix basse.

William Hawsey, un homme d'une cinquantaine d'années au teint sanguin, se tourna vers les deux détectives lorsqu'ils s'assirent en face.

— Mon client exige de savoir pourquoi il a été amené ici. Il a une entreprise à gérer.

— Soyez patient, dit Mark. Nous ne discuterons de rien tant que nous n'aurons pas commencé correctement.

Alex récita la mise en garde formelle, puis il se cala dans son siège, stylo prêt au-dessus de son carnet.

— Pour les besoins de l'enregistrement, dit Mark, nous avons l'inspecteur Mark Turpin, l'enquêteur Alex McClellan, Monsieur Noah Collins, et...

— William Hawsey, cabinet d'avocats Hawsey et Wainwright.

— Merci.

Il croisa les mains.

— Monsieur Collins, pourriez-vous commencer par confirmer votre lieu de travail ?

Noah leva les yeux au ciel, puis soupira.

— Je suis le tenancier du pub Farriers Arms à Harton Wick.

— Vous y êtes depuis combien de temps ?

— Depuis 2017.

— Et vous gérez le Farriers Arms pour le compte de son propriétaire, Morgan Drake, c'est exact ?

— Oui.

— À quelle fréquence M. Drake visite-t-il le pub ?

Noah haussa les épaules.

— Une ou deux fois par mois. Parfois moins.

— De quoi est-ce que vous discutez lors de ses visites ?

— D'idées marketing, de problèmes éventuels, ce genre de choses.

— Est-ce que vous avez besoin de sa permission pour modifier quoi que ce soit dans la gestion quotidienne de l'établissement ?

— Non. Il me paie pour ça.

— Vous êtes donc responsable de tout ce qui se passe sous ce toit ?

Les yeux plissés, Noah leva les mains et gratta un ongle abîmé tout en observant Mark.

— C'est exact.

— Bien.

Mark ouvrit le dossier posé sur la table sous son coude et en sortit des copies des dessins de Jessica.

— Est-ce que vous avez déjà vu ces dessins auparavant ?

Une veine commença à palpiter dans le cou de Noah.

— Non.

— Jessica Marley les a dessinés. Nous avons trouvé son carnet de croquis chez ses parents. C'était une artiste très douée, beaucoup de dessins de paysages, des choses comme Waylands Smithy, le château de Donnington. Vous voyez l'idée. Mais elle n'a commencé à dessiner ceux-ci en particulier qu'il y a quatre mois. Regardez, vous êtes sur celui-ci.

Mark fit pivoter le croquis et pointa du doigt le personnage derrière le bar.

L'avocat de Noah fronça les sourcils, ses joues déjà rouges s'assombrissant davantage tandis qu'il griffonnait frénétiquement une note pour lui-même, puis il jeta un regard en biais à son client.

Le tenancier demeura silencieux, la mâchoire crispée.

— Je vous reconnais et je suppose que ce type ici est Nigel White, mais avec qui parle-t-il, Noah ?

— Je n'en ai aucune idée.

— Non ? Très bien. Et l'homme sur ce croquis ? Je présume que c'est une femme à qui il parle, on ne voit pas son visage, mais on le devine à sa coiffure, n'est-ce pas ?

— Je ne sais pas, répondit Noah en croisant les bras, son ton ennuyé. Est-ce qu'il y a un but à tout cela, détective Turpin ?

— C'est amusant que vous posiez la question.

Mark retourna tous les dessins face à Noah et son avocat, puis il les désigna tour à tour.

— Remarquez comment chaque dessin réalisé par Jessica comporte la date et l'heure. Je ne suis pas expert, monsieur Collins, après tout, c'est vous le titulaire de la licence, mais vous n'êtes pas censé arrêter de servir à vingt-trois heures au Farriers Arms ? Il me semble que ces personnes boivent bien après minuit. Un lundi, en plus, ce qui est inhabituel en soi.

Est-ce que vous pouvez nous fournir des preuves documentaires pour attester d'une demande d'autorisation temporaire accordée pour ces dates conformément à la loi sur les licences de 2003 ?

— Je vais devoir vérifier dans le classeur au bureau, répondit Noah.

— C'est bon à savoir.

Mark se tourna vers son collègue.

— Alex, vous pourriez transmettre ce message à l'enquêteuse West et à l'équipe de perquisition au Farriers Arms ?

Le visage du tenancier blêmit en voyant Alex repousser sa chaise.

— Attendez.

Mark haussa un sourcil dans sa direction.

L'avocat de Noah posa une main sur le bras de son client, puis se tourna vers les deux détectives.

— Ce que mon client tient à préciser, c'est que c'est son épouse, Sonia, qui est responsable de toute la paperasse pour l'établissement. S'il y a la moindre indication de manquement concernant les licences, vous devrez vous adresser à elle.

— Oh, ne vous inquiétez pas, nous le ferons.

Mark attendit qu'Alex reprenne sa place avant de se concentrer à nouveau sur l'homme en face de lui.

— C'était son idée de tuer Jessica, ou la vôtre ?

— Détective, c'est absurde, dit Hawsey, son visage rougissant davantage. À moins que vous n'ayez des preuves suggérant—

— Est-ce que c'était vous, Noah ?

Mark se pencha en avant.

— Est-ce que vous lui avez demandé de rester tard ce soir-là sous prétexte de nettoyer après avoir arrêté la partie de poker plus tôt ? Vous l'avez fait parce que vous l'avez entendue discuter des jeux avec Nigel White ?

— Sans commentaire.

Noah le foudroya du regard. Il frottait son pouce sur ses mains jointes qui montaient et descendaient nerveusement sur la table.

— Qu'est-ce que vous avez utilisé pour la tuer ? Ce gros marteau que vous gardez dans la cave pour enfoncer les robinets et les chevilles dans les fûts ? Notre équipe médico-légale l'analyse actuellement pour y trouver des traces de son sang, vous savez. Ou peut-être l'un de ces attendrisseurs à viande que Sonia garde dans la cuisine ? Nous les avons aussi récupérés, soit dit en passant.

Il pouvait entendre le grincement des dents du tenancier depuis sa place, mais l'homme ne disait toujours rien.

— Elle n'était pas morte, dit Mark.

— Quoi ?

Mark prit tour à tour chacun des dessins de Jessica pour les placer dans le dossier avant de le fermer d'un coup sec. Il repoussa sa chaise et dévisagea l'homme en face de lui.

— Elle n'était pas morte, Noah. Vous l'avez frappée à la tête, mais ce n'était pas suffisant pour la tuer sur le coup. Vous auriez pu l'emmener à l'hôpital, ou appeler à l'aide. Au lieu de cela, vous l'avez emmenée sur les pistes d'entraînement et vous l'avez laissée mourir.

CHAPITRE 53

Mark s'adossa contre le mur du couloir, échangea des dossiers avec Caroline et relut les questions d'entretien qu'il avait élaborées avec l'aide de Kennedy ce matin-là.

— Comment ça s'est passé, chef ? demanda-t-elle.

— Il n'avoue rien, répondit Alex.

Il enfonça ses mains dans ses poches et adopta une posture similaire à celle de Mark pendant qu'il attendait qu'il finisse sa lecture.

— Et il essaie de rejeter la faute sur sa femme pour « l'oubli » concernant les licences pour les jeux.

Caroline plissa le nez.

— Peu importe qui l'a demandée. Ils n'en auraient jamais obtenu une pour le genre de sommes qui circulaient là-bas. Qu'est-ce qu'il a dit à propos du meurtre de Jessica et Nigel ?

— Pas grand-chose, dit Mark. Mais je pense qu'on a touché un point sensible quand je lui ai dit que Jessica respirait encore quand il a abandonné son corps sur les pistes d'entraînement.

— Vous croyez qu'il avait l'intention de la tuer ?

Il ferma le dossier d'un coup sec et le tapota contre sa jambe.

— Je ne sais pas. J'aurais dit peut-être, mais ensuite lui, ou sa femme, a tué Nigel et a essayé de faire passer ça pour un suicide. Ça ne traduit pas vraiment du remords, n'est-ce pas ? Vous êtes prêt, Alex ?

— Oui, chef.

— Allons-y alors. Voyons ce que Mme Collins a à dire.

Sonia Collins avait choisi une avocate d'un cabinet de Banbury, une femme qui regardait par-dessus ses lunettes de lecture quand les deux détectives s'assirent, et leur tendit sa carte en se présentant comme Michelle Yates.

— Merci, Maître Yates, dit Mark une fois que l'avertissement formel eut été récité.

Il glissa la carte sous le dossier et il tambourina des doigts sur la surface tout en observant la cliente de l'avocate.

— Depuis combien de temps êtes-vous mariée à Noah, Sonia ?

— Six ans.

— Vous êtes heureuse ?

— Bien sûr.

— Les affaires marchent bien ?

— Oui.

— Bien. Alors, à quel moment avez-vous décidé que vous aviez besoin d'un revenu supplémentaire en lançant les parties de poker illégales ?

Sonia cligna des yeux, ses yeux verts fixant les siens avec une férocité qu'il n'avait pas vue chez son mari.

— Je ne vois pas de quoi vous—

— Assez de conneries, Sonia.

Mark sortit les croquis du dossier, et il les feuilleta jusqu'à ce qu'il en trouve un datant de trois mois. Il le poussa à travers la table pour qu'il atterrisse entre les deux femmes.

— C'est vous, n'est-ce pas ? Debout sous l'horloge, en train de parler à l'homme qui nous tourne le dos. De qui s'agit-il ?

— Je ne sais pas... nous sommes toujours occupés à servir le soir. Ça pourrait être n'importe qui.

— Regardez l'heure, Sonia. Depuis quand le Farriers Arms sert-il de la nourriture à une heure du matin ?

Elle cligna à nouveau des yeux.

— Quels sont les noms des joueurs ? Qui s'est présenté à ces événements ?

Elle haussa les épaules.

— Votre mari a dit que vous étiez responsable des arrangements de licence dans le pub. Il me semble que vous aimez prendre les choses en main. Est-ce que vous avez également tué Jessica Marley ?

— Non.

— Qui l'a fait alors ? Qui l'a attaquée dans la ruelle entre le pub et la maison de ses parents, puis a transporté son corps jusqu'aux pistes ?

— Je ne sais pas.

Mark haussa les épaules.

— Une équipe de la police scientifique est au Farriers Arms en ce moment—

— Est-ce que vous avez un mandat ? intervint l'avocate. Je ne crois pas que ma cliente ait donné son autorisation—

— La dernière fois que j'ai vérifié, votre cliente n'était pas la propriétaire, répondit Mark. Morgan Drake nous accorde sa pleine coopération.

Sonia renifla avec dédain et croisa les bras sur sa poitrine.

— Évidemment qu'il le ferait. Il ne peut pas s'empêcher de fourrer son nez partout.

— Vous voulez bien développer ? demanda Mark, puis il sourit quand elle le fusilla du regard. Très bien, Nigel White. Pourquoi est-ce que vous l'avez tué ?

Un tic commença à agiter le dessous de son œil gauche.

— Vous l'avez attiré chez lui, où vous l'avez étranglé, puis vous l'avez pendu pour faire croire qu'il s'était suicidé. Ou est-ce que c'était l'œuvre de Noah ?

Sonia se tourna et murmura quelque chose à son avocate.

La femme inclina la tête un instant, puis elle leva les yeux vers Mark.

— Ma cliente aimerait avoir l'assurance que ce qu'elle vous dira ne sera pas répété à son mari. Elle a peur de lui.

Ignorant son rythme cardiaque qui s'accélérait, Mark prit une profonde inspiration avant de répondre.

— Nous ferons de notre mieux, mais nous nous réservons le droit d'utiliser toute information que vous nous donnerez afin de formuler d'autres questions pour Noah Collins.

———

— À en juger par l'expression sur votre visage, ça ne se passe pas bien ?

Kennedy jeta son stylo sur le bureau, où il rebondit avant d'atterrir sur son clavier d'ordinateur.

— Alex et vous avez obtenu quelque chose d'utile ?

— Sonia a indiqué qu'elle avait peur de son mari.

Mark passa une main sur sa tête.

— Je suis toujours enclin à penser que c'est elle qui porte

la culotte dans cette relation, cependant. Quand nous lui avons posé nos questions, elle avait l'air plutôt ennuyée la plupart du temps. Si elle était innocente, je me serais attendu à plus d'émotion de sa part.

— Eh bien, l'équipe de la police scientifique est arrivée au pub il y a une demi-heure.

Kennedy s'arrêta pour vérifier sa montre.

— Il reste une heure avant l'ouverture pour le service du déjeuner. Qu'est-ce que vous voulez faire ?

— Jan est là-bas en ce moment, et Bethany Myers a accepté de venir tenir le bar pour que nous puissions maintenir les apparences avec les habitants du coin. J'aimerais voir ce que l'équipe de recherche trouve avant d'interroger à nouveau Noah et Sonia Collins. Aucun d'eux n'admettra avoir tué Jessica et Nigel si nous ne trouvons pas quelque chose pour corroborer les informations de Morgan Drake. Les croquis de Jessica sont loin d'être suffisants, le parquet n'y touchera pas.

Kennedy reprit son stylo et griffonna une note.

— Je vais approuver le temps supplémentaire pour les garder tous les deux aujourd'hui. Vous avez raison, cependant, nous allons avoir besoin de quelque chose de plus avant que je puisse convaincre un magistrat d'accorder une prolongation supplémentaire pour l'interrogatoire.

Mark se mordilla la lèvre, puis il baissa les yeux lorsque son téléphone portable vibra.

Il sourit en lisant le message de Jan et reporta son attention sur Kennedy.

— Chef, juste une idée, mais il est assez évident d'après ce qu'on a entendu jusqu'à présent que le tournoi de poker a bien eu lieu la semaine dernière. Aucun des participants ne semble avoir été rebuté par le fait qu'il y ait eu deux meurtres, ce qui montre le genre de personnes auxquelles nous avons affaire.

— Sans parler des sommes en jeu.

— Exactement. Donc, on pourrait peut-être en tirer parti, non ?

CHAPITRE 54

Jan scrutait à travers les rideaux voilés de la fenêtre de l'appartement au-dessus du Farriers Arms, sa silhouette se détachant dans la pâle lumière d'un réverbère de la ruelle.

Elle se détourna de la vue et bâilla, et Turpin l'imita avant de prendre une gorgée de la boisson énergisante qu'il avait achetée au bar en bas une demi-heure auparavant.

Bethany gérait le pub jusqu'à tard après avoir refusé de rentrer chez elle.

— Je connais cet endroit aussi bien que Noah et Sonia, avait-elle dit. Vous ne pouvez pas faire ça sans moi.

Jan sourit à ce souvenir. La jeune femme avait raison, bien sûr.

Bethany avait convenu avec Jan que si quelqu'un se présentait en espérant manger, elle leur dirait que Noah et Sonia avaient été appelés pour une urgence familiale et qu'ils seraient de retour plus tard dans la soirée.

Pour les habitués et les clients occasionnels qui étaient venus au pub au cours de la journée, tout semblait normal au Farriers Arms.

À l'étage, c'était une autre affaire.

Pendant que Bethany gérait les opérations au rez-de-chaussée, Jan était restée dans l'appartement du dessus, prête à agir dès que Turpin l'appellerait après avoir terminé les entretiens ce matin-là.

Les quartiers d'habitation au-dessus du bar avaient été pris d'assaut par une équipe d'agents en uniforme et d'experts de la police scientifique arrivés en milieu de matinée, transportés de leurs véhicules au pub en minibus après s'être garés sur la propriété de Morgan Drake pour que leur présence reste inaperçue.

Le service de midi avait été calme pour la jeune femme, avec seulement un habitué qui s'était présenté, l'homme avec le Jack Russell, et un couple qui rendait visite à de la famille dans les environs et avait froncé le nez à l'idée qu'il n'y ait pas de nourriture, ce qui les avait fait partir peu après.

Avec le pub fermé comme d'habitude pendant trois heures l'après-midi, Bethany était restée et elle avait observé avec une stupeur croissante l'équipe qui fouillait chacune des pièces, tandis qu'une collection régulière de preuves concernant les parties de poker était mise de côté.

Maintenant, Jan pouvait entendre le murmure des voix à travers le plancher, le tintement des verres et les rires qui se mêlaient au brouhaha général d'un pub de campagne en fin de journée.

Une cloche retentit pour la deuxième fois, suivie de la voix de Bethany qui annonçait la fermeture.

— Tu penses qu'il va lui falloir combien de temps pour vider l'endroit ? demanda Turpin.

— Elle m'a dit qu'il ne restait que deux retardataires quand je lui ai parlé tout à l'heure. L'un est un ingénieur à la retraite qui habite du côté de Hazelthorpe, et l'autre est un type plus âgé qui a perdu sa femme il y a quelques mois. Elle dit qu'ils ont tendance à finir leurs verres et partir dès que la cloche sonne.

Comme sur commande, elle entendit la porte d'entrée du pub se fermer et elle traversa jusqu'à la fenêtre à temps pour voir les deux hommes traverser le parking vers la ruelle, tourner à droite, et disparaître de vue.

L'adrénaline monta en elle tandis qu'elle scrutait la ruelle à la recherche de signes d'activité et qu'elle tendait l'oreille pour percevoir le bruit de véhicules en approche.

— Mieux vaut s'asseoir, au cas où ils arriveraient tôt, dit Turpin.

Il prit une autre gorgée de la boisson sucrée.

— Je ne comprends pas comment tu peux boire ce truc. J'ai interdit à mes garçons de s'en approcher.

— Le café ne faisait plus effet.

— Tes dents vont tomber.

Il sourit, et elle laissa échapper un rire étranglé.

— Mon Dieu, je ressemble tellement à ma mère quand je suis inquiète.

— Je ne l'ai pas rencontrée, mais oui, tu as tendance à te transformer en mère couveuse quand tu es sous pression.

— En mère couveuse ?

Il lui fit un clin d'œil en réponse, puis il attrapa l'oreillette qui pendait sur son épaule et ramassa une radio posée sur la petite table devant lui.

— C'était le centre de contrôle, dit-il. Ils ont confirmé qu'il y a des voitures de patrouille banalisées de chaque côté du village, qui se mettront en place pour former des barrages routiers une fois que tous les joueurs seront arrivés.

— Ok. Attends.

Jan quitta la pièce et rejoignit le haut des escaliers.

— Comment ça se passe en bas, Bethany ?

— Ça va. Ne vous inquiétez pas. J'ai éteint la plupart des lumières, je me suis dit que Noah ferait pareil pour que l'endroit ait l'air fermé. J'ai aussi verrouillé la porte d'entrée. Toute personne qui viendrait ici à cette heure utiliserait probablement l'entrée latérale.

— Bonne idée.

— La première voiture est là.

La voix de Turpin porta depuis sa position près de la fenêtre, et elle se précipita dans la pièce plongée dans l'obscurité.

Elle jura lorsque sa jambe heurta le bord de la table, puis elle rejoignit Turpin près de la fenêtre après avoir vérifié l'heure.

— Onze heures quarante-cinq. Il est ponctuel.

— Comme d'habitude, alors.

— Heureusement pour nous. Tu reconnais le conducteur ?

— Non. Pas assez d'éclairage dehors.

Ils se turent, et elle écouta tandis que la silhouette se rapprochait et que le son d'un homme qui toussait montait jusqu'à leur position.

L'intuition de Bethany s'avéra exacte, la silhouette disparut sur le côté du pub, et quelques instants plus tard, Jan entendit la porte s'ouvrir.

— Bonsoir, dit Bethany, avec une gaieté forcée dans la voix.

Turpin jura tout bas tandis que la réponse leur échappait.

— Ils sont sortis toute la journée, une urgence familiale ou quelque chose comme ça, dit Bethany. Noah m'a appelée pour me demander de rester. Ils ne sont qu'à vingt minutes environ, et il ne voulait pas annuler.

Le tiroir-caisse s'ouvrit avec un bruit caractéristique, des pièces tintèrent, puis une chaise racla le parquet.

— Le premier joueur s'est installé, alors, dit Jan.

— Bien. S'il n'a rien soupçonné, sa présence aidera à convaincre les autres de rester dans le coin. Il se retourna au son d'un moteur de voiture, suivi d'un second véhicule.

— Les voilà.

Un par un, ils observèrent les véhicules qui entraient et s'enfonçaient aussi loin que possible sur le parking avant que leurs conducteurs ne se dirigent vers la porte latérale du pub. Des salutations murmurées furent échangées alors que chaque joueur rejoignait les autres au bar, et le bruit des conversations s'amplifia.

— Très bien. Demandons aux uniformes de bloquer la route, puis on va procéder aux arrestations, dit Turpin.

Il prit la radio, transmit ses instructions, puis raccrocha et se dirigea vers la porte.

— Mark, attends.

Jan pivota, le cœur battant.

— Nous n'avons que cinq voitures. Cinq joueurs. Morgan Drake a dit que Jessica et Nigel lui avaient tous deux indiqué qu'il y avait habituellement une demi-douzaine de joueurs. Il nous en manque un.

Il s'arrêta, la main sur l'encadrement de la porte.

— Merde, tu as raison.

Jan traversa la pièce, lui arracha la radio et murmura dans le microphone.

— Annulez ce dernier ordre. Maintenez vos positions. Je répète, maintenez vos positions. Un joueur n'est pas encore arrivé. Il nous manque une voiture.

Elle lui rendit la radio et expira.

— Bon sang, c'était moins une.

— Bien joué, Jan.

Dans la lueur de la lumière au bas de l'escalier, elle pouvait voir que son collègue avait perdu toutes ses couleurs.

— Je me trompe peut-être.

— Même si c'est le cas, attendons dix minutes, dit-il.

Ils n'eurent pas besoin d'attendre aussi longtemps.

En moins de deux minutes, le bruit du moteur d'un sixième véhicule se fit entendre sur le parking tandis que son conducteur se glissait dans une place à côté d'une coûteuse citadine sportive, éteignait les phares et ouvrait la portière.

L'inspiration brusque de Jan fut accompagnée par le grognement de surprise de son collègue.

— Merde, dit Turpin. C'est bien Annie Hartman, non ? La manager de Jessica au supermarché.

CHAPITRE 55

— Comment diable avons-nous pu passer à côté de ça ?

L'inspecteur principal Kennedy faisait les cent pas devant le tableau blanc, son ton incrédule.

— Comment est-ce qu'elle finance son addiction au jeu ?

— Nous avons contacté le siège du supermarché dès leur ouverture, dit Jan. Il s'avère qu'ils avaient leurs propres soupçons depuis quelques mois concernant des fonds qui disparaissaient de la station-service et du magasin qu'Annie gère. Une enquête interne a été lancée il y a huit semaines, et le type à qui j'ai parlé a dit qu'ils se concentraient particulièrement sur les transactions en espèces. La plupart des gens utilisent une carte de débit pour payer de nos jours, et ils pensent qu'Annie a pu détourner l'argent liquide parce qu'il serait plus difficile à tracer. En tant que manager, elle a la possibilité de modifier les registres de stock dans la base de données principale pour ajuster les soldes, et elle était responsable de commander les nouveaux stocks, donc personne n'a soupçonné quoi que ce soit.

— Qu'est-ce qui a changé ? demanda Kennedy.

— Le siège a reçu un tuyau anonyme il y a trois mois, dit Turpin. Ils ne l'auraient peut-être jamais découvert autrement.

— Des idées sur la provenance de ce tuyau ?

— Ça pourrait être Jessica. Nous allons aborder ce point pendant l'interrogatoire.

— Assurez-vous de le faire. En parlant de ça, descendez maintenant. Vous avez une matinée chargée devant vous.

Dix minutes plus tard, Jan et Turpin entrèrent dans la salle d'interrogatoire numéro deux.

Annie Hartman était assise à côté d'une avocate commise d'office qui avait été désignée pour elle, et qui gardait son regard baissé sur la surface piquetée de la table pendant que Jan démarrait l'enregistrement et récitait la mise en garde formelle.

La femme en face d'elle semblait brisée, son langage corporel inchangé depuis que des agents en uniforme avaient fait irruption au Farriers Arms la veille au soir et procédé aux arrestations.

Peut-être qu'une nuit dans l'une des cellules du grand quartier de détention du commissariat lui avait donné un avant-goût de ce que son avenir lui réservait.

Turpin fit les présentations, et il tourna son attention vers Annie.

— Depuis combien de temps est-ce que vous participez à des parties de poker illégales, madame Hartman ?

Annie essuya une larme égarée qui coulait sur sa joue.

— Environ cinq mois.

— Comment vous êtes-vous retrouvée impliquée ?

— Je suis allée au Farriers Arms à Pâques pour une fête. C'était l'idée de Jessica, elle travaillait ce soir-là parce qu'ils avaient besoin de personnel supplémentaire, et elle m'a invitée ainsi qu'Isaac. Il ne pouvait pas venir parce que sa femme avait acheté des billets pour un concert à Oxford, mais j'ai décidé d'y aller. Je ne sors pas beaucoup.

— Que s'est-il passé ?

— Il se faisait tard, je ne buvais pas. Je devais rentrer en voiture et ouvrir le magasin le lendemain. Ça devait être juste avant le dernier service quand j'ai entendu Noah Collins parler à quelqu'un d'un événement qui aurait lieu lundi soir. J'étais surprise, il n'y avait pas d'affiches dans le pub. Être à cette fête m'a fait réaliser que je passais à côté de quelque chose. Je m'amusais pour la première fois depuis longtemps. Mon mari m'a quittée il y a deux ans, et je suppose que je suis devenue une recluse. J'avais oublié à quel point je comptais sur lui pour renforcer ma confiance.

Jan reposa son stylo contre son carnet et haussa un sourcil, se demandant si Annie espérait obtenir de la sympathie.

Après un moment, la femme haussa les épaules, puis continua.

— Noah m'a présentée à l'homme, et il m'a dit que c'était une soirée privée. Que je ne pouvais probablement pas me le permettre, et que c'était pour ça qu'il ne faisait pas de publicité. Il ne voulait pas mettre les gens mal à l'aise s'ils ne pouvaient pas y participer. Je lui ai dit que je m'en étais bien sortie après le divorce, et que j'avais passé un bon moment ce soir-là, alors est-ce que ça le dérangerait si je venais.

— Qu'est-ce que vous avez fait quand vous avez découvert ce qu'était réellement cette soirée privée ? demanda Turpin.

Un éclair d'excitation traversa le visage d'Annie.

— J'ai trouvé ça génial. Quand mon mari était encore là, nous avions passé quelques vacances à Las Vegas. Je savais jouer au poker, et Sonia a dit qu'elle trouvait bien qu'ils aient enfin une femme qui joue.

— Est-ce que Sonia jouait parfois ?

— Non. Elle n'a jamais participé.

— Combien est-ce que vous deviez payer pour jouer à chaque fois ?

— Deux cent cinquante livres. Mais cela incluait la nourriture et toutes les boissons que nous voulions.

Annie se redressa, son ton enthousiaste comme pour justifier la dépense.

— Vous saviez que votre employée, Jessica Marley, serait là ?

— Non, mais cela n'avait pas d'importance. La première fois que j'y suis allée, Noah m'a fait signer un accord de confidentialité.

Turpin fit une pause et écrivit dans son carnet.

— Donc vous êtes allée au premier tournoi, dit Jan. Que s'est-il passé ensuite ?

— J'ai passé un bon moment, répondit Annie, le menton relevé. Un très bon moment. J'ai gagné un peu, perdu un peu, et c'était excitant. C'étaient des joueurs sérieux, comme dans certains tournois que j'avais vus à Las Vegas. Noah m'a parlé après et m'a dit que je devais rester discrète, et j'ai accepté. Je n'y voyais pas d'inconvénient, c'était inoffensif. Je lui ai demandé de me faire savoir quand il organiserait une nouvelle partie, et c'est alors qu'il m'a dit que c'était hebdomadaire.

Elle baissa les yeux.

— Je ne me rendais simplement pas compte à quel point ce serait addictif.

— Alors vous avez commencé à voler vos employeurs, dit Turpin.

Annie écarquilla les yeux, puis s'éclaircit la gorge.

— Oui.

Jan parvint à éviter de lever les yeux au ciel lorsque la femme éclata en sanglots, et Michelle Yates leva la main.

— J'aimerais accorder un moment à ma cliente avant de poursuivre l'entretien, s'il vous plaît, dit-elle.

— Entretien suspendu à neuf heures trente-trois, dit Turpin, et il appuya du doigt sur le bouton « pause ».

CHAPITRE 56

Lorsque Mark entra dans la salle d'interrogatoire voisine, les cernes sombres sous les yeux de Noah Collins révélaient clairement qu'il n'avait pas beaucoup dormi en cellule depuis son premier interrogatoire dimanche soir.

Ongles rongés jusqu'au sang, il grattait le col de sa chemise et de son pantalon qui lui avaient été attribués par le sergent du poste de garde, et il se tortillait sur la chaise en plastique.

À côté de lui, William Hawsey remonta la manche de sa veste, nota l'heure en haut d'une nouvelle page de son bloc-notes juridique et croisa les jambes avant de donner un léger coup sur l'avant-bras de Noah avec le bout de son stylo.

Le tenancier du pub se redressa, lissa les côtés de ses cheveux clairsemés d'une main et tenta d'afficher un air serein.

Mark n'était pas dupe.

— Interrogatoire commencé à neuf heures quarante-cinq. Sont présents Noah Collins, William Hawsey du cabinet d'avocats Hawsey et Wainwright, l'inspecteur Mark Turpin et l'enquêteuse Jan West. Monsieur Collins, nous avons actuellement six personnes en garde à vue, toutes arrivées à votre pub après l'heure de fermeture hier soir, se demandant ce qui était arrivé à leur tournoi de poker habituel. Est-ce que vous avez quelque chose à nous dire ?

— Non.

— Annie Hartman a été la dernière à se présenter. Nous venons de lui parler, et elle dit que vous l'avez invitée à participer aux parties de poker après Pâques cette année. Étiez-vous au courant de sa situation financière ?

— Ce n'est pas mon problème.

— Sauf qu'en l'invitant à ces parties, vous en avez fait votre problème.

Noah sourit.

— Ce n'est pas mon problème si quelqu'un a une addiction qu'il ne peut pas se permettre.

— Est-ce que vous avez donné à l'un des participants la possibilité d'arrêter ?

— Pourquoi est-ce que je devrais ? C'est leur argent.

— Annie fait actuellement l'objet d'une enquête par ses employeurs pour détournement de fonds.

À la surprise de Mark, Noah frappa la table de sa main et éclata d'un rire sec.

— Cette idiote, dit-il. Elle m'a raconté qu'il lui restait de l'argent de son divorce. L'âme de la fête, qu'elle était.

— Annie nous a également dit que vous lui aviez fait signer un accord de confidentialité et que vous l'aviez menacée concernant ce qui arriverait si elle rompait cet accord. Est-ce que Jessica avait dû signer le même document ? Est-ce que vous l'avez tuée après l'avoir entendue parler à Nigel White de signaler le tournoi à la police ?

— C'est ce qu'Annie vous a raconté ?

Noah laissa échapper un rire amer avant de secouer la tête.

— Elle aimerait probablement que ce *soit* ce qui s'est passé.

Mark fronça les sourcils, jeta un coup d'œil à Jan, qui affichait une expression perplexe similaire à la sienne, il en était sûr, puis il posa ses mains sur la table.

— Eh bien, que *s'est-il* passé avec Jessica alors ?

Noah regarda son avocat, qui se pencha en avant.

— Tout ce que mon client vous dira devra être pris en considération lorsque vous évaluerez ses actions, dit Hawsey. C'est un membre travailleur de sa communauté locale, malgré toute erreur ou faute de jugement de sa part.

Mark l'ignora et lança un regard furieux à Noah.

— Continuez.

— La première fois qu'on a entendu parler de ça, c'était quand Annie a téléphoné au pub dix minutes après que Jess était partie à minuit et demi. Elle était dans tous ses états.

— Pourquoi est-ce que vous avez terminé le tournoi plus tôt ?

— Parce que j'ai surpris Jessica qui se disputait avec Nigel. Il lui disait de baisser la voix, mais j'en ai entendu assez. Elle allait signaler les tournois de poker à quelqu'un, probablement vous, et je craignais qu'on se fasse contrôler.

— Qu'est-ce que voulait Annie quand elle a appelé ?

— Quel putain de bordel. Je ne pouvais pas l'aider, j'avais bu quelques verres pendant le match, alors Sonia a dû y aller.

— Aller où ?

— Dans la ruelle. Je ne sais pas si Annie soupçonnait que

Jessica était la raison pour laquelle j'avais arrêté la partie pour la soirée ou quoi, mais quand j'ai annoncé la fin, elle était en train de gagner. Largement, je crois, vu son expression quand j'ai tout arrêté à minuit quinze et mis tout le monde dehors. Ils jouaient encore la première partie, et j'ai pris beaucoup de critiques pour ça.

Mark retint la réplique surprise qui tentait de franchir ses lèvres, et il essaya plutôt de suivre la révélation de Noah.

— Est-ce que vous êtes en train de suggérer qu'Annie Hartman a tué Jessica Marley ?

— Eh bien, elle a essayé. C'était ça le problème, vous voyez. Elle ne l'a pas frappée assez fort, malgré l'utilisation d'un cric. Vous avez vu Annie, ce n'est pas une grande femme, et peu importe à quel point elle était en colère, elle n'allait pas pouvoir soulever Jessica pour la mettre dans le coffre de sa voiture toute seule. Elle avait besoin d'aide.

Il haussa les épaules.

— Alors Sonia l'a aidée. Elle et Annie ont mis Jess dans la voiture, elles l'ont couverte et l'ont abandonnée.

Luttant contre la colère qui montait en lui, Mark ignora l'expression stupéfaite sur le visage de l'avocat face à ce rebondissement.

— Pourquoi les pistes d'entraînement ?

— Je ne sais pas. Demandez à Sonia. Quand elle est rentrée plus tard cette nuit-là, tôt le matin, je suppose, et qu'elle m'a raconté, je lui ai dit que c'était une idée stupide. Je pense que c'est à ce moment-là qu'elle a réalisé qu'elle avait fait une erreur.

— Vous voulez dire en aidant Annie ?

— Non, en laissant Jessica au milieu de ce foutu champ.

Stupéfait par le manque de remords de l'homme, Mark poursuivit.

— Pourquoi est-ce que Nigel White a dit à Bethany de ne pas s'en mêler ? Il lui a fait peur.

Noah appuya ses coudes sur la table.

— Il fallait bien que quelqu'un lui dise de la fermer. Si elle n'avait pas cru qu'elle allait s'en tirer en venant au pub ce soir-là et en posant des questions sur la mort de Jessica, on l'aurait laissée tranquille. C'était entièrement la faute de Nigel si on était dans ce pétrin, et je pensais qu'il avait tout intérêt à protéger notre cercle de poker, alors je lui ai dit d'avoir une conversation avec elle. Je ne m'attendais pas à ce qu'il perde son sang-froid comme ça. Il s'avère que la culpabilité était trop forte pour lui.

— Sauf que Nigel ne s'est pas suicidé par remords, n'est-ce pas ?

Jan glissa une photographie du dossier et la tourna vers Noah et son avocat.

— Ceci a été pris lors de l'autopsie. Vous voyez les marques autour de son cou ? C'est causé par quelqu'un qui a étranglé Nigel. Cette personne l'a ensuite pendu pour faire croire à un suicide.

La mâchoire de Noah se crispa.

— Pourquoi tuer Nigel White ? demanda Mark.

Hawsey posa une main sur le bras de son client, mais Noah la repoussa.

— C'était assez évident à ce moment-là qu'il ne pourrait pas se taire beaucoup plus longtemps. Il était déjà venu au pub demander à Sonia si nous savions quelque chose sur la mort de Jessica. C'était peut-être la culpabilité d'avoir été surpris en train de se disputer avec elle. C'était la faute des deux, après tout.

— Est-ce que Sonia l'a tué aussi ?

— Ne soyez pas absurde. Elle n'aurait même pas pu le soulever.

— Est-ce que vous avez tué Nigel White ?

Noah serra les dents, le bruit grinçant se mêlant pendant un instant au tic-tac de l'horloge murale. Puis il haussa les épaules.

— Il n'a pas de famille. Il n'avait pas vraiment de vie en travaillant pour MacKenzie Adams.

Noah haussa les épaules.

— Personne ne va le regretter, n'est-ce pas ?

CHAPITRE 57

— Comment ça se passe avec les autres qu'on a ramassés hier soir ? demanda Mark alors que lui et Jan croisaient Caroline dans le couloir devant les salles d'interrogatoire.

— Ils chantent comme des merles, dit-elle en faisant un clin d'œil. Un des types à qui on a parlé plus tôt est un juge à la retraite, et il s'est montré très coopératif en échange de ce que lui et son avocat appellent une entente concernant sa vie privée. Alex s'occupe de la paperasse après le dernier interrogatoire avec un...

Elle fit une pause pour vérifier ses notes.

— Voilà, un certain Montague Stanley. Il s'avère qu'il connaît Morgan Drake par l'intermédiaire d'un contact commun à Londres. Il est passé au pub un soir en revenant d'un dîner chez les Drake et il s'est mis à discuter avec Noah. Et vous savez quoi, le voilà de retour au Farriers Arms tous les lundis soir.

— Est-ce que l'un d'entre eux a donné une indication sur une possible implication dans l'un des deux meurtres ? demanda Mark.

— Non. Alex a discuté avec Kennedy il y a une heure, et l'inspecteur principal pense qu'on a tout juste assez d'éléments pour les inculper de participation à des parties de poker illégales, et encore.

Elle plissa le nez.

— Vous avez plus de chance, vous deux ?

— Oh, c'est une révélation après l'autre, répondit Jan. J'ai hâte d'entendre ce que Mme Collins a à dire pour sa défense.

Sur ces mots, Mark ouvrit la porte de la salle d'interrogatoire où Sonia et son avocate étaient assises.

Le changement de langage corporel entre les deux femmes depuis la veille était révélateur – Michelle Yates gardait les yeux fixés sur son carnet, feuilletant les pages pour feindre d'être occupée, tandis que sa cliente était assise à côté d'elle, les bras croisés sur la poitrine, un regard de défi dans les yeux alors que les deux détectives s'asseyaient et commençaient l'enregistrement.

— Parlez-moi d'Annie Hartman, dit Mark.

— Elle travaille au supermarché en ville. Elle le dirige, je crois.

— Est-ce que vous diriez qu'elle connaissait assez bien Jessica Marley, alors ?

— Je suppose que oui.

Le regard de défi persistait.

— Annie vous a-t-elle déjà donné l'impression qu'elle pouvait être violente ?

— Non.

— Est-ce que vous l'avez déjà vue se disputer avec Jessica ?

— Non.

— Et pourtant, Annie Hartman a attendu dans le chemin

359

près du Farriers Arms quand votre mari a terminé le tournoi de poker plus tôt que prévu, et elle a décidé de casser un réverbère parce qu'elle savait que le chemin ne serait pas dans l'obscurité au moment où Jessica passerait, puis elle l'a tuée.

— Vraiment ?

Les mains de Sonia retombèrent sur ses genoux et elle se tourna vers Yates, la bouche ouverte.

— Pourquoi est-ce qu'elle aurait fait ça ?

— Ce qui est plus important encore, madame Collins, c'est de savoir pourquoi vous auriez accepté de l'aider à déplacer le corps de Jessica Marley jusqu'aux pistes de course ?

Les yeux de Sonia revinrent brusquement vers lui.

— Je ne l'ai pas fait.

— Nous avons une déclaration de votre mari qui dit qu'après qu'Annie a frappé Jessica avec un cric pris dans le coffre de sa voiture, elle s'est rendu compte qu'elle ne pouvait pas soulever le corps toute seule. Alors, elle a téléphoné au pub et elle a demandé à l'un de vous d'aller l'aider.

Mark fit une pause.

— Vous y êtes allée. À vous deux, vous avez soulevé Jessica et vous l'avez mise dans le coffre de la voiture d'Annie. Pourquoi Annie ne l'a-t-elle pas conduite à l'hôpital ?

Le regard vide familier voila les yeux de Sonia, et elle leva les mains.

— À quoi bon ? Elle était morte.

— Elle n'était pas morte, Sonia, répliqua Jan. Elle avait un traumatisme crânien potentiellement mortel. Pourquoi est-ce que vous n'avez pas dit à Annie de la conduire à l'hôpital ?

— Annie n'était pas en état de conduire, répondit Sonia avec mépris. Elle pleurait toutes les larmes de son corps, et elle répétait qu'elle n'avait pas voulu la tuer. Je savais qu'il fallait bouger avant que les habitants le long de cette portion de route ne se demandent pourquoi un moteur de voiture tournait au ralenti devant leurs maisons à cette heure de la nuit, alors j'ai conduit jusqu'aux pistes d'entraînement.

— Pourquoi là-bas ?

— Pourquoi pas ? C'était assez loin du pub pour éviter qu'on soit soupçonnées, et c'était sur un terrain qui appartenait à Morgan Drake. C'est de sa faute si Jessica fourrait son nez partout de toute façon. Lui et Nigel White. J'aurais aimé être là pour voir *sa* tête quand il l'a appris. En plus, tous les garçons d'écurie la draguaient. Vous avez soupçonné tous ces types de l'écurie de MacKenzie Adams, n'est-ce pas ?

— C'est pour ça que vous avez essayé de lui enlever ses sous-vêtements ? dit Jan. Pour faire croire à une agression sexuelle ?

— C'était l'idée d'Annie. Elle était à bout de souffle après l'avoir portée si loin et elle craignait que nos empreintes de pas n'apparaissent dans l'herbe le lendemain matin. Elle a dit que si on faisait ça, la police ne chercherait pas une femme. Elle avait raison, non ?

Stupéfait par le ton de la femme, Mark passa une main sur sa mâchoire.

— Encore une fois, pourquoi ne pas l'avoir emmenée à l'hôpital ? Pourquoi l'abandonner sur les pistes ? Elle est morte là-bas, Sonia, du traumatisme crânien, de l'exposition au froid. Elle n'avait aucune chance. Elle aurait pu survivre si vous aviez agi différemment.

— Peut-être, peut-être pas. Mais elle avait changé, depuis

361

que Will était revenu dans le sud. Elle nous regardait de haut, Noah et moi, comme si son travail avec nous n'était plus assez bien pour elle. Bien sûr, il parlait de sa carrière de jockey, et comment il allait devenir l'un des jockeys vedettes de MacKenzie Adams, et elle pensait qu'elle allait vivre la grande vie avec lui.

Sonia croisa à nouveau les bras.

— Bon débarras, si vous voulez mon avis. Annie nous a tous rendu service.

CHAPITRE 58

Une équipe d'enquêteurs épuisés était assise devant le tableau blanc en cette fin d'après-midi, une atmosphère mélancolique s'installant parmi les détectives, les agents en uniforme et le personnel administratif qui avaient travaillé ensemble pour traquer le meurtrier de Jessica Marley.

L'inspecteur principal Ewan Kennedy tendit un bloc-notes à Tracy, murmura quelques instructions finales à voix basse, puis il se tourna pour leur faire face.

Mark était perché sur un bureau sur le côté des chaises à côté de Jan et il rangea son téléphone lorsque la voix de Kennedy retentit.

— J'aimerais commencer par remercier chacun d'entre vous pour votre ténacité et vos efforts qui ont permis de mener cette enquête à une conclusion satisfaisante, dit l'inspecteur principal. Je peux confirmer que nous avons reçu la réponse du parquet et que nous allons porter des accusations contre Noah et Sonia Collins, Annie Hartman, et les cinq autres participants aux tournois de poker illégaux organisés au Farriers Arms.

Il s'approcha du tableau blanc et il frappa du poing contre une photographie du pub de campagne.

— Il y a une heure, Jasper Smith a téléphoné depuis le parking pour confirmer que le cric utilisé par Annie pour frapper Jessica a été retrouvé dans le coffre de son véhicule. Une tentative avait été faite pour le nettoyer, mais des traces de sang ont été trouvées et ont été prélevées pour analyse complémentaire.

— Pourquoi est-ce qu'elle ne s'en est pas débarrassée ? demanda Wilcox d'une voix incrédule.

— Quand nous lui avons posé la question, elle a dit qu'elle était sous le choc, puis quelques jours après la découverte du corps de Jessica, quand elle a pensé au cric, elle s'est inquiétée que si elle s'en débarrassait, elle en aurait besoin d'un autre pour la voiture en cas de panne. Elle a dit qu'elle ne voulait pas éveiller les soupçons en allant dans un magasin d'accessoires automobiles pour en acheter un nouveau, expliqua Mark, et il hocha la tête face aux commentaires murmurés qui suivirent. Je sais. Insensible.

— Et les affaires de Jessica ? demanda Tracy. Seul son téléphone a été retrouvé au bord de la route, n'est-ce pas ? Qu'en est-il de son sac et de tout le reste ?

— Quand l'équipe de recherche est arrivée dans le jardin du pub, ils ont découvert les restes d'un feu qui avait été allumé dans un coin, dit Jan. Des restes d'un sac à main en cuir ont été trouvés, ainsi qu'un fermoir métallique orné.

— Quand je l'ai montré à ses parents, dit Wilcox, sa mère a confirmé qu'il correspondait à un sac que Jessica possédait.

— Et jusqu'à présent, ni Noah ni Sonia n'assument la responsabilité d'avoir tenté de brûler les preuves, dit Jan.

Kennedy laissa le brouhaha s'apaiser et il prit une gorgée de son café avant de reprendre la parole.

—Nous avons reçu des nouvelles. MacKenzie Adams m'a contacté pour me dire qu'il paiera les funérailles de Nigel, étant donné que cet homme n'avait pas de famille. Et il m'informe que Will Brennan a donné sa démission, il va courir pour Dominic Millar à partir de la nouvelle année.

— Je ne le blâme pas, dit Mark. Pas après la façon dont Adams l'a traité pendant toute cette affaire.

Caroline laissa échapper un énorme bâillement, qui provoqua le rire de ses collègues.

— Désolée, chef.

— Un rappel opportun que vous avez tous travaillé de longues heures sur cette affaire, dit l'inspecteur principal. Sur ce, vous êtes tous libérés. Vous pourrez rentrer chez vous une fois que vous aurez finalisé tous les rapports qui doivent être sur mon bureau.

Mark se leva lentement tandis que le bruit dans la salle des opérations augmentait de plusieurs décibels, puis il se dirigea vers son bureau.

Son téléphone émit un bip, et il le sortit de sa poche, jeta un coup d'œil à l'écran, puis à sa montre.

— Qu'est-ce qui se passe, chef ? En retard pour un autre rendez-vous galant ?

Jan leva les yeux vers lui depuis son écran d'ordinateur. Elle faisait tournoyer son stylo entre ses doigts en attendant que l'imprimante crache les documents demandés par Kennedy et les autres.

— Tu ne cesses de regarder ce téléphone depuis que nous sommes revenus de la salle d'interrogatoire.

Il sourit.

— C'est mes filles. C'est leur réunion parents-professeurs à l'école, et je ne veux pas me retrouver piégé dans les embouteillages. Louise est censée choisir ses matières d'examen pour les deux années à venir, et elle ne veut pas le faire avant d'avoir entendu ce que les professeurs en pensent.

Il baissa les yeux et tapa une réponse à son ex-femme.

— Chef ?

— Hmm ?

— Si tu dois y aller, alors vas-y.

Jan pointa son pouce par-dessus son épaule vers la porte.

— Allez, vas-y. Tu as entendu Kennedy. Fin de journée anticipée.

— Et les dépositions ?

— J'ai presque fini. Je serai sortie d'ici dans une demi-heure, maximum.

— Tu es sûre ?

— Vas-y.

— Merci.

Il tira sa veste du dossier de sa chaise et éteignit son ordinateur.

— Tu n'as pas dit comment Anna se débrouille à l'école, dit Jan. Tout va bien pour elle ?

Il lui fit un clin d'œil.

— Apparemment, elle dit déjà à ses camarades de classe qu'elle va devenir détective comme son père quand elle sera grande.

— Qu'est-ce que Debbie en pense ?

— Je crois qu'elle va avoir deux mots à lui dire.

FIN

BIOGRAPHIE DE L'AUTEUR

Rachel Amphlett est l'auteure de romans policiers et de thrillers d'espionnage les plus vendus par USA Today, et la plupart de ses livres ont été traduits dans le monde entier.

Ses romans sont disponibles en format numérique, en version imprimée et en livres audio dans les bibliothèques et chez les détaillants, ainsi que sur son site web.

Grande voyageuse et détective privée par accident, Rachel possède les nationalités australienne et britannique.

Pour en savoir plus sur les livres de Rachel, rendez-vous à l'adresse suivante : www.rachelamphlett.com.